D0974697

Walla Walla
County Libraries

BOLSILLO
ZETA

Título original: *The Maul and the Pear Tree*

Traducción: Esteban Rimbau [falta renovar traducción]

1.ª edición: enero 2008

para el sello Zeta Bolsillo
Bailén, 84 - 08009 Barcelona (España)
www.edicionesb.com

Printed in Spain
ISBN: 978-84-96778-42-9
Depósito legal: B. 53.944-2007

Impreso por Cayfosa Quebecor

LA OCTAVA VÍCTIMA

P. D. JAMES
y T. A. CRITCHLEY

BOLSILLO
ZETA

El señor Williams efectuó su debut en el escenario de Ratcliffe Highway, perpetrando aquellos famosos asesinatos que le han procurado tan brillante e imperecedera reputación. A propósito de tales asesinatos, debo observar que en un aspecto al menos han tenido un efecto adverso, pues el buen conocedor en materia de asesinatos se muestra ahora muy remilgado en su gusto, insatisfecho ante todo lo que desde entonces se ha hecho en esta línea. Todos los demás delitos palidecen ante el intenso carmesí del suyo.

THOMAS DE QUINCEY,
On the Knocking at the Gate in Macbeth

Prólogo

Prólogo

Durante las oscuras noches de diciembre de 1811, en las inmediaciones de Ratcliffe Highway, en el East End londinense, dos familias, que sumaban en total siete personas, fueron brutalmente asesinadas a golpes en el plazo de doce días. Desde el primer momento, los asesinatos, con toda su barbarie y crueldad, captaron enormemente la atención pública. Nunca antes, ni siquiera en tiempos de los Gordon Riots, cuando Londres llegó a estar al borde de la anarquía, se había dado semejante protesta nacional contra los medios tradicionales de las fuerzas del orden, ni una solicitud de reformas tan vigorosa e insistente. El Gobierno pregonó la más alta recompensa jamás ofrecida por cualquier información que pudiera conducir al descubrimiento de los asesinos; durante tres semanas, *The Times* dio a los crímenes preferencia sobre cualquier otra noticia; en la mente de De Quincey los hechos inspiraron uno de los grandes ensayos en lengua inglesa, *Sobre el asesinato considerado como una de las bellas artes*, con su versión inmortal de la carnicería perpetrada con los Marr y los Williamson añadida, años más tarde, como anexo. Durante décadas siguieron circulando leyendas sobre estas brutalidades hasta que, tres cuartos de siglo más tarde, Jack el Destripador empezó a trabajar en un escenario vecino del East End, para arrebatar a su único competidor el derecho a los laureles sanguinarios del calendario criminal británico.

El horror y el misterio, así como una ubicación parecidamente mísera, fueron factor común para los autores de una y otra serie de destacados crímenes, pero había un aspecto en que las circunstancias de 1887 eran muy distintas. Se dispuso entonces de unos catorce mil policías metropolitanos, ayudados por centenares de detectives, para dar caza al Destripador y, aunque nunca le echaron mano, la policía pudo al menos proporcionar cierta tranquilidad a una población aterrorizada. Pero en 1811 no había fuerzas policiales en Gran Bretaña y el pánico cundió a rienda suelta. Uno de los aspectos más fascinantes del estudio de estos crímenes es la visión de una moribunda organización parroquial que, ayudada por la innovación que supusieron los «magistrados de la policía», aceptó el desafío de una importante investigación por el asesinato y aparentemente, pese a las protestas públicas, acabó por conseguir el éxito. Pero al ir más allá de los relatos en letra impresa de los asesinatos, se hace evidente que el caso era mucho más complicado de lo que cualquiera —con la excepción de un puñado de hombres, en aquel entonces vivos— hubiera llegado a suponer. A partir de fuentes inéditas y de informaciones de los periódicos, reconstruimos los hechos reales, y a medida que la historia se desarrollaba fuimos descubriendo que el sistema de 1811 no hizo más que llevar adelante un confiado, conveniente y brutal juicio sobre un cadáver, mientras dejaba el núcleo de los crímenes de Ratcliffe Highway envuelto en eterno misterio.

De todos los relatos publicados acerca de los asesinatos sólo hemos podido separar dos que tengan algún valor. El más importante comprende tres folletos de la época (y hoy raros) publicados por John Fairburn a seis peniques cada uno. No llevan fecha, pero hay pruebas de que fueron impresos en diciembre de 1811 o principios de 1812. Estos folletos narran las circunstancias de los crímenes e incluyen una útil profusión de pruebas presentadas ante los magistrados y, en tres sucesivas diligencias judiciales, por el *coroner*. La otra fuente valiosa publicada es la obra de sir Leon Radzinowicz *History of the English Criminal Law*, que en su tercer volumen recoge sucintamente el perfil del relato, pero sin el apoyo de pruebas. No obstante, Radzinowicz hace un cierto uso de los documentos del Home Office, evidentemente inasequibles para Fairburn. La mayoría de los restantes relatos parecen proceder ya sea de Fairburn o bien del ensayo de De Quincey, y por consiguiente no han sido de utilidad para nuestro propósito. Sin embargo, debido a la brutalidad de los crímenes, los informes sobre el proceso judicial en los periódicos de la época son singularmente extensos, y nos hemos basado en realidad en los publicados en *The Times*, *London Chronicle*, *Morning Post* y *Morning Chronicle*, además de las revistas *Courier*, *The Examiner* y *Gentleman's Magazine*.

Nuestra otra fuente principal han sido los documentos del Home Office (Domestic Series) que hoy se encuentran en el Public Record Office. Antes de que se crease la Metropolitan Police, los magistrados del Middlesex mantenían una correspondencia regular con el ministro del Interior sobre los asuntos criminales, y los legajos correspondientes a diciembre de 1811 y la primera parte de 1812 contienen abundante material sobre los asesinatos de Ratcliffe Highway, como nunca se había reunido ni, con la excepción de unos pocos documentos citados por Radzinowicz, publicado.

Dos fuentes de material, cada una de las cuales podría contener una clave definitiva para la resolución del misterio, han eludido nuestras pesquisas. La pérdida más grave es la de las declaraciones originales hechas ante los magistrados de Shadwell. Enviadas al Home Office por orden del Ministerio del Interior el 10 de enero de 1812, fueron devueltas al escribano del juzgado de Shadwell el 7 de febrero.

Desde entonces, no ha sido posible localizarlas. Los propios magistrados dijeron al ministro del Interior en diciembre de 1811 que los informes de la prensa acerca de las audiencias revelaban una «cuidadosa precisión», por lo que cabe que la pérdida no sea importante. No obstante, parece probable que pequeños detalles adicionales contenidos en las transcripciones originales, contrastados con lo que ahora sabemos, acaso hubieran podido confirmar lo que de otro modo deben ser conclusiones provisionales acerca de los verdaderos autores de los crímenes. La otra fuente perdida parece haber estado en otro tiempo en los archivos de la East India Company.

Creemos que los detalles de un motín que estalló a principios de 1811 a bordo del *Roxburgh Castle*, un barco de la East India, arrojarían luz sobre los sucesos acaecidos en Ratcliffe Highway unos meses más tarde, y creemos que las circunstancias de dicho motín, de poderse averiguar ahora, sustentarían nuestra hipótesis.

Agradecemos a muchas personas su ayuda para reunir material destinado a este libro, y en particular es una satisfacción reconocer la ayuda siempre cortés, y a menudo entusiasta, que hemos recibido de las siguientes personas y entidades: el personal del Public Record Office, el British Museum, el London Museum, el Departamento de Archivos del Greater London Council y la biblioteca y la imprenta del Guildhall; el señor Douglas Matthews, segundo bibliotecario de la London Library; el personal bibliotecario del Home Office, New Scotland Yard, el London Borough of Tower Hamlets y las autoridades portuarias de Londres; el conservador del museo de la División del Támesis de la Policía Metropolitana; el Rvdo. A. M. Solomon, párroco actual de St. George's-in-the-East, que nos brindó amablemente antiguos documentos parroquiales relacionados con el caso; y el señor Benton Hughes, con el que hemos contraído una particular deuda de gratitud por su labor al preparar el plano callejero ilustrado que se reproduce en las hojas de encuadernación. El plano se basa en un mapa grabado por Richard Horwood en 1807; los dibujos de la tienda de los Marr, de la taberna King's Arms y de la iglesia de St. George proceden de grabados contemporáneos, y el de The Pear Tree es imaginario.

Por último, es un placer expresar nuestro agradecimiento al profesor Keith Simpson, MA, MD, profesor de medicina forense en el Guy's Hospital de Londres, por acceder amablemente a leer las declaraciones médicas presentadas en la encuesta judicial y por contestar a nuestras preguntas relacionadas con ellas.

T. A. C.
P. D. J.

Muerte de un lencero

Poco antes de las doce, la última noche de su vida, Timothy Marr, lencero de Ratcliffe Highway, se dedicó a poner orden en la tienda, ayudado por el aprendiz, James Gowen. Había que plegar y guardar varias piezas de tela, estambre ordinario, lino teñido, loneta para pantalones de marinero y sarga para las chaquetas, rollos baratos de algodón estampado a cuatro peniques la yarda y fardos de seda y muselina dispuestos para atraer a los clientes más adinerados de la plaza Wellclose y Spitalfields. Era sábado, 7 de diciembre de 1811, y el sábado era el día más movido de la semana. La tienda se abría a las ocho de la mañana y permanecía abierta hasta las diez o incluso las once de la noche. La limpieza de la misma tendría a ambos en pie hasta la madrugada del domingo.

Marr tenía veinticuatro años de edad. Había trabajado como marinero al servicio de la East India Company, y había hecho su último viaje con el *Dover Castle* tres años antes, en 1808. Éste fue también el viaje más próspero de Marr. No tuvo que trepar a los mástiles con la tripulación, sino que el capitán lo contrató como su asistente personal. Era, al parecer, un joven amable, consciente, deseoso de complacer y con ambiciones de mejorar su situación. Durante el largo viaje de regreso, tales ambiciones cobraron forma. Sabía exactamente lo que deseaba. Había una joven que lo esperaba en tierra y el capitán Richardson le había hecho la promesa de ayuda y patrocinio si Marr continuaba sirviéndolo debidamente. Si llegaba sano y salvo pediría la licencia, se casaría con su Celia y abriría una pequeña tienda. La vida en el litoral podía resultar difícil e insegura, pero al menos se vería libre de peligro y, si trabajaba con ahínco, podía tener la certeza de conseguir seguridad y fortuna. Cuando el *Dover Castle* atracó en Wapping, Marr dejó su oficio con dinero suficiente para iniciar un modesto negocio. Se casó, y en abril de 1811 la joven pareja encontró lo que andaba buscando. En los distritos fluviales del East End la propiedad inmobiliaria era barata, y Marr conocía bien las costumbres de los marinos. Adquirió una tienda en el número veintinueve de Ratcliffe Highway, en la parroquia de St. George's-in-the-East, en los aledaños de Wapping y Shadwell.

Durante dos siglos, la Highway había tenido muy mala reputación. Era la más importante de las tres carreteras principales que salían de Londres en dirección este, siguiendo una cresta de terreno firme sobre el pantano de Wapping. Había existido un camino siguiendo este promontorio desde los tiempos de los romanos, y el punto donde la franja de gravilla rojiza se acercaba más al borde del agua (el *red cliff*, o acantilado rojo) había sido un puerto desde tiempos inmemoriales. Pero ya en 1598, el año en que Stowe publicó su *Survey of London*, Ratcliffe Highway se había convertido en «sucio y estrecho pasadizo, con callejones de pequeñas casuchas habitadas por abastecedores de marinos». Esta degeneración se había producido más o menos en tiempos del propio Stowe. Cuarenta años antes, la Highway había discurrido entre «hermosos setos, largas hileras de olmos y otros árboles» hasta el caserío del «Limehurst, o Lime host, llamado por corrupción Lime house». Wapping y todo el terreno que bordeaba el río habían sido verdes campos y huertos, prácticamente desde el establecimiento de los romanos, sin que «nunca se erigiera una casa en estos cuarenta años».

Había una razón particular por la que nadie quería edificar en Wapping, a pesar del crecimiento de la navegación en el Pool of London, en tiempos isabelinos. La aldea «era el lugar usual de ejecución para ahorcar a piratas y corsarios, en el punto más bajo de la marea, y hasta que los patíbulos no se desplazaron algo más río abajo no aparecieron los primeros y miserables barrios». Después se extendieron rápidamente sobre el terreno pantanoso, llegando hasta los patíbulos y sobrepasándolos, hasta Shadwell, Ratcliffe, Limehouse y Poplar. La vida en estas casuchas del siglo XVIII era durísima, y el tintineo de las cadenas de los ajusticiados cuando avanzaban las olas con la marea creciente era como un recuerdo de sus realidades. Lo mismo cabe considerar respecto al tortuoso trazado de las calles de Wapping. Muelles, terraplenes y tramos de escalones que, bañados por la marea, bajaban hasta el río —Escalera del Pelícano, Escalera King James's, Escalera Nueva de Wapping— revelaban aún el esqueleto de un antiguo pueblo marinero, pero iban desapareciendo con rapidez. El doctor Johnson fue testigo de una parte de la primitiva transición. «Hoy habló profusamente —anotó Boswell en marzo de 1783— sobre la maravillosa extensión y variedad de Londres, y observó que hombres de temperamento curioso podían ver en ella modos de vida que muy pocos podrían llegar a imaginar. En particular, nos recomendó que explorásemos Wapping.»

Todo el distrito quedaba unido al sur por la oscura arteria de Londres, el Támesis, y era una vía amplia y muy activa, animada por la navegación.* Había los grandes buques

* Cada año, 13.000 navíos de todo el mundo anclaban en el puerto de Londres, que era entonces el mayor del mundo en la ciudad también mayor del globo. Antes de que se abriera el muelle de Londres en 1805, unos 10.000 ladrones se cebaban en los cargamentos de miles de barcos anclados en pleno río. Las pérdidas ascendían a unas 500.000 libras esterlinas anuales, aunque tan portentosa era la riqueza de lo que llegaba a Londres que

de la compañía East India, tan voluminosos y formidables como navíos de guerra, portadores de cargamentos de té, drogas, muselina, tela fina de algodón, especias e índigo; buques de la West India, cargados de azúcar, ron, café, cacao y tabaco de las Américas; carboneros procedentes de Newcastle, balleneros de Groenlandia, embarcaciones costeras, paquebotes, bergantines, gabarras, barcazas, transbordadores y botes. La existencia de los habitantes de Wapping transcurría con el constante acompañamiento de fondo de los ruidos fluviales: el suspiro del viento en velas y mástiles, el intenso chapoteo del agua contra los embarcaderos y los roncos gritos de los hombres de las barcazas y transbordadores. El intenso olor estival del Támesis, sus vientos marinos y sus nieblas otoñales, eran parte del aire que ellos respiraban. Incluso la ribera tomó forma debido a las múltiples asociaciones de ésta con el río, y los nombres de muchas calles expresaban su función. Por el camino Old Gravel se canalizaba gravilla para lastre desde los pozos de Kingsland hasta los muelles de Wapping, en tanto que Cable Street era la sede de los fabricantes de cuerdas, que las trenzaban en los campos que atravesaba.

De la bulliciosa actividad comercial del río obtenían sus medios de vida casi todos los habitantes, ricos y pobres por igual. Los estibadores, que acarreaban la carga desde la bodega hasta la cubierta; los barqueros, que tripulaban las gabarras y otras embarcaciones que aprovisionaban los buques anclados; los suministradores de cordajes y poleas, proveedores de panadería para barcos, comerciantes en accesorios marítimos, fabricantes de instrumentos, constructores de embarcaciones, lavanderas que vivían de hacer la colada para los marineros, carpinteros que se ocupaban de reparar los barcos, cazadores de ratas para librar a éstos de su plaga, due-

---

esta cifra equivalía a menos del uno por ciento del valor total de las mercancías que allí se manipulaban. *(N. de los A.)*

ños de pensiones y de burdeles, prestamistas, taberneros, y otros cuyo negocio consistía en desplumar a los marineros que volvían, tan deprisa y tanto como fuera posible, de sus pagas acumuladas. Todos ellos, de diferentes maneras, atendían a las necesidades de los barcos y sus tripulantes, y entre todos ellos eran los marineros, una fanfarrona e indeseable aristocracia yendo y viniendo con las mareas, quienes ocupaban el rango preferente. Se alojaban en viviendas baratas junto al río y dormían sobre jergones de paja en dormitorios de cuatro o cinco plazas, con sus cofres de marino amontonados entre ellos. Después de pasar meses en el mar sometidos a una dura disciplina, estos hombres volvían a casa enriquecidos, con treinta o cuarenta libras en sus bolsillos, y las gastaban deprisa. Eran una grey cosmopolita en la que malhechores se codeaban con presuntos caballeros, tuertos y mancos, ex amotinados, héroes, piratas y forjadores del Imperio que acudían a la mayor ciudad del globo. Había continuas peleas entre los marineros ingleses y los extranjeros, y en octubre de 1811 el ministro del Interior escribió a los magistrados locales para ordenarles acabar con tales reyertas antes de que alguien perdiera la vida. Poco después, como para subrayar esta advertencia, un portugués moría cosido a puñaladas.

Es evidente que Marr salió de sus relaciones con los rufianes de la marina mercante como hombre bien disciplinado. En los pocos meses que llevaba al frente de su negocio, se había forjado una reputación de laboriosidad y honradez. La actividad comercial era considerable y en las últimas semanas había utilizado los servicios de un tal Pugh, carpintero, para modernizar la tienda y mejorar su distribución. Se había derribado toda la fachada de la tienda y alterado la obra de ladrillo a fin de ampliar el escaparate y permitir con ello una mejor exhibición de los artículos. Y el 29 de agosto de 1811 le nació un hijo, cosa que aumentó su satisfacción y reforzó sus ambiciones. Ya imaginaba el día en que la fachada de su negocio —tal vez la de varios negocios, desde Bethnal Green pasando por Hackney, Dalston y Balls Pond Road hasta Stamford Hill y más allá— ostentara el rótulo «Marr e hijo».

Sin embargo, la primera tienda representó un comienzo muy modesto. Se encontraba en un bloque de casas miserables frente a la Ratcliffe Highway. La tienda en sí, con su mostrador y sus estanterías, ocupaba la mayor parte de la planta baja. Detrás del mostrador una puerta desembocaba en un pasillo posterior del que partían dos tramos de escalera que conducían hacia abajo hasta la cocina, en el sótano, y hacia arriba hasta un rellano y los dos dormitorios de la planta superior. Una segunda planta servía como almacén para guardar seda, encajes, pellizas, abrigos y pieles. Era una casa sencilla, a la que salvaba de la monotonía el nuevo y atractivo escaparate, recién pintado en un color verde oliva. La manzana en la que se encontraba la tienda era una de cuatro hileras similares de casas que formaban los costados de una plaza. Dentro de la manzana, cada casa tenía su jardín posterior cercado, al que se accedía por una puerta trasera desde el interior. El terreno de la plaza era común para los vecinos de todo el bloque. La manzana, en la parte de la plaza opuesta a la tienda de Marr, daba a Pennington Street, y allí las casas quedaban a la sombra de una gran pared de obra de seis metros de altura. Era el muro del muelle de Londres, construido como una fortaleza y diseñado como una fortaleza por el arquitecto de la prisión de Dartmoor, con el fin de proteger los cientos de embarcaciones atracadas en su interior. Para erigir el muelle se habían arrasado casi tres hectáreas de chozas y barracas, y sus pobladores se habían apiñado en los míseros barrios adyacentes. Muchos de ellos se vieron privados de la única forma de ganarse la vida que conocían, puesto que los buques que antes saqueaban quedaban protegidos ahora por la monstruosa y negra pared del muelle. Y al quedarse sin esta forma fácil de existencia, se cebaban en los habitantes de los distritos fluviales, sumándose con ello al creciente ejército londinense de ladrones y mendigos. El muro que confería mayor seguridad a la navegación en Londres nada hizo para incrementar la que pudiera haber en Ratcliffe Highway.

Era mala época, aparte de lo poco propicio del barrio, para instalar un negocio. En 1811, el bloqueo napoleónico de los puertos continentales había paralizado prácticamente el comercio europeo. En las regiones industriales del interior, las actividades de los saboteadores de la maquinaria fomentaban el temor a una revolución. La cosecha había sido desastrosa y, como correspondía a un año de violencia y confusión, fue en 1811 cuando por fin el anciano monarca fue declarado por sus médicos loco de manera irreversible, y el príncipe de Gales asumió la regencia.

No obstante, mientras limpiaba y ordenaba su tienda al finalizar una atareada semana, preocupaciones más personales asediaban la mente de Marr: la salud de su esposa, que sólo con gran lentitud se reponía del parto; el acierto de las alteraciones introducidas en la tienda —¿no se habría pasado de la raya?—, ello sin contar la irritante cuestión de la pérdida de un escoplo que Pugh, el carpintero, había obtenido en préstamo de un vecino y que ahora insistía en que se encontraba aún en la tienda de Marr, sin que una búsqueda a fondo hubiese dado con él; y su propio apetito al finalizar una larga jornada. El lencero hizo una pausa en su trabajo y llamó a la criada, Margaret Jewell. A pesar de que ya era muy tarde (faltaban unos diez minutos para la medianoche, como explicó después Margaret Jewell al juez de instrucción), dio a la joven un billete de una libra y el encargo de pagar la factura del panadero y comprar unas ostras. A un penique la docena, suministradas frescas por las barcas ostreras de Whitstable, serían una cena barata y muy sabrosa tras una prolongada jornada de trabajo. Y constituirían también una agradable sorpresa para Celia, la joven esposa de Marr, que se encontraba entonces en la cocina del sótano, alimentando a su bebé. Timothy Marr junior tenía tres meses y medio.

Al cerrar la puerta de la tienda y adentrarse en la noche, Margaret Jewell vio que su amo seguía trabajando, atareado detrás del mostrador, con James Gowen. La joven dobló a la izquierda y enfiló Ratcliffe Highway.

Al parecer no le inspiraba temor andar sola en plena noche, pero esta sensación de seguridad, que pronto quedaría hecha trizas durante toda una generación, era relativamente nueva. Las sacristías parroquiales de unas cuantas iglesias Reina Ana habían aportado las primeras influencias civilizadoras —suelos pavimentados, lámparas de aceite y vigilantes—, pero los principales cambios se habían producido ya en vida de Margaret Jewell. La gente no se cansaba de recordar el incendio de 1794, el más devastador desde el incendio de Londres, cuando las llamas consumieron centenares de casas y barracas de madera a ambos lados de la Highway. Se derramó una olla de pez hirviente en el recinto de un constructor de embarcaciones y el fuego se propagó a una barcaza cargada de salitre. Había marea baja y los barcos vecinos yacían indefensos en el cieno. La barcaza explotó e incendió los almacenes de salitre de la East India Company. Llovió fuego sobre Ratcliffe Highway, como volvería a ocurrir ciento cincuenta años más tarde, pero fue un fuego purificador. Las barracas de madera fueron sustituidas por casitas de ladrillo, de las que formaba parte la tierra de Marr, y surgieron zonas respetables. La inauguración del muelle de Londres en 1805 mejoró la reputación del barrio, al instalarse en el distrito acaudalados comerciantes, cuya prosperidad pregonaba cada domingo una hilera de carruajes ante las verjas de la iglesia de St. George's-in-the-East. Sin embargo, en una inclemente noche invernal la Highway todavía podía ser un lugar amedrentador para los supersticiosos, cuando baupreses y botavaras chocaban y crujían contra los atracaderos del muelle y el viento gemía en los viejos aparejos como el último suspiro de una pirata ahorcado junto al río. Pero la mayoría de las noches eran ahora tranquilas, y de día la Highway se había convertido en una calle acogedora, vulgar y ruidosa, animada por los colores de docenas de rótulos pintados que colgaban en la entrada de posadas y tiendas, e impregnada por doquier con los intensos olores del mar y del río: los del pescado, las cuerdas embreadas, los aparejos y velas nuevos y las maderas resinosas para la reparación de los barcos. Y en una noche de sábado, muy en especial, cuando los hombres se gastaban sus salarios semanales en las tabernas y las tiendas permanecían abiertas hasta muy tarde, la Highway tenía una vida propia rutilante, sustentada por la relativamente nueva sensación de seguridad que permitía a una criadita desplazarse tranquilamente a medianoche.

Margaret Jewell caminó a lo largo de Ratcliffe Higway hasta la tienda de Taylor, donde vendían ostras, pero la encontró cerrada. Volvió sobre sus pasos hasta la casa de Marr, miró a través de la ventana y vio que su amo seguía trabajando detrás del mostrador. Fue la última vez que lo vio vivo. Debían de ser entonces poco más o menos las doce. Era una noche nublada pero no fría, que seguía a un día lluvioso, y la joven debió de alegrarse de tener una excusa para permanecer más tiempo fuera. Continuó, dejando atrás la tienda de Marr, y se desvió de la Highway, bajando por John's Hill para pagar la cuenta del panadero.

Pero ahora daba ya la espalda a la seguridad. Desde la esquina de John's Hill discurría Old Gravel Lane, el histórico vínculo de tierra firme con el litoral de Wapping, que se serpenteaba hasta el río a unos sesenta metros del muelle de la Ejecución, donde eran ahorcados los piratas. Entre los amarraderos el agua discurría bajo una capa espumosa de fango y residuos de albañal; detrás de estos muelles, las mareas habían acumulado, a lo largo de los siglos, depósitos de viejos y destartalados cobertizos, como percebes en el casco de un buque. No seguían ni se adaptaban a plan alguno. La antigua costumbre había sido la de construir patios y pasajes en ángulo recto con los caminos principales. Se construían patios dentro de patios, y pasajes detrás de otros pasajes. Y más recientemente, la joven había visto zonas enteras emparedadas, reducidas y ocultas incluso a la luz del día por lo muros ciegos de los almacenes, las altas y sombrías paredes de los alojamientos para marineros y el acantilado del muelle de Londres, que dominaba su ciudad flotante y ajena. La mujer debía de haber oído historias escalofriantes acerca de la vida en aquellos oscuros laberintos ocupados a la fuerza por hombres y mujeres apiñados en propiedades abandonadas que suponían un perpetuo peligro de incendio, y en las madrigueras y guaridas donde Old Gravel se retorcía hasta llegar al Támesis: Gun Alley, Dung Wharf, Hangman's Gains, Pear Tree Alley.* El populacho hambriento se mantenía mayoritariamente tranquilo, con la sombría fortaleza de la desesperación, mas para los londinenses respetables constituía una amenaza constante. De vez en cuando se producía una erupción, cuando unas hordas salvajes invadían la parte oeste para alborotar y darse al pillaje, o se congregaban para asistir al espectáculo de una ejecución pública en la horca.

—La panadería estaba cerrada —explicaría más tarde Margaret Jewell al juez—. Fui después a otro lugar para comprar las ostras, pero no encontré ninguna tienda abierta. Estuve fuera de casa unos veinte minutos.

No se aventuró más abajo, en dirección a Wapping y la orilla del río, sino que volvió a la seguridad familiar de Ratcliffe Highway.

Pero era ya más de la medianoche y los ruidos callejeros

* Lugares cuyos nombres pueden traducirse literalmente como Pasaje del Cañón, Muelle del Estiércol, Ganancias del Verdugo y Callejón del Peral. *(N. del T.)*

se iban extinguiendo. Cerraban las tabernas, se aseguraban los porticones y se corrían cerrojos. Y al empezar a reinar el silencio en la calle, Margaret Jewell comenzó a oír el eco de sus propios pasos en los adoquines. Sobre su cabeza, las vacilantes lámparas del barrio, alimentadas por aceite crudo de pescado, proyectaban una luz mortecina sobre el húmedo pavimento, realzando las sombras y dándoles movimiento, y entre un farol y otro había zonas de total oscuridad. Tampoco brillaba luz alguna en la tienda de Marr cuando Margaret Jewell llegó al número veintinueve de Ratcliffe Highway. Allí también reinaba la oscuridad y la joven se encontró con la puerta firmemente cerrada. Sola, en plena calle silenciosa, tiró de la campanilla.

De inmediato, el tintineo le pareció extrañamente estridente a la muchacha, mientras esperaba. No había nadie a aquella hora tan tardía, excepto George Olney, el vigilante, que pasó sin decir palabra por el otro lado de la calle, conduciendo a una persona al calabozo. Margaret Jewell volvió a llamar con más fuerza, pegándose a la puerta y escuchando cualquier ruido que pudiera percibirse en el interior. Todavía no estaba seriamente preocupada. El amo se tomaba su tiempo. Estaba probablemente con su esposa, al calor de la cocina del sótano. Tal vez la familia, renunciando a las ostras, incluso se había acostado. La joven esperaba que su señor no la riñera por dedicar tanto tiempo a unos recados que al final no habían dado fruto, y también que sus campanillazos no despertaran al pequeño. Tiró de nuevo de la campanilla, con más vigor, escuchó, y esta vez captó un sonido que, hasta el final de su vida, siempre recordaría con un estremecimiento de horror. De momento, sin embargo, sólo le causó una sensación de alivio, y le dio la tranquilizadora seguridad de que pronto disfrutaría del calorcillo de la familiar cocina. Se oyeron unos pasos quedos en la escalera. Alguien —seguramente el amo de la casa— bajaba para abrir la puerta. Después, otro ruido familiar. El bebé emitió un solo grito sordo.

Pero no acudía nadie. Las pisadas cesaron y de nuevo se hizo el silencio. Era un silencio absoluto, extraño y amedrentador. La joven hizo sonar de nuevo la campanilla y a continuación, movida por el pánico y la frustración, descargó unos puntapiés contra la puerta. Tenía frío y empezaba a estar muy asustada. Y mientras tocaba la campanilla y golpeaba la puerta, un hombre se acercó a ella. Disipados los vapores de su embriaguez por el ruido, o imaginando que la joven estaba armando un alboroto, empezó a insultarla. Margaret Jewell dejó de golpear la puerta. Nada podía hacer, excepto esperar la siguiente aparición del vigilante. Continuar ahora sus inútiles campanillazos sólo la expondría a nuevos improperios.

Esperó unos treinta minutos. Puntualmente, a la una, se acercó George Olney, cantando la hora. Al ver a la muchacha junto a la puerta de Marr y no saber quién era, le ordenó que se alejara. Ella explicó que era de la casa y que le parecía muy raro que la hubieran dejado fuera. Olney estuvo de acuerdo con ella y dijo que no tenía la menor duda de que la familia estaba en casa. Había pasado al cantar la hora a las doce, y él mismo había visto al señor Marr que montaba sus contraventanas. Poco después de la medianoche, había examinado el escaparate, como tenía por costumbre, y había advertido que las contraventanas no estaban bien aseguradas. Llamó entonces a Marr y le contestó una voz desconocida: «Ya lo sabemos.» Ahora, sosteniendo la linterna a buena altura junto al escaparate, examinó de nuevo la contraventana. El pasador todavía estaba suelto. Tirando de la campanilla, Olney llamó ruidosamente. No hubo respuesta. Insistió otra vez, hizo sonar la aldaba, y después se inclinó y gritó a través del agujero de la cerradura:

—¡Señor Marr! ¡Señora Marr!

Las repetidas llamadas, que iban ahora in crescendo, despertaron a John Murray, prestamista, que vivía en la casa contigua. No era hombre propenso a curiosear lo que hacían sus vecinos, pero ya lo había alarmado el anterior aporreo de la puerta por parte de Margaret Jewell. Ahora, a la una y cuarto, él y su esposa, ya acostados, esperaban poder dormirse. Anteriormente, aquella noche se habían oído ruidos misteriosos. Poco después de las doce, él y su familia se habían alarmado mientras cenaban tardíamente al oír un choque pesado en el edificio contiguo, como si derribaran una silla. Lo había seguido el grito de un muchacho, o de una mujer. En aquel momento, esos ruidos no causaron una gran impresión. Probablemente Marr, irritado y fatigado al finalizar una jornada larguísima y atareada en la tienda, estaba aplicando un correctivo a su aprendiz o a su criada. Allá él. Pero el persistente alboroto ya era otra historia, y Murray decidió salir a la calle.

Margaret Jewell explicó rápidamente la situación con un confuso parloteo acerca de ostras, facturas del panadero y gritos del bebé, y siguió la explicación más pausada de George Olney referente al pasador suelto y las llamadas sin respuesta. John Murray tomó el mando. Dijo al vigilante que continuara llamando vigorosamente con la campana y que él iría a su patio posterior y procuraría que desde allí la familia Marr lo oyera. Así lo hizo, llamando tres o cuatro veces por su nombre al señor Marr, pero tampoco hubo respuesta. Después vio una luz en la parte trasera de la casa y, volviendo a la calle, dijo al vigilante que llamara todavía con más fuerza, mientras él trataba de meterse en el edificio por la puerta posterior.

Era tarea fácil saltar la endeble cerca que dividía las dos propiedades, y pronto se encontró en el patio posterior de los Marr. Observó que la puerta de la casa estaba abierta. Reinaba un gran silencio en el interior, pero había una débil lucecita procedente de una vela que ardía en el rellano de la primera planta. Murray subió la escalera y se hizo con esta vela. Se encontraba frente a la puerta del dormitorio de los Marr, y entonces, por delicadeza, ya que a veces el hábito se impone a todo razonamiento, se detuvo indeciso ante esa puerta y llamó delicadamente, como si la joven pareja, ignorando el clamor provocado en la calle, durmiera tranquilamente en brazos el uno del otro.

—Marr, Marr, no ha asegurado los porticones de su escaparate.

Nadie contestó. Murray, sin atreverse todavía a invadir la intimidad del dormitorio de su vecino, sostuvo en alto la vela y bajó con cuidado la escalera hasta llegar a la tienda.

Fue entonces cuando descubrió el primer cuerpo. El aprendiz, James Gowen, yacía sin vida junto a la puerta que conducía a la tienda, a menos de dos metros del pie de la escalera. Los huesos de su cara habían sido machacados por una serie continuada de golpes. Su cabeza, que todavía sangraba, había sido reducida a papilla, y la sangre y los fragmentos de cerebro salpicaban la tienda hasta la altura del mostrador, e incluso colgaban, como macabra excrecencia, del bajo techo. Petrificado por la sorpresa y el horror, por unos momentos Murray no pudo gritar ni moverse. La vela temblaba en su mano, proyectando sombras y una luz débil y espasmódica sobre la cosa que yacía a sus pies. Después, lanzando un gemido, el prestamista avanzó tambaleándose hacia la puerta, pero encontró el camino bloqueado por el cadáver de la señora Marr. Ésta yacía boca abajo, con el rostro contra la puerta de la calle, y la sangre manaba todavía de su cabeza destrozada a golpes.

Como pudo, Murray abrió la puerta y anunció incoherentemente sus noticias.

—¡Asesinato! ¡Asesinato! ¡Vengan a ver lo que han hecho aquí!

El grupo que se había formado fuera, aumentado ahora por la llegada de vecinos y de un segundo vigilante, se apiñó para entrar en la tienda. El horror los paralizó. Margaret Jewell empezó a chillar. Menudeaban los gruñidos y los sollozos. Poco tiempo se necesitó para que se revelara una nueva tragedia. Detrás del mostrador, y también boca abajo, con la cabeza hacia el escaparate, estaba el cadáver de Timothy Marr. Alguien gritó: «El crío, ¿dónde está el crío?», y la gente se precipitó hacia el sótano. Allí encontraron al niño, todavía en su cuna, abierto de un golpe un lado de la boca, magullado el costado izquierdo de la cara, y la garganta rajada hasta el punto de que la cabeza estaba casi separada del tronco.

Trastornados ante tanto horror y tanta brutalidad, y sobrecogidos por el miedo, los componentes del pequeño grupo reunido en la cocina subieron la escalera con paso vacilante. La tienda estaba ahora abarrotada de gente e iluminada por la luz de varias velas. Sin separarse unos de otros, como en busca de protección, los curiosos contemplaban el local a su alrededor. En aquella parte del mostrador que se había librado de las salpicaduras de la sangre y los sesos de Gowen, vieron un escoplo de carpintero. Con manos temblorosas, que apenas obedecían, hubo quien lo alzó. Estaba perfectamente limpio.

Persona o personas desconocidas

El repentino concierto de las carracas de los vigilantes sembró al instante la alarma. Se abrieron de par en par ventanas de dormitorios y aparecieron cabezas cubiertas con gorros de dormir. La gente se vistió apresuradamente y una pequeña multitud se congregó frente a la tienda de Marr. Algunos habían oído el terrible grito de Murray —«¡Asesinato!»— y otros corrieron por instinto hacia un escenario que ya les era a medias familiar por sus pesadillas. Pero no había nada que ver; tan sólo la puerta entreabierta, las contraventanas sin asegurar y las caras pálidas y aterrorizadas de los pocos que habían echado un vistazo al interior.

A los pocos minutos llegó la noticia a la comisaría de policía del río Támesis en Wapping, donde estaba de guardia el agente Charles Horton. Éste corrió por Old Gravel, se abrió paso entre el gentío en Ratcliffe Highway y entró en la tienda de Marr. Como primer policía en escena, su deber era registrar el lugar. Fue para él una suerte estar de servicio aquella noche. Dos meses después, cuando el Ministerio del Interior autorizó la concesión de recompensas en metálico, Horton recibió diez libras por lo que iba a encontrar.

El policía examinó los cadáveres a la débil luz de su linterna. El aire parecía ya estar impregnado de un olor dulzón y mareante de sangre y sesos. Buscó sistemáticamente, enfocando la linterna bajo el mostrador, detrás de la puerta, en las estanterías y en todo lugar oscuro donde los asesinos hubieran podido ocultar sus terribles armas. Pero aparte del escoplo no encontró nada; y al parecer tampoco habían robado nada. En el bolsillo de Marr, Horton halló cinco libras, y había dinero suelto en la caja. Bajó después a la cocina, donde el cadáver del bebé yacía en su cuna empapada en sangre. Sin embargo, esta búsqueda tampoco dio fruto. Quien hubiera degollado a la criatura se había llevado consigo el cuchillo.

Quedaban por registrar las habitaciones del piso alto. Acompañado por Olney, Horton subió cautelosamente la escalera y se quedó un rato en el rellano, alerta y a la escucha, allí donde Murray había llamado poco antes a la puerta del dormitorio de la joven pareja. La puerta estaba todavía abierta. Empuñando con fuerza su cachiporra, Horton entró. La cama estaba intacta. Junto a ella había una silla y, apoyada en ésta, con el mango hacia arriba, había un pesado mazo de hierro, de los empleados por los carpinteros de los barcos. El mango estaba lleno de sangre y en la cabeza de hierro la sangre estaba todavía húmeda, con cabellos pegados a ella. Los criminales debían de haber dejado caer el arma para darse a la fuga, alarmados por los campanillazos de Margaret Jewell. En el dormitorio tampoco habían robado nada. Un cajón contenía 152 libras en metálico.

Horton transportó cuidadosamente el mazo a la planta baja, y su visión causó un movimiento de retroceso en la multitud congregada en la tienda. Tras depositar su linterna sobre el mostrador, el policía examinó el arma. La cabeza de hierro tenía la forma de un yunque, con el extremo grueso, ahora horrible a causa de la sangre y los cabellos, aplanado para introducir clavos en las maderas de los barcos. El extremo estrecho, ahusado hasta alcanzar el diámetro de una moneda de seis peniques, era utilizado como martillo para fijar el clavo a mayor profundidad por debajo de la superficie de la madera. Allí estaba la primera pista. Se observó que el extremo estaba roto.

Entretanto, alguien había descubierto otras pistas. Dos claras hileras de pisadas salían de la parte trasera de la casa de los Marr. Aquel día habían trabajado los carpinteros en la tienda y las huellas tenían trazas de sangre y de serrín. Evidentemente, los malhechores habían escapado saltando la valla de la parte posterior y atravesando el recinto cercado que había detrás. Un hombre de Pennington Street así lo confirmó. Vivía en la puerta contigua a un inmueble deshabitado en la esquina de Pennington y Artichoke Hill. Poco después de darse la primera alarma había oído un estruendo en la casa vacía, y vio que «diez o doce hombres» salían precipitadamente y corrían por Pennington Street. Era un claro indicio de que la pandilla había huido por Old Gravel, donde desapareció.

Poco antes de amanecer, Horton volvió a la comisaría de policía del río Támesis con el mazo, y descubrió que ya había allí tres hombres bajo custodia. Eran marineros griegos, vistos cuando merodeaban cerca de la casa de Marr, y uno tenía manchas de sangre en los pantalones. Eran los primeros de muchos que serían arrestados en similares circunstancias, detenidos a la menor sospecha, o aun cuando no la hubiera. La sensación de horror, y especialmente de la atrocidad que representaba el asesinato del bebé, cundió rápidamente entre la comunidad en una especie de histeria colectiva que al principio se cebó en los extranjeros. Los marineros griegos comparecieron ante el juez de policía del Támesis, John Harriott, pero pudieron presentar una coartada para demostrar que acababan de llegar de Gravesend y quedaron en libertad.

Por consiguiente, poco después de comenzar aquella jornada dominical, a pocas horas de cometido el crimen, era ya mucho lo realizado. Un oficial de policía había registrado el domicilio de Marr y hallado el mazo manchado de sangre con su marca distintiva, se había comprobado que no se había robado nada, se habían descubierto dos hileras de pisadas, se había trazado la ruta probable de la huida y tres hombres habían sido detenidos y habían comparecido ante el juez. Da la impresión de que existía en Londres, dieciocho años antes de fundarse la Policía Metropolitana en 1829, una fuerza policial organizada aunque rudimentaria, adiestrada y equipada para hacer frente rápidamente a los acontecimientos. Tal impresión debe ser considerada como falsa.

La responsabilidad principal de la lucha contra el crimen en el distrito de St. George's-in-the-East recaía firmemente en los directores, superintendentes y administradores de la junta parroquial, a quienes las leyes exigían retroceder hasta la Edad Media a fin de cumplir el ritual anual de reclutar personal para desempeñar a tiempo parcial los cargos no remunerados de *High Constable* y *Constable*. Tales cargos, aunque honorables, eran fastidiosos. Esos policías o alguaciles de los que se podían llegar a nombrar hasta una docena cada año, eran responsables de planificar y supervisar la ronda nocturna, de presentar cargos contra los prisioneros y de llevarlos ante un juez por la mañana. Tras una dura jornada de trabajo, comerciantes y artesanos no tenían ni las energías ni la suficiente dedicación para realizar un arduo servicio público no remunerado; según una antigua costumbre, podían soslayarlo, ya fuese abonando una multa de diez libras al distrito o bien pagándose un sustituto. En su mayoría, tales sustitutos eran corruptos, y muchos desempeñaron su oficio durante largos años.

Bajo el control de los *constables* (o sus sustitutos pagados), la parroquia de St. George's-in-the-East daba también empleo a treinta y cinco vigilantes nocturnos a dos chelines la noche, junto con un encargado para supervisarlos. La tarea de los vigilantes consistía en cantar las medias horas desde las nueve de la noche hasta las cuatro de la madrugada, y en «aprehender, arrestar y detener a todos los malhechores, golfos, vagabundos, quebrantadores del orden, y a todas aquellas personas que dieran motivo para sospechar que tengan malas intenciones y que holgazaneen o se comporten indebidamente». Esto era lo que rezaba la ley local, pero los vigilantes veían su trabajo bajo otro prisma. Para ellos, era la manera más fácil que conocían de ganarse catorce chelines semanales extras. Entre ronda y ronda se refugiaban en pequeñas garitas que, según se cuenta en el *The Examiner* de la época, eran «tan sólo una modestísima obra de caridad, si se tiene en cuenta qué pobres y extenuadas criaturas han de habitarlas, y que las nieblas y las lluvias duran a veces toda una noche».

Estos vigilantes de distrito eran invariablemente viejos. En su mayoría trabajaban en otra cosa durante el día, pero ya no tenían la fuerza física suficiente para acometer duras tareas manuales, por lo que recurrían al trabajo nocturno a fin de suplementar un salario irremediablemente bajo. Según un tal Jenkinson, de Charterhouse Square, había otra razón, ésta de política pública, por la que sólo se daba empleo a hombres de edad avanzada.

«He oído decir que hace años el distrito de Covent Garden probó el sistema de emplear a hombres jóvenes como vigilantes —confió delicadamente al secretario del Interior—, pero se vieron obligados a desistir a causa de la relación que se daba entre ellos y las prostitutas, que los apartaban de su deber mientras se estaban cometiendo los robos.»

Sin embargo, los viejos resultaban poco más efectivos. Tal vez fueran demasiado seniles para sentirse tentados por prostitutas, pero eran también demasiado débiles e ineficaces para construir una amenaza para los amigos de lo ajeno. Lo que evidentemente se necesitaba era un cuerpo de hombres jóvenes, fuertes, enérgicos y honestos, impermeables a los ardides sexuales de las mujeres; una especie que, si es que alguna vez había existido, difícilmente había de sentirse atraída por el trabajo o la paga de un vigilante nocturno de distrito.

Los documentos del Ministerio del Interior contienen una descripción del oficio tal como lo veía un vigilante en la época. Thomas Hickey había estado empleado en cinco barrios metropolitanos, y las fechorías que relataba eran las mismas en cada uno de ellos. Uno de los trucos favoritos era el de que un vigilante aceptara un soborno de un ladrón (a menudo un amigo suyo) para que arrestara a algún forastero por cualquier nadería, como por ejemplo el vagabundeo, lo llevara a la garita y mantuviera con él una discusión lo bastante larga como para permitir al caco robar en la casa por él elegida y alejarse de allí. Entonces, cuando el policía acudía para acusar al individuo arrestado, éste y el vigilante procedían a negociar para que se retirase la acusación a cambio de una suma determinada. «Entonces el señor Vigilante y el señor Agente de la Policía, para explicarlo claramente, señor, se reparten el botín.» Hickey y sus amigos también tenían experiencia respecto a las añagazas de las prostitutas. «Otro gran azote lo constituyen las infortunadas hembras que, por auténtica necesidad, recorren las calles bien entrada la noche; estas pobres criaturas se ven obligadas —y digo obligadas— a tener un protector, más conocido como rufián o macarra —perdone este lenguaje, señor—, y todos son ladrones notorios. La infortunada mujer a la que el vigilante llama la atención tiene la obligación, y a menudo así se planea, de sacarlo de su puesto para obsequiarlo con un poco de ginebra, cosa que nunca se rechaza y que satisface la doble finalidad de dejarla a ella en libertad para merodear por las calles y de dar a su compinche la oportunidad de forzar la entrada de una casa o desvalijar a un incauto transeúnte.»

Al vigilante no se le permitía distanciarse de su distrito sin permiso de un policía vecinal, y abundan las historias de ancianos que contemplaban benignamente cómo unos malhechores saqueaban una casa al otro lado de una calle que constituía límite territorial. Lo más frecuente, sin embargo, era que se limitaran a dormitar toda la noche sumidos en el estupor de los beodos. Las herramientas del oficio, tan apreciadas por generaciones de caricaturistas, eran una linterna y una carraca. La linterna era un pesado artefacto de hierro con capas y más capas de alquitrán y grasa incrustadas. La carraca servía de poco más que de reclamo para los criminales, un acompañamiento *fortissimo* (para citar de nuevo *The Examiner*) para la «vieja voz, curtida por los tiempos, que parece congregar a los ladrones para que roben allí donde se les antoje».

Nadie podía esperar que esta menguada fuerza parroquial, incluso aunque reforzada en invierno por veinticuatro «patrulleros de noche», evitara el asesinato, y la idea de utilizarla como agencia detectivesca hubiera sido absurda. No obstante, no era el único instrumento de la ley en el distrito donde Marr vivía. Tras él (aunque no a cargo del mismo) había un tribunal local de tres magistrados en su juzgado público en Shadwell. Era uno de los siete juzgados públicos de esta clase creados en 1792. Su estatuto bien hubiera podido ser llamado Ley Anticorrupción, pues finalmente barrió de Middlesex la vergüenza de los antiguos «jueces negociantes», que durante más de un siglo habían administrado la justicia en base a un negocio altamente provechoso. Tras pasar a formar parte del tribunal, aceptaban sin disimulo todo soborno que les ofrecieran para sacar de apuros a los ladrones, dirigían redes de protección a los propietarios de burdeles y extorsionaban con la amenaza de encarcelamiento a todo el que se atreviese a oponerse a su poder. A veces topaban con bribones más listos que ellos. Un informe confidencial dirigido al Lord Chancellor hablaba de «un tal Sax, juez de las cercanías de Wapping; últimamente preso del Tribunal Real por deudas; hoy merodea por sórdidas cervecerías cerca de Tower Hill y Wapping, y redacta actas notariales en una pequeña cervecería cercana al Victualling Office». Pero pocos eran los jueces que caían tan bajo. Les bastaba con abrir tiendas en las proximidades de sus juzgados para ganarse espléndidamente la vida, imponiendo recargos del diez o el veinte por ciento sobre todos los artículos vendidos a ladrones y prostitutas como precio de su inmunidad al procesamiento. El objeto de la ley de 1792 había sido sustituir estos pequeños pero envidiables negocios por tribunales constituidos según el modelo que Henry Fielding había establecido cincuenta años antes en Bow Street, donde se había administrado debidamente la justicia durante medio siglo. Cada magistrado de los siete nuevos juzgados públicos cobraba 400 libras anuales (más tarde aumentadas a 500), lo bastante —se esperaba— para ponerlos a salvo de toda tentación.

Pero la solución de un problema creaba otro. La única cualificación exigida para los nombramientos era la que en general se aplicaba a la magistratura: uno había de tener unos ingresos privados de 100 libras anuales como mínimo, de modo que no tuviera necesidad de ser un instrumento del Gobierno. Los nuevos cargos fueron asumidos, como era usual en la época, por medio del patrocinio. En 1811 (para citar de nuevo *The Examiner*), «numerosas personas, con las que sus patrocinadores no saben qué hacer, y que no tienen tiempo ni inclinación, ni ninguno de los requisitos para los deberes que deberían cumplimentar, se sientan en los juzgados públicos, con gran pesar por su parte y perjuicio de sus conciudadanos... De ellos, uno estaría escribiendo novelas, otro estudiando política, un tercero entregado a la divinidad, un cuarto especulando sobre las jóvenes que van y vienen, un quinto mordisqueando su pluma en busca de completar un pareado y un sexto desempeñando un papel sobre la vida del doctor Johnson». El propio Poeta Laureado («El poético Pye —dijo Walter Scott— era muy respetable en todo menos en su poesía») era uno de los magistrados, y todos ellos eran literatos entusiastas. «Cabía que un delincuente fuera arrestado en un teatro regentado por un magistrado por armar alboroto durante la representación de una obra escrita por otro, y que compareciera ante un tercero que la criticara en una revista.» De día, los magistrados podían considerarse, resumía el que esto escribía, como «lo que los vigilantes son para nosotros de noche: pobres seres totalmente fuera de lugar y sin utilidad excepto para quienes nos despojan».

Los tres magistrados de Shadwell —Robert Capper, Edward Markland y George Story— tenían su juzgado público en la calle Shadwell y se suponía que desde allí habían de cubrir los seis distritos, densamente poblados, de Shadwell, Wapping, St. Anne (Limehouse), St. George's-in-the-East, Ratcliffe y Poplar. Como ayuda (al igual que cada uno de los demás juzgados públicos) tenían autorización para emplear un máximo de ocho agentes de policía. Estos hombres no llevaban uniforme y no tenían distintivo ni equipo de ninguna clase. Formaban de hecho una diminuta y aislada fuerza policial de la que los magistrados tenían el mando personal. A cada agente de policía se le pagaban veintidós chelines semanales, pero esto era en concepto de honorarios de retención. Se esperaba de estos hombres que encontraran empleo a individuos desocupados, detuvieran a sospechosos y recobrasen géneros robados mediante una recompensa convenida. De este modo los policías llegaban a ganar hasta un centenar de libras anuales además de sus salarios nominales. Las relaciones entre ellos y los policías y vigilantes del distrito eran profundamente hostiles, ya que las fuerzas parroquiales consideraban al reducido grupo de policías oficiales como espías, y se negaban a prestarles la menor ayuda. Eran animales del mismo género, declaró un magistrado, pero «uno es el enemigo natural del otro». Esto era inevitable, puesto que competían por los mismos objetivos y servían a diferentes amos.

Charles Horton, el oficial de policía que registró la tienda de Marr, no era uno de los hombres de Shadwell; pertenecía a otra organización —una más—, incluso más reciente que el juzgado público de Shadwell. La policía del río

Támesis, con su comisaría en Wapping New Stairs, había sido creada mediante un estatuto en 1800. Su finalidad era la de proteger los valiosos cargamentos y los buques anclados en el muelle de Londres y, aunque autorizada a emplear cinco hombres en tierra, así como cuarenta y tres hombres en el agua, sus operaciones se limitaban normalmente al río. Pero el hombre que se había hecho cargo de estas fuerzas desde su creación, John Harriott, no era un hombre corriente. Para comprender su papel en la investigación del crimen es necesario echar un vistazo a sus antecedentes.

Harriott se incorporó a la armada cuando era un muchacho y viajó a las Indias Orientales. Tras naufragar ante el litoral de Levante, sirvió bajo las órdenes del almirante Pocock en la toma de La Habana, y de nuevo en la toma de Terranova. Un vez firmada la paz, se alistó como marinero de primera clase en la marina mercante, vivió durante algún tiempo con los indios americanos y después reapareció súbitamente como militar en Oriente, donde actuó como capellán y ayudante de juez con categoría de abogado. Enviado a calmar a un rajá irreductible, recibió una herida de mosquete en una pierna, embarcó rumbo a Sumatra y El Cabo, y después, tras una temporada como comerciante de vinos, se estableció como granjero en Essex, donde llegó a ser magistrado. En 1790, el fuego destruyó la granja. Harriott emigró a Estados Unidos, volvió a Inglaterra al cabo de cinco años, y en 1798 ayudó a Patrick Colquhoun a organizar la Policía Fluvial, cuyo cuartel general estaba en Wapping. Él había sido el magistrado al frente de estas fuerzas desde su fundación. En 1811 contaba sesenta y seis años y era un viejo bucanero brillante, audaz y astuto, uno de los padres fundadores del primer Imperio Británico, un tipo sacado de las páginas de Robert Louis Stevenson.

No obstante, las memorias de Harriott demuestran que fue algo más que un bucanero convencional. Era un hombre de una energía y una versatilidad asombrosas. Ningún tema resultaba extraño a su mente fértil e inquisitiva. Era algo así como un teólogo aficionado, siempre dispuesto a especular por escrito sobre la existencia de Dios y la eficacia de los sacramentos; un inventor de considerable capacidad técnica, aunque algunos de sus proyectos fueran más ingeniosos que prácticos; un hombre humanitario que se contó entre los primeros en exponer los males de los asilos privados para enfermos mentales; y un filósofo cuya mente, especulando acerca de la muerte, se «elevaba a una satisfacción mental que iba mucho más allá de lo que el lenguaje puede expresar mediante la experiencia de transferir los restos putrefactos de sus dos primeras esposas, su padre y varios hijos de corta edad a un recio ataúd de roble», mientras lo ordenaba todo para recibir la suya propia. Además, era un moralista práctico cuyos consejos a sus hijos a punto de embarcar rumbo a las Indias Orientales, «en un tiempo en que las pasiones se robustecerán y el clima cálido incrementará el deseo de satisfacerlas», merecen algo mejor que estar enterrados en las páginas, hoy poco conocidas, de *Struggles through Life* (3 vols., 1815).

Tales eran pues los dispositivos para custodiar Londres en 1811. De una población total de poco más de un millón de personas, unas 120.000 vivían en la City y, de toda la metrópoli, tan sólo allí existía un sistema de gobierno debidamente organizado y el dinero para pagar una vigilancia nocturna eficiente. El tejido urbano situado más allá de los límites de la City se dividía en cincuenta distritos separados, cada uno como un diminuto estado independiente, cuyos únicos gobernantes comunes eran las figuras algo remotas del rey y el Parlamento. Cada distrito o parroquia estaba regido por su propia junta, formada por los directores, superintendentes y administradores, y entre todos ellos estos distritos daban empleo a unos 3.000 alguaciles y vigilantes de distrito. Diseminados por los distritos, pero de ningún modo con autoridad sobre ellos, se encontraban los siete nuevos juzgados públicos, cada uno con su plantilla de tres magistrados y ocho oficiales de policía. Éstos constituían también unidades independientes. Junto al río estaba la comisaría de policía del Támesis, que se ocupaba de la navegación. Y finalmente, *primus inter pares*, estaba el prestigioso juzgado de Bow Street, que contaba también con tres magistrados y un *corps d'élite* de sesenta *Bow Street Runners* —los corredores de Bow Street—, cuyas atribuciones, sin embargo, quedaban reducidas normalmente a patrullar las carreteras principales que llevaban a Londres. Con este sistema —o, mejor dicho, dada la ausencia de uno— no había un punto de referencia, y nadie tenía que responder de nada ante nadie. Las animosidades y las envidias eran endémicas, y el pundonor obligaba a abstenerse de intercambiar información.* El ministro del Interior podía utilizar su autoridad para ordenar el préstamo temporal de efectivos de Bow Street o la policía del Támesis en un caso de emergencia, pero cualquier otra clase de ayuda mutua resultaba inconcebible.

Casi ochenta años más tarde, cuando Jack el Destripador se dedicó a sus carnicerías nocturnas, algo al norte de Ratcliffe Highway, unos 14.000 policías metropolitanos procedentes de todo Londres no lograron resolver los crímenes. En 1811, las fuerzas disponibles en Ratcliffe Highway para descubrir y aprehender a los asesinos de los Marr consistían

* Cuando a John Gifford, magistrado de la comisaría de Worship Street, se le preguntó en una encuesta parlamentaria (1816) si existía alguna «correspondencia regular» entre su comisaría y las otras, replicó con firmeza: «Desde luego que no... Las diferentes comisarías se guardan para sí su información, y no desean comunicarla a otros que puedan tener el crédito y la ventaja de localizar a los delincuentes.» (El verdadero nombre de Gifford era Green. A los veintitrés años había dilapidado una cuantiosa fortuna y huyó a Francia y cambió de nombre. Volvió para publicar revistas políticas y literarias y se le recompensó con el nombramiento para la comisaría de Worship Street después de haber escrito la historia de la vida política de Pitt en seis volúmenes, 1809.) *(N. de los A.)*

en un encargado supervisor, un alguacil mayor, un alguacil, treinta y cinco viejos vigilantes de noche y veinticuatro patrulleros nocturnos empleados por la sacristía de St. George's-in-the-East, tres magistrados en su juzgado público de Shadwell, con sus ocho oficiales de policía, y un inquisitivo aventurero veterano, Harriott, con una fuerza de la policía fluvial y cinco guardias de tierra firme.

La junta parroquial entraba en acción después de Harriott, y actuó de la única manera que le era factible. Una buena investigación dependía de una información fiable, y la información tenía que pagarse. Era una fórmula vieja y largamente probada, y la única cuestión era cuánto había que ofrecer. Ni un penique más de lo que fuera necesario, pues la parroquia de St. George's-in-the-East era tan pobre como cualquiera de las de Londres. No obstante, la enormidad del crimen y el peligro que continuaría cerniéndose sobre el distrito mientras éste permaneciera sin resolver, eran dos factores que aconsejaban una suma considerable. Tras haber visto los cadáveres, directores, supervisores y administradores celebraron una reunión, urgente y angustiada, en la sacristía de St. George's. El escribiente, John Clement, redactó un anuncio y lo entregó inmediatamente a Skirven, el impresor de Ratcliffe Highway. Skirven lo imprimió de inmediato y aquella misma tarde quedó fijado en la puerta de la iglesia y en las puertas de todas las iglesias y tabernas de las inmediaciones.

El pobre James Gowen fue la víctima que menos se tuvo en consideración. Su breve vida debía de haber sido de más trabajo que satisfacciones, y había muerto de una forma brutal, en una agonía de terror. Y ahora, cuando hubo que publicar el cartel que anunciaba la recompensa, al parecer nadie había sabido nunca su verdadero nombre. Pero alguien había que lo recordaba. Una semana más tarde, llegó al Ministerio del Interior una carta anónima de «un pariente lejano del pobre aprendiz que tan bárbaramente fue asesinado en Ratcliffe Highway», en la que se observaba que «el nombre del muchacho no era James Biggs, sino James Gowen». «¿Dudoso?», escribió en la carta un incrédulo amanuense del Ministerio del Interior, pero el punto tal vez no careciera de interés y pudiera ser examinado en otro momento. «Señor Capper, hable», añadió.

Entretanto, los magistrados de Shadwell estaban reunidos en su juzgado público de la calle Shadwell. Pero ¿qué hacer? Poca cosa más que esperar, pues era probable que la oferta de la junta parroquial —cincuenta libras a cambio de información— aportase rápidos resultados. Se enteraron además de que Horton, un hombre de Harriott, había encontrado un mazo ensangrentado, por lo que enviaron a la comisaría de policía del Támesis un mensaje en el que se invitaba a Harriott a sumarse a ellos para interrogar a Margaret Jewell, John Murray y George Olney.

El domingo por la mañana, por consiguiente, ya había tres autoridades diferentes que se mostraban activas en el caso: los directores, supervisores y administradores de la parroquia, con su oferta de una recompensa; Capper y sus colegas magistrados en el juzgado público de Shadwell, que esperaban cualquier información que la oferta pudiera proporcionar; y además Harriott, en la comisaría del río Támesis. En el curso de los días sucesivos, al difundirse la noticia del crimen, esta confusa situación empeoró. En todo Londres se echaba el guante a tipos sospechosos, que comparecerían ante los magistrados de los otros seis juzgados públicos más el de Bow Street. Cada tribunal trabajaba casi aislado de los demás y sólo enviaba mensajes a Shadwell cuando así se le antojaba. No obstante, existía un punto central en el que, teóricamente al menos, cabía excepcionalmente reunir todos los hilos.

Los magistrados de los juzgados públicos eran nombrados por el ministro del Interior y actuaban bajo su autoridad directa. En el caso de Bow Street la relación era íntima, ya que el primer magistrado, sir Richard Ford, entraba y salía constantemente del Ministerio con planes para la captura de agentes enemigos, y por su parte, William Day, un escribiente del Ministerio del Interior, tenía un papel destacado en la actuación de los Corredores de Bow Street. También la policía del Támesis estaba estrictamente controlada, como Harriott no tardaría en recordar. Los otros siete juzgados públicos, en cambio, eran relativamente independientes (excepto en lo tocante a su personal y sus presupuestos anuales), pero se les pedía que llamaran la atención del ministro del Interior sobre todo lo que tuviera importancia. Esto explica por qué, desde un principio, llegaron a Whitehall abundantes y detallados informes en los que se describía cualquier nueva sospecha, casi todos los presos examinados y cada nueva fase en un asunto, hasta tal punto que el ministro del Interior se vio obligado a prestar personalmente una estrecha atención al caso.

Pero esto vendría más tarde. Al principio, el Ministerio del Interior trató los asesinatos de Ratcliffe Highway como hubiera hecho con cualquier otro crimen, es decir, con tranquila indiferencia. El Honorable Richard Ryder, un hombre pomposo de cuarenta y cinco años, carente de humor (Harrow y St. John's, Cambridge, Lincoln's Inn, juez abogado general, antes de ser nombrado para el Ministerio del Interior), había sido secretario del Interior durante un par de años, aunque al parecer se tomó escaso interés por los asuntos del departamento. En su despacho de Dorset House —un edificio que ocupaba el emplazamiento del antiguo campo de tenis de Enrique VIII, en la esquina norte de Whitehall y Downing Street— empleaba a dos subsecretarios, un escribano, un redactor de sumarios y un secretario particular, ayudados éstos por dieciocho escribientes; y a finales de 1811 la actividad pública se hacía apremiante. La guerra en la Península Ibérica se encontraba en una fase crítica, el bloqueo continental de Napoleón empezaba a hacer efecto y gran parte del tiempo del departamento lo ocupaban las actividades subversivas en el país. En noviembre de 1811, habían llegado también a su apogeo la destrucción de máquinas por parte de los ludditas en Nottinghamshire, y era incumbencia del ministro del Interior supervisar una auténtica campaña militar contra los saboteadores. Por ello, cuando llegaron las primeras cartas de los magistrados, se les hizo muy poco caso.

Como era propio de él, Harriott fue el primero en ponerse en contacto con el Ministerio del Interior. Escribió inmediatamente, el domingo. El relato sobrecogedor que había oído de labios de Margaret Jewell y de Murray incrementó su interés, y apenas terminó el examen preliminar en Shadwell, se abrió paso a codazos entre la gran multitud concentrada ante el 29 de Ratcliffe Highway e inspeccionó personalmente la casa. Después volvió a la sede de la policía del Támesis, en Wapping, para escribir a John Beckett, el más antiguo de los subsecretarios.

«Para informar al señor Secretario Ryder —comenzó—, considero necesario no perder tiempo en poner a usted al corriente del siguiente relato sobre el asesinato extraordinariamente inhumano de cuatro personas.» La carta procedía a resumir lo que Margaret Jewell y Murray habían contado aquella mañana a los magistrados, y Harriott tenía ya sus ideas. «Es totalmente evidente —escribió— que intervinieron al menos dos personas, y que con toda probabilidad habían planeado sus operaciones para un sábado por la noche, puesto que entonces las tiendas siguen abiertas hasta muy tarde, observando que el dueño colocaba las contraventanas y dejaba la puerta abierta cuando entraba para cerrar los pestillos. Entraron corriendo y perpetraron los horrendos asesinatos, pero, perturbados por el regreso de la muchacha y sus llamadas para poder entrar, se dieron a la fuga por la puerta posterior.»

En cuanto a las posibilidades de efectuar una detención,

Harriott se mostraba optimista. Había dos puntos a tener en cuenta. Primero, él descubriría si alguna de entre la docena de chicas a las que Marr daba empleo a tiempo parcial sabía que él tenía dinero en la casa, y si había intervenido en planear los asesinatos; la perspectiva de una recompensa y un perdón acaso indujera a alguien a presentarse. Segundo, una «marca singular» en el mazo había de permitir seguirle la pista. La referencia a la docena de jóvenes al servicio de Marr es curiosa. Marr tenía un pequeño negocio en un local modesto, y era un mercader de género para hombres, no un sastre, por lo que parece improbable que utilizara mano de obra externa, a excepción de James Gowen y una sirvienta. Puede ser que Harriott, llevado por su celo y su entusiasmo, aceptara a pie juntillas rumores como si fueran verdades, o interpretase mal las palabras de un informador. Ciertamente, aparte de Margaret Jewell y su predecesora, ninguna sirvienta prestó declaración, y ya no se volvió a hablar de la docena de muchachas.

Harriott se sentía inquieto, ansioso por actuar inmediatamente, mientras las pistas estaban todavía frescas. Después de enviada su carta, hizo ulteriores investigaciones y pronto salió a la luz información adicional. Ésta podía ser vital. Habían sido vistos tres hombres ante la tienda de Marr durante media hora, y uno de ellos miraba continuamente a través del escaparate. Se habían obtenido sus descripciones. Uno de ellos vestía «una especie de chaquetón de color claro, y era un hombre alto y robusto». Otro llevaba «una chaqueta azul, con las mangas hechas jirones, y bajo la cual parecía haber también unas mangas de franela, tenía en la cabeza un sombrero de ala estrecha». No se había dado descripción del tercer hombre. Unas pistas tan prometedoras tenían que ser seguidas sin demora, y el lunes 9 de diciembre Harriott tuvo impreso su propio cartel, que contenía las descripciones de los hombres y ofrecía veinte libras por su arresto.

Éste fue el día en que los asesinatos dejaron de ser noticia local y se convirtieron en un acontecimiento nacional. «Horripilantes asesinatos sin parangón», anunció el *Morning Chronicle* del lunes, y *The Times* manifestó: «Casi dudamos de que, en los anales criminales, exista un caso conocido que iguale en atrocidad a los que revelan los detalles siguientes.» El relato era ciertamente espeluznante, pero «los magistrados no regatean esfuerzos para encontrar a los asesinos». Ciertamente, ésta era la verdad en el caso de Harriott.

Mas al parecer el tribunal de Shadwell, tras haber realizado sus indagaciones preliminares el día anterior, se había sumido en una especie de callada resignación. A lo largo del lunes esperaron la llegada de sospechosos, pero ninguno acudió. Markland procedió a escribir su propia narración del caso para el ministro del Interior, y declaró sombríamente: «No tenemos ninguna pista que prometa llevar a un descubrimiento.» El mazo roto y ensangrentado, las huellas de pisadas y el escoplo eran, por lo que puede verse, escasamente relevantes. Cuando hablaban de «pistas», los magistrados aludían a información de primera mano que condujera directamente a una condena, y tal información tenía que ser comprada. «La parroquia de St. George ha publicado anuncios en los que se ofrece una recompensa de cincuenta libras por el apresamiento de los delincuentes», y Markland concluía añadiendo delicadamente: «Permítaseme sugerir la conveniencia de que el Gobierno de Su Majestad se haga eco de ello en la *Gazette*, en la manera que juzgue más conveniente.»

Poco cabe descubrir acerca de este tribunal de magistrados de Shadwell, excepto que, en contraste con la del impetuoso Harriott, su conducta en general fue la de unos bien intencionados aficionados.

Story, el de más edad, había sido uno de los primeros empleados a sueldo nombrados en 1792. Debía de ser ya un hombre de edad avanzada, y no tomó parte en la correspondencia con el ministro del Interior ni, por lo que se ha visto, prestó el menor interés al caso. Sus colegas eran mucho más jóvenes, y ambos eran nuevos en ejercer la función cobrando por ello. Markland, antes magistrado sin paga en Leeds, sólo pertenecía al tribunal de Shadwell desde febrero de 1811, y Capper, un magistrado de Hertfordshire, desde el mes de marzo. Ambos eran buenos conocedores de la delincuencia rural —caza furtiva, robo de ovejas, vagabundeo— y es posible que Markland hubiera castigado a algunos de los hombres que, agriados por la Revolución Industrial, se unían ahora a las huestes de Ludd. Pero ninguno de los dos sabía nada acerca de la vida en los barrios míseros del este de Londres, ni comprendía las costumbres de los marineros. Tampoco es probable que cualquiera de los dos tuviera la menor experiencia en una investigación criminal de importancia. Esperaron una información que nunca llegó, y nada tiene de sorprendente que el martes *The Times* se viera obligado a comunicar: «Todos los esfuerzos de la policía y de todos los habitantes respetables de la parroquia de St. George's-in-the-East han resultado inútiles hasta el momento.»

Entretanto, la iniciativa de Harriott de ofrecer veinte libras a cambio de información sobre los tres hombres vistos ante la tienda de Marr la noche del crimen, no había dado otro resultado que una reprimenda por su exceso de celo. El Ministerio del Interior podía tolerar la ineficiencia, pero no un quebrantamiento de las normas. El ministro recordó severamente al anciano que no competía a él ofrecer semejante recompensa. Su tarea consistía en seguir ejerciendo vigilancia policial en el río, y Ryder exigía una explicación. La respuesta de Harriott fue un elegante compromiso entre la obligada sumisión y un dolorido reproche.

«Sintiéndome molesto conmigo mismo al ver que mi celo por descubrir los atroces asesinos me ha hecho incurrir en un error», comenzaba, y al no saber que los poderes discrecionales de los magistrados de la policía «en tan extraordinaria ocasión» eran limitados, le había parecido mejor publicar el cartel sin demora. Pero, de cara al futuro, «tendré especial cuidado en mantener mi celo dentro de los límites debidos». Desgraciadamente para el progreso de la investigación, parece ser que así lo hizo Harriott en adelante.

Mientras, los cuerpos de Marr y su esposa, con el bebé junto a ella, yacían en su cama. El de James Gowen fue depositado en otra habitación, probablemente la que normalmente ocupaba Margaret Jewell. Allí permanecieron hasta que llegó el momento de meterlos en los ataúdes para el entierro. Sin duda estaban custodiados —al menos en el sentido de que había un oficial de policía de Shadwell en la casa—, pero no había restricción para los fisgones y muy poco control del desfile de vecinos, conocidos, curiosos y aficionados a lo morboso, procedentes de todo Londres, que subían incesantemente por la estrecha escalera hasta lo que se había convertido virtualmente en una morgue. Damas elegantes apartaban sus faldas al rozarse con los artesanos de Ratcliffe Highway y los marineros y sus esposas que invadían Old Gravel Lane procedentes de las pensiones contiguas al río. El pequeño rellano hacía que se estrujaran los cuerpos al abandonar los visitantes la mísera habitación que contenía el cadáver atrozmente mutilado de James Gowen para contemplar la escena todavía más dolorosa en el dormitorio de los Marr. Había un constante zumbido de conversaciones truncado por exclamaciones de horror, en tanto que el hedor de la multitud, el intenso y siempre presente olor del Wapping del siglo XIX, predominaba por encima de la primera y dulzona insinuación de la podredumbre. Allí yacían los cuerpos, vaciados de toda su sangre, abiertas sus heridas sin suturar como las de animales en un matadero, y sin embargo ostentando en sus rostros céreos la secreta y confiada expresión de los difuntos.

Tales visitas a las casas de las familias afectadas por la

muerte, con el fin de contemplar a los muertos, no tenían nada de nuevo ni de extraño en el Wapping de principios del XIX, particularmente entre los inmigrantes irlandeses que se hacinaban en el East End para escapar a la miseria, todavía más intensa, de su patria, y que suministraban una parte considerable de la mano de obra interina y no especializada a la metrópoli... así como su legión de mendigos profesionales. Pocos de sus hábitos domésticos parecían aceptables a sus vecinos más prósperos y respetables, y la costumbre del *Irish Wake*, el velatorio irlandés, era particularmente detestable. El difunto, cualquiera que fuera la causa de la muerte, era depositado en la única cama, y el entierro quedaba aplazado hasta reunir suficiente dinero de los vecinos visitantes para suministrar bebida y comida que amenizaran el velatorio. Estos velatorios conducían siempre a la embriaguez y a menudo a violencias, enfermedades y muertes, aunque el peor caso tuvo lugar en 1817, cuando una tal Sullivan, cuya hija prostituta había fallecido en el taller penitenciario, persuadió a las autoridades del distrito para que cedieran el cadáver de la joven y así se le pudiera dar lo que ella describió como un «entierro decente». Desgraciadamente, se accedió a su petición. La señora Sullivan montó tres suscripciones separadas para el velatorio, todas las cuales se gastaron en bebidas y festejos, y retrasó tanto el «entierro decente» que veintiséis personas que habían visto el cadáver ya putrefacto fueron atacadas por fiebres. Seis de ellas murieron y finalmente el distrito se vio obligado a enterrar a la muchacha.

No sabemos si el hermano de Marr aprovechó la oportunidad y reunió algún dinero para los gastos de entierro, pero tal vez sea significativo el hecho de que éste se retrasó una semana. No es improbable que algún que otro visitante, en particular si era irlandés, movido por la compasión así como por el horror y el interés que el espectáculo suscitaba, dejara caer al salir alguna moneda en una copa. No hubiera sido rehusada. Había que pagar todavía la factura por la reciente reforma en la tienda, y se sabía que Marr sólo había dejado capital suficiente para pagar a sus acreedores diecinueve chelines por libra.

Entre los curiosos llegados de los barrios pobres contiguos al río para ver los cadáveres, hubo un marinero alemán llamado John Richter, que se alojaba en casa del matrimonio Vermilloe en The Pear Tree (la taberna del Peral). Subió por la angosta escalera, vio lo que había ido a ver y se marchó sin que fuese observada su presencia, y sin que dijera a nadie de The Pear Tree dónde había estado.

Las diligencias judiciales referentes a las cuatro víctimas quedaron fijadas para el martes 10 de diciembre en el Jolly Sailor, una taberna de Ratcliffe Highway, situada casi enfrente de la tienda de Marr. Mientras su esposa se afanaba entre la bodega y la cocina, preparándose para una afluencia inusual de clientes, el tabernero arregló debidamente su habitación más espaciosa. Quedó dispuesta una mesa imponente para el juez de instrucción, con velas que disiparan la oscuridad de una tarde de diciembre, se juntaron dos mesas más largas para el jurado y se colocó en lugar adecuado una silla para los testigos. Se contaba con una buena provisión de leña para el fuego. Afuera podían oírse los murmullos y los movimientos de una vasta multitud.

A primera hora de la tarde empezó a reunirse el jurado, y poco después de las dos hizo su aparición el juez de instrucción, John Unwin. Él y el jurado cruzaron primero la carretera e inspeccionaron la tienda de Marr y los cuatro cadáveres. Después regresaron, visiblemente estremecidos y con los semblantes demudados, al Jolly Sailor, y se dio comienzo a la encuesta.

El primer testigo llamado fue Walter Salter, el cirujano que, a petición del juez, había examinado los cadáveres. Había una cierta superioridad en su actitud, pues, sin concesiones a la escasa educación y el vocabulario de los vecinos de Shadwell y Wapping, tradujo en forma de oscuros latinajos las brutales realidades de cráneos destrozados y gargantas hendidas que muchos de sus oyentes habían visto con sus propios ojos. *The Times* informó:

> El pequeño Timothy Marr tenía enteramente seccionada la arteria exterior izquierda del cuello; desde el lado izquierdo de la boca y cruzando la arteria, la herida alcanzaba una longitud de al menos ocho centímetros, y aparecían varias señales de violencia en el lado izquierdo de su cara. Celia Marr, la esposa, tenía fracturado el costado izquierdo del cráneo, el hueso de la sien totalmente destruido y una herida junto a la articulación de la mandíbula que se extendía cinco centímetros hacia su oreja izquierda, y otra detrás de la misma oreja. Timothy Marr, el padre, tenía rota la nariz, el hueso occipital fracturado, y sobre el ojo derecho llevaba la marca de un golpe violento. James Gowen, el joven aprendiz, presentaba varias contusiones en la frente y la nariz. El hueso occipital estaba terriblemente triturado y los sesos asomaban en parte y en parte se habían esparcido por el suelo. El señor Salter juró que estas agresiones eran, cada una por sí misma, causa suficiente de muerte.

Margaret Jewell fue interrogada a continuación. Contó que su amo la había enviado a comprar ostras, con un billete de una libra, describió su infructuosa búsqueda a lo largo de Ratcliffe Highway y en las calles de las inmediaciones, su regreso al cabo de unos veinte minutos para encontrar la casa cerrada por dentro, la llegada del vigilante y la subsiguiente aparición de Murray. Describió cómo había entrado Murray en la casa por detrás y abierto la puerta de la calle. En este punto de su declaración, la joven se sintió tan abrumada por la emoción que se desmayó, y durante un tiempo considerable se hicieron toda clase de esfuerzos para reanimarla, sin conseguirlo. No se la volvió a interrogar.

John Murray fue el siguiente en ocupar el estrado. Atestiguó que era prestamista y residía en la casa contigua a aquella en la que se habían cometido los asesinatos. A eso de las doce y diez minutos de la madrugada del domingo se había sentado para cenar cuando oyó, en la planta baja de la casa vecina, un ruido que parecía el golpear de una contraventana o de una silla que alguien hubiera empujado; también oyó el sonido de una voz humana como si la impulsara el miedo o una reprimenda. Le pareció que la voz era la de un muchacho o la de una mujer. Todo esto sucedió en un minuto. Poco antes de la una oyó sonar con insistencia la campanilla del señor Marr, y estas llamadas continuaron hasta casi la una y media, cuando finalmente se acercó a su puerta para saber qué ocurría. El vigilante dijo que el pasador no estaba asegurado y que la muchacha se había quedado en la calle. Murray describió entonces cómo logró entrar desde la parte posterior, su breve visita arriba y el descubrimiento de los cadáveres. Testificó que, después de encontrar muerto al pequeño, él vio una maza o mazo cubierto de sangre y cabellos en manos de un oficial de policía. El señor Marr vivía en Ratcliffe Highway tan sólo desde el mes de abril. Tenía veinticuatro años de edad, y su esposa más o menos los mismos. El bebé sólo tenía catorce semanas.

George Olney declaró a continuación. Dijo que era vigilante y que pertenecía al distrito de St. George. Su declaración corroboró por completo el testimonio de la muchacha. Cuando él entró en la casa, las víctimas estaban muertas pero no frías. Explicó que había visto al señor Marr hacia las doce, cuando montaba las contraventanas. Estuvo presente en la habitación trasera cuando el policía encontró el mazo. La cabeza del mismo se apoyaba en el suelo y el mango contra una silla. La sangre corría por él hasta el suelo. También vio el escoplo que se encontró, pero no había sangre en él.

Éstos fueron los únicos testigos interrogados ante el juez.

Concluidos los interrogatorios, el juez de instrucción manifestó ante el jurado que, teniendo ante ellos la penosa exposición de los hechos sin ayuda del más mínimo testimonio destinado a señalar a los perpetradores de los atroces e inicuos asesinatos sobre los cuales se les había llamado tan dolorosamente la atención, por desgracia su veredicto debía en general atenerse a las escasas pruebas que tenían ante ellos. Confiaba, por consiguiente, en que no permitirían que éste se viera influido por los informes pasajeros cuyo origen estaba en el encomiable deseo de todos de descubrir y detener a los delincuentes, cuya futura existencia debería evidentemente quedar marcada por el remordimiento y la culpabilidad de su conciencia, y que tal vez al cabo de poco tiempo, por obra de la providencia, las plegarias de la humanidad y los esfuerzos de la policía, serían detenidos y recibirían el merecido castigo.

Tras una breve deliberación, el jurado emitió el veredicto que, en cada caso, fue de asesinato voluntario cometido por persona o personas desconocidas.

El mazo

La sensación provocada por estos feroces asesinatos —comunicó *The Times,* el miércoles 11 de diciembre— ha adquirido un carácter tan general, y la curiosidad por ver el lugar donde se cometieron se ha hecho tan intensa, que ayer por la mañana, antes de las diez, casi era imposible pasar por Ratcliffe Highway debido a la concentración de espectadores.» El relato de las diligencias judiciales ocupaba toda una columna, y el reportaje concluía así:

> Nos mostramos infatigables en nuestras pesquisas, pero no pudimos oír más que los vagos rumores de la muchedumbre, que no provenían de ninguna fuente fiable. En una ocasión se dijo que el señor Marr había sido un testigo en el Old Bailey contra un portugués que después fue ahorcado por asesinato, y que eran algunos amigos de ese hombre quienes, para vengarse, estaban dispuestos a derramar su sangre. Es de esperar, no obstante, que el futuro de los rufianes sea corto, y que la justicia y la humanidad puedan resarcirse en breve.

Seguía una intrigante posdata. Se explicaba que el lunes, al anochecer, un hombre llamado Ashburton, que vivía en la esquina de Gravel con Ratcliffe, conversaba sobre los asesinatos de los Marr con unos amigos en una taberna cuando le acometieron «tan intensas sensaciones de horror y culpabilidad» que se vio obligado a confesar que él había presenciado un asesinato cosa de dieciocho años antes. Había ido a Gravesend para ver cómo se hacía a la mar un barco de la compañía East India, y al volver a su casa siguiendo el río fue testigo de una disputa entre un sargento de infantería de marina y un caballero que actualmente vivía del modo más respetable en la plaza Prince. La discusión se debía a un muchacho que iba en el ferry de Gravesend y al que el sargento había intentado reclutar. Ashburton vio al sargento de infantería de marina caer de espaldas mientras el otro hombre saltaba tres veces sobre su cuerpo y lo apuñalaba hasta causarle la muerte. Vio arrojar al agua la espada del sargento, pero no sabía qué se hizo con su cuerpo. Dijo que a menudo había mencionado antes tales circunstancias, pero sólo cuando la bebida le hacía bajar la guardia, y que lo que contaba siempre había sido atribuido a la embriaguez. Sin embargo, ahora hablaba estando sobrio y *The Times* comunicaba que la persona acusada se hallaba bajo custodia y había de comparecer el sábado ante los magistrados del juzgado público de Shadwell para un nuevo interrogatorio, incrementando con ello la aglomeración en la prisión y los esfuerzos de los señores Capper, Markland y Story. El infortunado caballero, un portugués llamado Fansick, fue interrogado el 14 de diciembre en el juzgado de Shadwell y se le concedió libertad bajo fianza. Es probable que los magistrados pensaran que tenían problemas más inmediatos que un supuesto asesinato cometido dieciocho años antes.

No es sorprendente que el señor Ashburton, de Gravel Lane, quedase tan afectado por los crímenes en casa de Marr que se sintiera movido, bajo su intensa y notable influencia, a romper un silencio de dieciocho años. Desde un primer momento los asesinatos ejercieron una fascinación única sobre los corazones y las mentes de los londinenses. La emoción se componía en parte de horror por la crueldad extrema de los hechos y en parte de compasión ante la indefensión y juventud de las víctimas, tres menores de veinticinco años y un bebé de pocas semanas. Era de esperar que los ricos y poderosos suscitaran envidias y corrieran el riesgo de ser víctimas de robos o de algo peor. Éstos conocían el peligro y tenían los medios para combatirlo. Era igualmente comprensible que prostitutas, soplones y ladrones estuvieran expuestos a violencia y venganzas. Pero Timothy Marr había sido un hombre pobre, trabajador y respetable, que vivía en paz con sus vecinos, además de ser un buen marido y un buen padre. Pero nada lo había salvado, ni la virtud ni la pobreza. Él y toda su familia habían sido aniquilados en un brutal holocausto, como si no contaran en absoluto, ni para el cielo ni para los hombres.

Sin duda, la época era dura, implacable y a veces bárbara. La justicia se administraba cruelmente. Y sin embargo, había justicia, como había orden público, por más que arbitrariamente aplicados. Los habitantes del East End eran pobres, sin educación y a menudo violentos, pero Inglaterra tenía en Europa una envidiable reputación por el bajo índice de asesinatos. En 1810, por ejemplo, el primer año en que se celebraron elecciones para el Ministerio del Interior, saturado por los delitos, hubo sesenta y siete ejecuciones, pero sólo nueve de ellas se debieron a asesinato. Dieciocho se debieron a robo y otras dieciocho a falsificación. Las cifras reflejan el bajo índice de detenciones por asesinato, pero la proporción es significativa. Los delitos contra la propiedad eran mucho más corrientes y eran castigados tan duramente como los cometidos contra la persona. El asesinato, sin embargo, era todavía el primero y el más horroroso de los crímenes. La destrucción de toda la familia Marr parecía atentar contra los mismísimos fundamentos, no sólo del orden público, sino también de la moralidad y la religión. Si semejante cosa podía ocurrir, ¿quién podía considerarse seguro? Si la decencia y la humanidad no conseguían proteger a un hombre, ¿qué podía hacerlo? El hecho de que los asesinatos fuesen aparentemente irracionales y carentes de motivo venía a incrementar el terror. Los pobres y respetables eran particularmente vulnerables. Trabajaban hasta tarde. Tenderos y taberneros no podían cerrar y atrancar sus puertas ante la perspectiva de clientes si querían ganarse la vida. Pero ¿cómo podían sacar adelante sus negocios si, después de oscurecido, cada rostro ante la puerta podía ser el de un diablo asesino, si sus esposas y familiares se negaban a separarse de su lado una vez caída la noche, y si los clientes tenían miedo de aventurarse solos por las calles?

Los tres ineficaces magistrados de Shadwell y el infatigable Harriott conocían perfectamente la inquietud reinante, que ahora rayaba ya en el pánico. Pero por el momento, sus esfuerzos, fueran los que fuesen, habían dado escasos frutos. Sin embargo, el miércoles 11 de diciembre se consiguió algún progreso. Un carpintero contratado para trabajar en el local de Marr fue puesto bajo custodia en el juzgado de Shadwell e interrogado con respecto al escoplo. *The Times* comunicó:

> Los locales del señor Marr habían estado en obras durante algún tiempo. Un tal Pugh fue contratado para dirigir los trabajos de carpintería, y empleó a un hombre que modificó los escaparates. Este hombre pidió un escoplo, ya descrito como de cincuenta centímetros de longitud. El señor Pugh no tenía esta herramienta pero la pidió prestada a un vecino. Cuando el hombre hubo terminado su trabajo se despidió, pero no devolvió el escoplo. El señor Pugh preguntó al hombre qué había hecho con él, puesto que se lo había prestado un vecino suyo. El hombre replicó que se hallaba en la casa y no conseguía encontrarlo. Esto ocurrió hace tres semanas. El señor Pugh llamó al señor Marr y le rogó que buscara la herra-

mienta, para que él pudiera devolverla. Pocos días después, el señor Marr informó al señor Pugh de que había examinado su casa y no había podido hallar dicho útil, y no se tuvo más noticia del escoplo hasta la mañana de la matanza fatal, cuando lo encontraron en el suelo junto al cuerpo del señor Marr. El señor Pugh informó de tales circunstancias y el carpintero hubo de comparecer para ser interrogado. El señor Pugh y la persona que perdió el escoplo juraron que las señales en el mismo eran similares a las existentes en el que le fue entregado al detenido, el cual fue sometido a nuevo interrogatorio a fin de que la sirvienta (cuya vida se salvó de modo tan providencial) pudiera presentarse y reconocer al hombre como el que había trabajado en la tienda.

Por tanto, el miércoles una de las armas halladas en casa de Marr había sido positivamente identificada, y un carpintero del que constaba que la había manipulado se hallaba bajo custodia. La siguiente persona retenida fue un hombre, detenido por la policía en una taberna, a quien oyeron jactarse el martes por la noche de conocer a los individuos que habían cometido los asesinatos. Fue interrogado y encerrado como sospechoso. Sin embargo, su versión ante los magistrados fue tan incoherente que se vio bien a las claras que había hablado en estado de embriaguez, y fue puesto en libertad tras una severa reprimenda por hacer unas manifestaciones tan impropias como infundadas. Al mismo tiempo, otro sujeto arrestado con unas pruebas igualmente inconsistentes e infundadas fue interrogado y luego absuelto.

Fue a la mañana siguiente, jueves, cinco días después del crimen, cuando el ministro del Interior cedió a la presión en *The Times* y otros medios y publicó la oferta de una recompensa gubernamental. Este paso carecía virtualmente de precedentes, al menos desde hacía medio siglo. Era más que corriente que el Gobierno ofreciera recompensas a cambio de pistas que condujeran a la detención de quienes atentaban contra el bienestar público, pero en lo tocante a crímenes contra los individuos, incluido el asesinato, eran invariablemente rehusadas. El siguiente cartel fijado en Ratcliffe Highway y otras partes de la ciudad, debe ser considerado por tanto como señal de la excepcional preocupación del Gobierno:

> Whitehall, 12 de diciembre de 1811. Al haberse referido humildemente a Su Alteza Real el Príncipe Regente que la vivienda del señor Timothy Marr, en el número 29 de Ratcliffe Highway, en la parroquia de St. George, Middlesex, comerciante de telas para hombre, fue allanada el pasado domingo por la mañana entre las doce y las dos horas por alguna persona o personas desconocidas, y que el citado señor Marr, la señora Celia Marr, su esposa, Timothy, su hijito todavía en la cuna, y James Gowen, un mozo a su servicio, fueron todos ellos asesinados de la manera más inhumana y bárbara, Su Alteza Real, para facilitar la aprehensión y la comparecencia ante la justicia de las personas implicadas en los atroces crímenes, se complace en ofrecer una recompensa de 100 libras a cualquiera (excepto a la persona o personas que perpetraron en realidad dichos asesinatos) que delate a su o sus cómplices, pagaderas al ser declarados convictos el o los delincuentes por los Muy Honorables Lores Comisionados de la Hacienda de Su Majestad.
>
> R. RYDER

La recompensa era sustanciosa, pero no espléndida. Como siempre, tenía en cuenta las probabilidades. El carpintero seguía bajo custodia. Todavía podía demostrarse que estaba relacionado con los asesinatos, y en este caso la recompensa de cien libras para sus cómplices podía resultar suficiente para inducir a uno de éstos a presentar su testimonio.

Pero el caso contra el carpintero también se vino abajo. En su número del 13 de diciembre, *The Times* explicaba:

> Ayer (miércoles) por la mañana, el carpintero al servicio del señor Pugh, contratado hace tres semanas para amueblar la tienda del señor Marr, fue sometido a otro interrogatorio. Asistieron a él la criada del señor Marr y un albañil para identificar al hombre. Muchas amas de casa respetables, su casero y otros comparecieron para hablar en favor de su conducta y, para satisfacción de los magistrados, presentaron una coartada. Se demostró que el escoplo era el que había pedido prestado el hombre del señor Pugh, pero un joven juró haberlo encontrado en el sótano cuando él acompañaba al vigilante en el domicilio del señor Marr inmediatamente después de cometidos los asesinatos. Los magistrados soltaron al hombre, puesto que no había pruebas suficientes para otro interrogatorio.

Hay varios puntos chocantes en esta información. El escoplo no fue hallado en el sótano de la casa de Marr. Todos los magistrados declararon, en su informe al ministro del Interior, que había sido encontrado sobre el mostrador de la tienda. Pero aunque hubiese aparecido en el sótano, su presencia en él difícilmente hubiera exonerado al carpintero. El escoplo fue positivamente identificado por Pugh y el hombre al cual había sido pedido prestado. Era innegable que fue hallado en casa de Marr inmediatamente después de los asesinatos. El lugar exacto carece de toda importancia en este contexto. Por tanto, o bien Marr había conseguido encontrar el escoplo en su tienda poco después de salir Margaret Jewell para comprar ostras, a pesar de su anterior búsqueda, minuciosa pero inútil, o bien había sido introducido en la casa por uno de los criminales, ya fuese como arma potencial o como medio para forzar la entrada o salida. Era claramente de la mayor importancia descubrir qué había sido del escoplo desde que lo echaron en falta y quién pudo haberse apoderado de él. El primer paso y el más obvio era sin duda interrogar a Margaret Jewell sobre este punto. Ella debía saber que el escoplo no aparecía y que Pugh le había pedido a Marr que lo devolviera. Era probable incluso que hubiese ayudado a buscarlo. El local era pequeño y el escoplo, a no ser que estuviera deliberada y hábilmente oculto, seguramente tenía que aparecer. Margaret Jewell pudo haber dado fe de la minuciosidad de la búsqueda y sobre la seguridad de su amo en el sentido de que el escoplo no pudo haber quedado olvidado en su local. Cabe probablemente suponer que el escoplo no estaba en el mostrador cuando la joven salió a comprar las ostras. Marr pudo haber anunciado a su mujer que lo había encontrado, aunque Margaret no lo hubiese visto sobre el mostrador antes de salir de la tienda. Y los magistrados probablemente le habrían prestado más atención si el escoplo hubiese tenido rastros de sangre y cabellos. En cambio, si no se hallaba en la tienda antes de salir Margaret Jewell, ni lo descubrió Marr en ausencia de ella, era casi seguro que lo había llevado a la casa uno de los asesinos, y era una pista tan importante, aunque menos espectacular, como el mazo ensangrentado.

Mas al parecer los magistrados no se sintieron impresionados por la importancia del escoplo. Influyeron en ellos mucho más los excelentes testimonios sobre la conducta del carpintero. En ausencia de cualquier método científico de detección, la prueba de buena conducta era tenida particularmente en cuenta, y el carpintero pudo presentar informes satisfactorios sobre su buen comportamiento en el trabajo y en general. También le fue posible aportar una coartada y, sin ningún esfuerzo aparente por parte de los magistrados por verificarla, fue puesto en libertad.

Lo que también resulta extraño, y particularmente frustrante, es el cuidado con el que *The Times* evita citar el nombre del carpintero. Más tarde se sabría que había dos hombres que trabajaban para Pugh: Cornelius Hart y un ebanista, citado de diversas maneras en las pruebas, como Towler o Trotter. Un tercer hombre, Jeremiah Fitzpatrick, también ebanista, era socio de Hart, y pudo haber sido otro de los hombres de Pugh. Es probable que Hart fuera el interrogado acerca del escoplo, puesto que él era quien había tenido una mayor participación en las recientes reformas en la tienda de Marr. Pero no es esto lo que se nos dice concretamente. La identificación del escoplo fue un descubrimiento de esencial importancia, pero fue tratado tan sólo como un pequeño detalle más en la infructuosa rutina de las pesquisas de los magistrados.

El mismo día, miércoles, una joven llamada Wilkie, que durante seis meses había trabajado como criada de la señora Marr, a la que había dejado hacía sólo medio año, se presentó ante los magistrados para dejar en limpio su nombre. Inmediatamente después de los asesinatos, cuando los magistrados interrogaban a Margaret Jewell, ésta explicó que la señora Marr había despedido a Wilkie debido a que sospechaba que no era honrada. Hubo una disputa y la joven acusada amenazó a su señora de muerte. Margaret Jewell contó que la señora Marr la reprendió suavemente por utilizar un lenguaje tan impropio y le pidió que no la alarmase dado su avanzado estado de gestación. Estas amenazas y esta enemistad no pudieron haber sido muy graves puesto que Wilkie visitó posteriormente a los Marr, ataviada con «un vestido blanco, una chaqueta corta de terciopelo negro, un gorro con una pluma pequeña y zapatos con cordones a la griega». Es posible, desde luego, que estas visitas respondieran más bien a un deseo de lucir sus nuevas prendas y demostrar su independencia que a un interés por la salud de la familia, mas parecen haber sido amistosas. Dijo Margaret

Jewell que la señora Marr reprendía a menudo a Wilkie por su conducta relajada y su temperamento colérico, pero aseguraba a la joven su amistad y su buena disposición a prestarle ayuda si reformaba su vida de perdición y volvía a ser una honrada sirvienta. No resulta extraño que Wilkie hubiera declinado cambiar «un vestido blanco y unos zapatos con cordones a la griega», y su libertad, por el penoso trabajo de una criada para todo y los confines de una pequeña cocina en el sótano del veintinueve de Ratcliffe Highway. Ahora, sin embargo, se dedicó a reivindicar su inocencia y prestó a los magistrados toda la ayuda que le fue posible. Fue rápidamente descartada. Nadie consideró probable que una sirvienta del montón, por disgustada que estuviera con sus últimos amos, poseyera los medios, la capacidad o la fuerza física para cumplir tan completa y bárbara venganza de sus protectores, y era obviamente ridículo suponer que ella misma hubiera manejado el mazo y el cuchillo. Los magistrados la interrogaron y quedó en libertad, pero no antes de que hubiera atestiguado el afecto y la amistad existentes entre Marr y los familiares de su esposa, así como la felicidad del matrimonio Marr. Cabe que todo ello fuese cierto, pero cabe la sospecha de que los jóvenes esposos Marr hubieran sido ya calificados, debido a la compasión y al horror que produjo su muerte, como dechados de virtud y arquetipos de la inocencia y la bondad frente a la maldad de sus asesinos. Muy poco es lo que sabemos acerca de ellos, más allá de los detalles de que eran respetables, muy trabajadores y ambiciosos. Tan sólo una afirmación de John Murray, al suponer éste que el grito que oyó a medianoche era fruto del temor a un correctivo, obliga a preguntarse si no era infrecuente oír salir tales gritos del veintinueve de Ratcliffe Highway; si Marr, elevado por méritos propios de la servidumbre al poder que implica ser el amo de otros, no sería un hombre duro además de ser ambicioso. Rumores, alegaciones y retazos de información continuaban llegando. Una pista esperanzadora causó una gran expectación, y *The Times* explicó que los oficiales de policía «fueron enviados en todas direcciones». Al parecer, hacia la una y media de la madrugada del domingo de los crímenes, un hombre al servicio de los señores Sims de Sun Tavern Fields, tras recibir su paga de ocho chelines, regresó a su alojamiento ataviado con un blusón de trabajo que la mujer de la casa vio que estaba muy sucio. Preguntóle dónde había estado, y él contestó que se le había caído encima un barril de aceite y que había tratado de limpiarse el aceite. La mujer indicó que el agua fría no limpiaba el aceite y dijo que no olió la presencia de éste. Poco después, el hombre fue a acostarse con otro huésped, su vecino, pero a la mañana siguiente, muy temprano, abandonó su alojamiento, y desde entonces nada más se había sabido de él. Se creía que había tomado la carretera de Portsmouth. Se le describía como de mediana estatura, treinta años de edad, tuerto y vestido con una blusa de obrero muy fregoteada en su parte delantera y pantalones oscuros. Tan excitantes noticias produjeron una notable actividad que resultó sorprendentemente efectiva. El domingo siguiente llegó un mensaje urgente de lord Middleton, un magistrado de Godalming, en el que informaba a los magistrados del juzgado de Shadwell que el hombre que andaban buscando, y cuyo nombre se descubrió que era Thomas Knight, había sido arrestado y recluido en la prisión de Guildford. Se enviaron inmediatamente dos oficiales de policía desde Shadwell para que lo trajeran de nuevo a Londres.

Entretanto, se difundieron con rapidez noticias sobre el huésped tuerto con la blusa manchada, y antes de que Thomas Knight fuese identificado y puesto bajo custodia, numerosos infortunados resultaron arrestados como sospechosos. En Bow Street se recibió un informe de una casa de comidas en St. Giles en el que se aseguraba que se encontraba allí un hombre tuerto que respondía a la descripción de Knight, y que llevaba un blusón de obrero y pantalón oscuro. Fue detenido y conducido a Bow Street, donde declaró ser un oficial carpintero residente en Shy Lane. No pudo dar una versión satisfactoria de sus movimientos en el momento de los asesinatos, y en vista de ello los magistrados lo retuvieron para un ulterior interrogatorio. Cuando compareció de nuevo ante ellos, su casero demostró que efectivamente se alojaba en su casa, en Shy Lane, y que había estado en ella y acostado cuando tuvieron lugar los crímenes. Por tanto lo soltaron, aunque *The Times* señala mordazmente que fue su estupidez al dar detalles sobre sí mismo lo que ocasionó tantos inconvenientes a él y a sus superiores.

El sábado por la mañana llegó a Bow Street otro aviso referente a un hombre que llevaba una blusa de obrero ensangrentada, y que había sido visto con unos soldados en Windmill Street. Es evidente que en aquellos momentos la policía, en su confusión, se obstinaba en dar caza a todo el que llevara una blusa manchada de sangre y tuviera la más leve semejanza con Thomas Knight. Se envió a un oficial para que condujera al juzgado al nuevo sospechoso, y éste lo encontró con unos cuantos infantes de marina, quienes dijeron que se había alistado con ellos y había cobrado siete chelines como prima de reclutamiento. Esto fue considerado un fraude, ya que bien había de saber él que no era apto para el servicio debido a su cojera. No obstante, fue conducido al Office, donde justificó la presencia de sangre en su blusa explicando que había transportado una cabeza de cordero. En vista de ello, también él fue liberado, pero al mismo tiempo se anunció otro hallazgo significativo. Un hombre llamado Harris, evidentemente cuáquero, se dirigía con un amigo a una reunión en Penn Street el domingo por la mañana cuando —ahora recordaban decírselo a los magistrados de Shadwell— ambos vieron una camiseta de punto y un pañuelo, prendas todas ellas muy sucias de sangre, en medio de Ratcliffe Highway, cerca de la caseta del guarda de St. George. En vista de ello, los magistrados mandaron fijar un nuevo cartel:

Últimamente se ha recibido en esta oficina cierta información en el sentido de que el pasado domingo por la mañana, hacia las ocho y cuarto, se observó la presencia de una camiseta (o camisa) de punto muy ensangrentada, y también, próximo a ella, de un pañuelo en el mismo estado, en plena Ratcliffe Highway, cerca de la Watch House, en el distrito de St. George, Middlesex. A cualquier persona que haya recogido o pueda estar en posesión de dicha camisa o pañuelo se le conmina a que traiga los mismos sin demora a este juzgado, pues se cree que con ello puede aportar una pista para el esclarecimiento de los recientes y horribles asesinatos en Ratcliffe Highway. Asimismo, toda persona que pueda dar razón de los susodichos camisa y pañuelo, se ruega que lo comunique inmediatamente a los magistrados de este juzgado, que la recompensarán generosamente por su desvelo. Por orden de los magistrados.

J. J. MALLETT
Primer escribiente

Las recompensas ofrecidas eran ciertamente generosas. En aquella época sumaban más de seiscientas libras, una fortuna considerable en unos tiempos en los que el sueldo semanal de un artesano podía ser de tan sólo una libra. El 14 de diciembre, el Gobierno había subido la recompensa de cien a quinientas libras, una suma sin precedentes, y había además cincuenta libras de los Supervisores de St. George's-in-the-East, veinte libras de la Policía del Támesis y una recompensa personal de cincuenta guineas ofrecida por el Honorable Thomas Bowes, y anunciada el 14 de diciembre.

Al día siguiente, domingo, casi exactamente una semana después de sus muertes, la familia Marr fue enterrada. Se preparó una sola tumba en el cementerio de St. George's-in-the-East. La semana había sido muy fría y las palas de los sepultureros se las vieron y desearon con una tierra tan dura como el hierro. Pero el día del sepelio fue más benigno y el aliento de la multitud congregada, alineada en Ratcliffe Highway desde primeras horas de la mañana, ascendía como una fina niebla, a través de la cual podían oírse los pasos de pies helados sobre los adoquines, el murmullo de voces apagadas y el llanto de algún crío impaciente. Puntualmente, a la una y media, los difuntos fueron subidos a lo largo de la escalera, bajo la espléndida torre de Hawksmoor ornada de columnas, y entraron en la iglesia de St. George's-in-the-East, donde los Marr habían rezado y donde tan sólo dos meses antes habían asistido orgullosamente al bautizo de su hijo. Las figuras llorosas de la madre y las hermanas de la señora Marr, ocultas por espesos velos negros, fueron saludadas con exclamaciones compasivas, al recordar la multitud que habían llegado del campo el domingo del crimen para pasar el día con la joven familia, ignorantes hasta su llegada de la tragedia.

Un panfleto escrito en aquellos días por John Fairburn describe la escena:

> Ese día el barrio de Ratcliffe Highway presentaba un panorama de pesar y lamentación, y tal vez nunca hubo una ocasión en la que la melancolía estuviese marcada por un tan intenso sentimiento de abatimiento como en la escena de esta familia al ser trasladada a la triste mansión de los difuntos. Es casi imposible dar una idea adecuada de la solemnidad observada en esta ocasión por todos los estamentos. La gente formaba una fila que iba desde la casa hasta la puerta de la iglesia de St. George, y así esperó con paciencia durante varias horas.
>
> La nutrida congregación que en la iglesia asistió al servicio religioso se mantuvo en sus puestos para presenciar el acongojante espectáculo. A la una y media en-

tró la procesión, no sin alguna dificultad. El reverendo Farrington ofició y ejecutó los rituales funerarios abrumado por su pesado deber. La procesión entró en el pasillo de la iglesia en el siguiente orden:

los restos del señor Marr,
los restos de la señora Marr y su hijito,
el padre y la madre del señor Marr,
la madre de la señora Marr,
las cuatro hermanas de la señora Marr,
el único hermano del señor Marr,
el resto de los familiares próximos de los finados,
los amigos del señor y la señora Marr;

en total dieciocho deudos, entre ellos la joven sirvienta.

La aflicción de los padres, personas de edad ya avanzada, y de los hermanos y hermanas de las víctimas era un espectáculo desgarrador al que se unieron las lágrimas de la gente allí congregada, arrancadas por la compasión. Después de la ceremonia en la iglesia, los cadáveres fueron trasladados al cementerio y depositados en una sepultura. A pesar de la inmensa multitud reunida, los espectadores se comportaron con el máximo decoro, aunque no consiguieron dominar el impulso de utilizar un lenguaje vigoroso en las plegarias, al desear que la venganza de los cielos caiga sobre las cabezas de los asesinos desconocidos.

Sigue una breve y patética posdata. Después del veredicto en la vista ante el juez de instrucción, los familiares del aprendiz habían retirado su cadáver de la casa de Marr y lo habían enterrado en otro lugar. Los Marr fueron sepultados en la parte sur del camposanto y sobre ellos se erigió una alta lápida:

Consagrada a la memoria de Timothy Marr, de veinticuatro años, así como de Celia Marr, su esposa, también de veinticuatro años, y su hijo Timothy Marr, de tres meses, todos ellos inhumanamente asesinados en su vivienda del número veintinueve de Ratcliffe Highway, el 8 de diciembre de 1811.

Deténte mortal, deténte al pasar,
Y contempla la tumba en la que yacen
Un Padre, una Madre y un Hijo,
Cuyo camino terrenal fue más que breve.
Pues, ¡ay!, en una sola hora fatal,
Hubo quien llegó con fuerza despiadada,
Y asesinó con toda su crueldad...
¡Sí, demasiado atroz para contarlo!
No dejaron a nadie para relatarlo:
Uno a otro no pudieron llamarse
Y la suerte que los demás corrieron
vieron angustiados:
Vivieron amándose, y juntos murieron.
Reflexiona, oh lector, en su destino,
Y aléjate del pecado antes de que sea tarde;
La vida en este mundo es incierta.
A menudo, en un instante somos lanzados
A infinita dicha o ilimitado dolor;
Por tanto, no peques en toda tu vida.

El caso es que, una semana después de asesinados los Marr, nada se había hecho, excepto enterrarlos. Wapping no había cambiado. Los criminales seguían en libertad. Los grandes barcos todavía navegaban para salir del maravilloso y nuevo muelle de Londres, majestuosamente impulsados por las mareas, infinitos sus horizontes, indiferentes sus tripulantes a las habladurías locales, con actividades comerciales que se extendían por el mundo entero. Y también los poéticos magistrados de Londres habían tenido esa semana una oportunidad para viajar más allá de las costas conocidas. Aturdidos como puede que estuvieran de tanto interrogar a portugueses e irlandeses, acosados por idiotas y borrachos, ocupados tal vez (resulta tentador pensar que Pye lo había estado) en la composición del epitafio de los Marr, todos ellos debieron de encontrar tiempo durante la semana para asistir a una serie de conferencias dadas en Fleet Street por un auténtico poeta. Coleridge, atormentado durante la semana que siguió a los asesinatos por los contundentes efectos del opio, había estado pronunciando una serie de conferencias sobre las obras de Shakespeare, y toda la semana el *London Chronicle* había presentado las noticias de ambos acontecimientos en columnas adyacentes de manera incongruente. Mientras un titular anunciaba: «Asesinato del señor Marr y su familia», el contiguo rezaba: «Las conferencias del señor Coleridge». Los lectores, horrorizados por los espeluznantes relatos a base de sesos esparcidos y sangre derramada, podían pasar a otros temas más plácidos y perdurables. Los «discursos sobre Shakespeare», afirmaba el diario, «adquieren rápidamente el favor público y el poético conferenciante está empleando medios efectivos para que resulten gratos a quienes, según suponemos, él desea particularmente complacer: los justos».

El lunes por la tarde se incrementó la excitación cuando Thomas Knight fue conducido desde Godalming en una silla de posta al juzgado público de Shadwell. Se insistió en la conducta sospechosa esgrimida contra él. «El sábado, hace quince días, se había retirado a su hospedaje, al parecer muy abatido. Se quitó su blusa y empezó a lavarla y secarla ante el fuego; tenía unas manchas de algo muy semejante a la sangre, y a la mañana siguiente abandonó muy temprano su alojamiento, sin decir a la dueña adónde iba.»

El prisionero lo negó todo excepto esto último, y explicó una historia consistente a la que posteriormente se mantuvo fiel. Dijo que él había nacido y se había criado en Portsmouth y había llegado a Londres hacía unas seis semanas, donde se puso al servicio de la firma Sims & Co. fabricantes de cordajes, como rastrillador, hasta el penúltimo sábado. Hacía algún tiempo que su mujer estaba enferma y él había decidido regresar a Portsmouth, donde vivía ella con su padre, y trasladarla a la capital. La tarde de aquel sábado fue a la taberna King's Arms, regentada por el señor Edwards, para cobrar allí su sueldo semanal, que ascendía a doce chelines. Permaneció en el establecimiento del señor Edwards hasta cerca de las once, bebiendo con algunos de sus compañeros de trabajo. Regresó entonces a su alojamiento y no tardó en acostarse. Negó que hubiera lavado su blusa de obrero, e incluso aseguró que no se la había quitado hasta que se metió en la cama. No se había sentido abatido; muy al contrario, había estado bastante alegre a causa de las copas que había bebido, y se había reído con su casera al reprenderlo ésta por retirarse tan tarde en ausencia de su esposa.

A la mañana siguiente se levantó cerca de las siete y media y fue a ver al señor Dodds, el capataz de la fábrica del señor Sims, y le dijo que iba a Portsmouth a buscar a su esposa, y le pidió que le guardara sus herramientas hasta que regresara. Fue después a la taberna King's Arms con la esperanza de recuperar un chelín y seis peniques y medio que el señor Edwards le debía, y se quedó allí durante breves momentos con algunos de sus compañeros de trabajo.

Después paseó por las cercanías de Shadwell durante una hora, hasta que encontró a dos hombres llamados Quinn, padre e hijo, y fue con ellos a una bodega para tomar un poco de ginebra. Quedóse con ellos hasta las diez del domingo por la mañana, hora en que se puso en marcha hacia Portsmouth. Cabalgó tan sólo unos veinte kilómetros por día, y llegó a Portsmouth el lunes al atardecer. Se quedó con su esposa y su pequeño en Gosport hasta el jueves por la mañana, cuando partieron juntos hacia Londres. El jueves por la noche llegaron a Peats Field, donde durmieron los tres. Al día siguiente, cuando caminaba a través de Godalming, fue aprehendido por dos oficiales «bajo una acusación sobre la cual juró ante Dios ser tan inocente como una criatura aún no nacida».

El motivo de que no hablara a su casera de su intención de ir a Portsmouth era que debía a ésta tres chelines, y al disponer tan sólo de doce chelines, temió que ella insistiera en que le pagase si le decía que iba a abandonar su alojamiento.

Los magistrados de Shadwell interrogaron concienzudamente a Knight, pero éste se aferró a su primera declaración y pronto llegaron a la conclusión de que no tenía ninguna relación con el asesinato de los Marr. No obstante, decidieron encarcelarlo con vistas a un nuevo interrogatorio, al parecer en la creencia de que, tras haberlo traído desde Godalming, con el gasto público que ello suponía, sería de una desproporcionada generosidad soltarlo después de haberle causado tan pocas molestias.

Los magistrados de los diversos juzgados públicos mantenían informado al ministro del Interior de cualquier novedad en el momento y de la manera que a ellos les parecía necesario, aunque no existía un sistema establecido de intercambio de información, ni se sepa que John Beckett o cualquier otro funcionario del Ministerio del Interior cotejara los informes o intentase dirigir la investigación, o bien coordinar las diferentes actividades. El lunes, mientras el tribunal de Shadwell interrogaba a Thomas Knight, los magistrados del juzgado público de Queen's Square (ahora Queen Anne's Gate) ofrecieron a Beckett otra pista prometedora: «Confidencialmente envío a usted, para información del señor Ryder, un informe bajo juramento de un miembro de la guardia, que hace recaer sobre dos personas desconocidas un grado considerable de sospecha. He enviado por correo copias de tal información a los Primeros Magistrados de Southampton, Newport, isla de Wight y Plymouth, llamando su atención respecto a la descripción de los dos hombres y solicitando que se les aprehenda y arreste.»

El contenido era el siguiente:

Declaración de George Judd, cabo en la compañía del teniente coronel Cook, del Segundo Batallón de los Coldstream Guards. El sábado por la tarde, día 14, hacia las seis y media, pasaba yo junto a la bodega Old White Horse, de Piccadilly, cuando se me acercaron dos hombres con sendos abrigos. Cada uno llevaba un hatillo y un bastón. Uno de ellos medía aproximadamente un metro setenta y cinco de altura y permaneció alejado unos metros en la oscuridad. El otro hombre era de mediana edad, de metro sesenta y cinco de estatura y una cicatriz en la mejilla derecha, y éste se acercó a mí y me preguntó si sabía de alguna diligencia que fuese a Plymouth. Le contesté que no. Me pidió que fuese a preguntarlo en la oficina de los carruajes y dijo que me daría algo para beber. Así lo hice y le comuniqué la respuesta: no habría diligencia para Plymouth hasta la mañana siguiente a las cuatro. Él se dirigió entonces a su compañero, que todavía se mantenía a distancia, como si temiera exponerse a la luz, le habló y volvió a mí para darme el precio de una pinta de cerveza, y dijo que no les servía y que debían tomar el vapor correo. Cuando me volvió la espalda, vi que se le caía un papel que yo recogí y me metí en el bolsillo. Después se alejaron ambos en dirección a Hyde Park Corner. Registrado por James Bligh, Oficial de Policía, Queen's Square, Westminster, 15 de diciembre de 1811.

Una copia del papel misterioso va prendida a la declaración.

La nota carece de puntuación y fue escrita, evidentemente, por alguien poco menos que analfabeto. La primera palabra es indescifrable: «... A las Islas de Wight.» El *Morning Post* tradujo así el texto en beneficio de sus lectores: «Queridos amigos, mucho se rumorea y grande es la proeza que hemos realizado. Creo conveniente que abandonemos

Inglaterra lo antes posible; desde luego, me encontraréis en el punto de cita acostumbrado. Vuestro amigo de siempre, Patrick Mahony.»

Esos dos hombres jamás fueron identificados y ya no oiremos nada más acerca de ellos. Parece probable que hubieran estado implicados en alguna actividad delictiva, pero si hubieran asesinado a los Marr es improbable que se hubiesen entretenido en Londres toda una semana antes de huir a la isla de Wight. Eventos subsiguientes probaron que, si de hecho abandonaron Londres el 15 de diciembre, era muy poco probable que hubieran estado relacionados con los crímenes de Ratcliffe Highway. En aquellos momentos, sin embargo, esta declaración del cabo, su inesperado encuentro y el papel misterioso que de modo tan fortuito cayó a sus pies, sugerían que tal vez la providencia intervenía por fin para hacer caer a los asesinos en manos de la justicia, y los magistrados esperaron con una ilusión considerable noticias de sus colegas en Southampton, Newport y Plymouth, noticias que nunca llegarían.

Los magistrados de Whitechapel no estaban teniendo mejor suerte. Dos marineros portugueses llamados Le Silvoe y Bernard Govoe comparecieron en el juzgado público y, con una dificultad considerable por ambas partes, fueron interrogados durante dos horas. Se les había visto bebiendo en la taberna Artichoke,* cerca de la casa de Marr, a las once y media de la noche en que murió éste, y también habían sido vistos en la calle contigua a una hora tan tardía como era la una. Le Silvoe alegó que él llegó a su casa a la una, llamó a la puerta y le dio entrada su mujer precisamente cuando el vigilante cantaba la una y media. Su casero corroboró su versión. La señora Le Silvoe se ofreció para probar que su marido se encontraba en casa a las once, pero su testimonio no

* Existe hoy una con el mismo nombre en Artichoke Hill. *(N. de los A.)*

fue admitido. Una mujer que vivía con Govoe quiso demostrar la coartada de éste, pero su declaración fue considerada como muy dudosa. Frustrados y perplejos, los magistrados retuvieron a los portugueses para obtener de ellos una nueva declaración.

Entretanto, John Harriott no había estado ocioso. Sus agentes registraron los barcos en el río y en Gravesend para saber si recientemente había embarcado algún elemento sospechoso, y efectuaron indagaciones en todos los almacenes de ferretería de la ribera, así como en los talleres de carpintería naval y otros lugares, en un intento destinado a determinar la procedencia del mazo. Todo ello resultó infructuoso.

Pero la cacería continuaba. El miércoles 18 de diciembre, un hombre llamado Thomas Taylor fue acusado en el juzgado de Shadwell de haber proferido, en una taberna de Deptford, expresiones tendentes a suscitar la sospecha de que sabía algo importante. Estando bebido, el detenido había jurado que él podía probar que el hermano de Marr había empleado a seis o siete hombres para cometer los bárbaros asesinatos, que él conocía a uno de ellos, quien le había dicho que no pudo reunir el valor para degollar al bebé, que desde entonces había sentido remordimientos aunque sólo fuera por haber estado presente en aquella ocasión, y que estaba dispuesto a comparecer ante un magistrado y confesar todo lo que sabía acerca de la transacción. Parecía como si se hubiera dado por fin con una prueba prometedora, pero también ésta se vino abajo. El detenido afirmó que no tenía conciencia de haber dicho tales cosas, que había resultado herido en la cabeza estando al servicio de Su Majestad y que a veces se desorientaba un tanto, en particular cuando estaba bebido, y que no sabía lo que decía. Ignoraba por completo todo lo referente al asesinato, y si había hecho las observaciones que se le imputaban, era que pudo haber oído tales palabras en cualquier conversación ociosa en alguna taberna.

Presentó a su casera y a otras conocidas suyas para demostrar que permaneció en su alojamiento todo aquel sábado por la noche y que, como consecuencia de su conducta irregular e incoherente en diversas ocasiones, había adquirido la reputación de ser un desequilibrado. Tras examinar detenidamente al hombre, los magistrados llegaron a la conclusión de que tal reputación no podía ser más merecida y lo soltaron.

No fue el único perturbado ni el único borrachín detenido y conducido ante los magistrados. Wapping poseía en abundancia vagabundos, excéntricos, desequilibrados y delincuentes menores, y todos ellos corrían entonces no poco riesgo. Bastaba con una palabra de un vecino enemistado, una mirada penetrante de un oficial de policía ávido de recompensas, una camisa manchada de sangre o un acento irlandés para que otro sospechoso emprendiera el camino de la Watch House. Hubo, por ejemplo, un infortunado grabador llamado Simmons que fue detenido nada menos que porque «mostraba una fuerte disposición a la bebida, llegaba a menudo a su casa borracho, le agradaba mucho la jarana y en tales ocasiones hacía muchas cosas reprensibles. Era muy trabajador cuando estaba sobrio, pero si estaba bebido no se podía confiar en él».

Afortunadamente para él, Simmons se había sentido trabajador la noche del asesinato de Marr, y se le había oído trabajar toda la noche en sus grabados. Su casero atestiguó que no pudo haber abandonado la casa sin que lo oyeran él o su esposa. Los magistrados admitieron que esto parecía una buena coartada, pero no les agradaba soltar a un personaje tan poco recomendable sin intentar al menos escarmentarlo para que volviera a la sobriedad, y también él permaneció bajo custodia.

Y entonces, el jueves 19 de diciembre, después de tantas pistas falsas y tantas decepciones, se hizo un descubrimiento de crucial importancia en lo concerniente al mazo. Parece increíble que no se hiciera antes. El arma había estado en poder de Harriott, en la comisaría de policía del Támesis, desde el día de los asesinatos, y ya se había impreso una octavilla en la que ésta era descrita. Su identificación era obviamente esencial para el éxito de la investigación, como atestiguan la octavilla y las pesquisas y consultas de Harriott en las tiendas y almacenes próximos al río. La importancia del extremo roto había sido reconocida, pero era evidente que el mazo en sí todavía no había sido examinado atentamente.

No se nos dice quién hizo el descubrimiento. Pudo haber sido uno de los agentes de Harriott, o incluso el propio anciano. Y pudo haber sido un magistrado de visita, el capitán de un buque de la East India venido para presentar sus respetos al célebre John Harriott, o un caballero de la ciudad que, menos remilgado que sus congéneres, y ocultando su interés bajo una expresión de desdeñoso desagrado, enfocara su monóculo hacia el arma y observara algo que le hiciera lanzar una exclamación de excitación. Con un pañuelo la sangre seca y los cabellos fueron cuidadosamente eliminados en la cabeza del mazo. Y allí, leves pero ahora claramente discernibles, estaban las iniciales I.P.* marcadas con puntos en la superficie. La importancia del descubrimiento fue reconocida de inmediato y, al día siguiente, Harriott publicó otro cartel:

OFICINA DE POLICÍA DEL TÁMESIS
WAPPING

Es absolutamente necesario que toda persona que tenga algún conocimiento sobre el

* Algunos periódicos dijeron que las iniciales grabadas en la cabeza del mazo eran «J.P.», y otros «I.P.». *(N. de los A.)*

con el que al parecer se cometió el bárbaro asesinato en Ratcliffe Highway, se presente y así lo exponga.

Los magistrados han hecho que el mismo sea descrito de nuevo, y con la mayor seriedad y urgencia requieren que toda persona que sea capaz de dar aunque sea la mínima información al respecto se presente inmediatamente a dichos magistrados.

El mazo puede ser examinado por cualquiera de estas personas, con solicitarlo a esta oficina.

DESCRIPCIÓN

El mango del mazo tiene una longitud de cincuenta y ocho centímetros, y la cabeza, desde la parte posterior hasta el extremo de punta, mide unos veintidós centímetros. Tiene una tara en la faz y el extremo puntiagudo astillado. Está marcado débilmente con las letras J.P. en puntos, en el remate cerca del extremo inferior, que al parecer han sido hechas con un punzón para trabajar el cobre.

Por orden de los magistrados,
E.W SYMONS, primer escribiente.
20 de diciembre de 1811

El mismo día en que se descubrieron las iniciales en el mazo, el jueves 19 de diciembre, Aaron Graham, uno de los magistrados de Bow Street, empezó a manifestar un vivo interés por la investigación, probablemente a petición del secretario del Interior. Graham era la antítesis del exuberante Harriott. Un burócrata tranquilo e inteligente, con una mente lógica e inquisitiva, capaz de una apreciación exacta de los hechos, y con una paciente tenacidad para descubrirlos. Se había forjado en la tradición de Henry Fielding, que unos cincuenta años antes había situado Bow Street en lugar destacado, había publicado el primer índice de criminales buscados y organizado los primeros cazaladrones en la misma calle. Cuando fueron asesinados los Marr, Aaron Graham contaba cincuenta y ocho años y sólo iba a gozar de un año más de buena salud antes de que se le declarase la enfermedad que lo obligó a abandonar su puesto en Bow Street y que causó su muerte en diciembre de 1818. Compartía con los más famosos magistrados de la misma plaza el interés por el teatro, y por diversas razones era el supervisor de los conciertos en Drury Lane. Su único hijo era oficial de la Armada y a través de él Graham poseía un cierto conocimiento de la vida y costumbres de los marinos. Ratcliffe Highway le era un lugar menos ajeno que a Capper y sus colegas.

Aparte de su posición oficial como magistrado de Bow Street, con todo lo que esto implicaba en cuanto a probidad y celo, Graham se había ganado una notable reputación personal gracias a su intervención, seis años antes, en una investigación por asesinato que, en 1806, condujo al juicio y ejecución de un tal Richard Patch, por haber matado de un tiro a su socio Blight. El caso Patch despertó en la época un interés extraordinario y es notorio como ejemplo del sistema de trabajo lógico y deductivo de Graham, su insistencia en los hechos probados y su capacidad, rara en aquel entonces, de verse a sí mismo como un agente investigador activo más bien que como recipiente pasivo de una información que podía o no ser relevante para el crimen. El caso también revelaba pequeños pero interesantes puntos de similitud con los por otra parte muy diferentes asesinatos en Ratcliffe Highway.

Richard Patch, hijo de un respetable pequeño terrateniente de Devon, nació en 1770 y tenía treinta y cinco años cuando se cometió el asesinato. Se había trasladado a Londres en 1803, tras una serie de litigios sobre el pago de diezmos, y se había puesto a trabajar con el señor Blight, antiguo comerciante de las Indias Orientales, que en aquella época se dedicaba con éxito al negocio del desguace de buques.

Patch y Blight acordaron formar una sociedad y Patch vendió su propiedad en Devon a fin de obtener el capital necesario. Los detalles de su acuerdo son oscuros, pero lo cierto es que la sociedad tuvo un final repentino con el asesinato de Blight, el 23 de septiembre de 1805, quien resultó mortalmente herido por un tiro de pistola mientras estaba sentado en su propia casa. Patch intentó proveerse de una coartada fingiendo un «trastorno intestinal» y efectuando una presurosa y ostentosa retirada hacia el retrete exterior poco antes de que se efectuara el disparo fatal. Unos días antes, había preparado el terreno fingiendo un ataque, también a tiros, contra sí mismo.

Considerado de inmediato como sospechoso, fue detenido. Las pruebas circunstanciales se acumularon contra él. Se presentaron varias personas respetables que habían pasado por delante de la residencia del señor Blight, ya fuese en la ocasión en que se efectuó el primer disparo, el 18 de septiembre, o bien cuando fue muerto el señor Blight. Atestiguaron que, de haber huido de la casa el asesino por la puerta principal, ellos no hubieran dejado de verlo. Graham ordenó examinar la letrina. Era evidente que recientemente no la había utilizado nadie que sufriera diarrea, pero la búsqueda reveló una baqueta de pistola. Los policías descubrieron en el dormitorio de Patch un par de medias aparentemente sin utilizar, pero que una vez desdobladas mostraron tener las suelas sucias, como si alguien se hubiera enfundado los pies en ellas para salir. Patch había sugerido al primer curioso que acudió al lugar del crimen que los asesinos habían huido en dirección a un barco amarrado en el muelle. Las aguas estaban bajas y se descubrió que el barco en cuestión, situado a unos cinco metros del muelle, descansaba sobre un fango blando y espeso, en el que ninguna señal se veía de que alguien hubiera escapado a través de él. La prueba condenatoria final fue el hecho de que Patch estuviera defraudando sistemáticamente a su socio.

El juicio, celebrado el 5 de abril de 1806, causó sensación. Asistieron a él tres duques en un palco especialmente montado para acomodarlos, la nobleza estuvo generosamente representada, e incluso el embajador ruso y su secretario juzgaron oportuno hacer acto de presencia. Las pruebas eran circunstanciales, pero el jurado las consideró suficientes y Patch fue condenado a muerte. La ejecución quedó aplazada hasta el martes siguiente, pues se estimó más conveniente ahorcarlo junto con otro hombre y la esposa de éste (Benjamin y Sarah Herring, acusados de falsificación de moneda), con el fin, como puntualizó el *Newgate Calendar*, de «evitar el inconveniente de tener dos ejecuciones públicas tan seguidas».

Como ocurre a veces entre el interrogador y el acusado, parece ser que Patch respetó a Graham e incluso simpatizó con él, y el magistrado fue la última persona que lo visitó en su celda la noche antes de ser ejecutado. Antes de separarse, Patch estrechó la mano de Graham y le dijo enfáticamente:

—Confío en que nos encontraremos en el cielo.

En 1811 tan piadoso deseo aún no se había hecho realidad y Aaron Graham disfrutaba de una vida intensa que le permitía aplicar su talento y su entusiasmo al caso de los Marr. Estaba obviamente desconcertado por la aparente ausencia de motivo, y la salvaje matanza de toda una familia, incluido un bebé que no pudo haber representado peligro para nadie, sugería más una venganza personal que un asesinato para obtener un botín, particularmente si se tenía en cuenta que nada había sido robado. Graham fue más allá para descubrir de dónde podía proceder tanta malignidad. Había rumores de que el único hermano de Marr estaba enemistado con él, así como vagas habladurías sobre un pleito jurídico entre ambos, del cual había salido victorioso Timothy

Marr; asimismo se decía que los dos hermanos llevaban años sin dirigirse la palabra. Graham juzgó que el otro Marr bien merecía ser investigado. Es improbable que conociera la prueba aportada por Wilkie, debido a la ausencia de todo sistema regular de comunicación entre magistrados, e igualmente improbable que le hubiera causado particular impresión si la hubiera oído.

Le intrigaba también la conducta de Timothy Marr la noche del asesinato. Era extraño que hubiera enviado a Margaret Jewell a comprar ostras y a pagar la cuenta del panadero a una hora tan tardía. Había muchas probabilidades de que ambas tiendas estuvieran cerradas a medianoche y, de hecho, así las encontró la chica. Graham se preguntaba si Marr no había deseado alejar de casa a la chica, tal vez porque tenía una cita o esperaba la visita de alguien a quien no quería que su sirvienta viese. El encargo de comprar ostras había de tenerla alejada de la casa al menos media hora, más incluso si había suerte. Se trataba de una muchacha cumplidora y cabía confiar en que buscaría de tienda en tienda antes de regresar con las manos vacías.

Marr había sido marinero y sólo llevaba ocho meses viviendo en Ratcliffe Highway. Tal vez estuviera esperando un poco grato recordatorio de sus días pasados en el mar, acaso un extorsionador conocedor de algún desagradable incidente en el pasado de Marr capaz de arruinar sus actuales esperanzas y su modesta prosperidad. Pero, en tal caso, ¿hubiera matado el chantajista a su víctima? ¿No era mucho más probable que existiera una conspiración y que los visitantes, en un arrebato de rabia o de ambiciosa perfidia, hubieran asesinado a su cómplice?

Pero ¿por qué tuvo que hacer salir Marr a su única criada? Seguramente tenía que tener el mismo interés en alejar de allí al joven Gowen. Los agudos ojos y oídos y la viva curiosidad de un muchacho de catorce años podían ser igualmente peligrosos para un propósito secreto. No hubiera representado la menor dificultad deshacerse de él. Había una lógica excusa, la de, a hora tan avanzada, facilitar a Margaret Jewell escolta masculina, aunque fuera la de un adolescente. Un sábado por la noche todavía podía ser particularmente tumultuoso en Ratcliffe Highway.

Es muy probable que la mente del magistrado buscara lógicamente una posible explicación de todo aquel asunto misterioso de la gestión a medianoche, pero sólo quedaba una persona que pudiera testificar la verdad: la propia Margaret Jewell. No vivía nadie más que fuese capaz de confirmar las instrucciones que, según ella, había dado Marr. ¿Y si toda aquella historia fuera falsa? Ello podría explicar las diferentes versiones que Graham había oído acerca de quién, en realidad, había enviado a la joven a buscar las ostras, si Marr o su esposa. En la vista ante el juez de primera instancia, Margaret Jewell había atestiguado que fue su amo, pero Graham pudo verificar que los magistrados, al exponer los hechos al ministro del Interior, habían escrito que fue la señora Marr. Tal parecía ser la creencia general y era desde luego más natural que la esposa se preocupara por el alimento de la familia. Pero Margaret Jewell pudo haber ofrecido dos relatos diferentes, uno a los magistrados en su primer interrogatorio, y otro al juez de primera instancia. Era esta clase de mentira pequeña y al parecer carente de toda importancia lo que podía llevar a la captura de un asesino.

¿Y si la propia Margaret Jewell había dado alguna excusa para dejar aquella noche la casa, avisada por alguien de que su vida dependía de que saliera a medianoche? ¿Y si alguien la había instruido para que representara la farsa de ir de una tienda a otra en una pretendida búsqueda de ostras? ¿Quién pudo haber tenido un motivo para destruir a toda la familia Marr, preservando la vida de la muchacha? ¿Era posible que el otro Marr se sintiera tan motivado por el amor a Margaret Jewell como por el odio contra su hermano? ¿Había pruebas de alguna relación culpable entre ellos?

Graham recordaba la descripción de la conducta de la muchacha al encontrar los cadáveres, y de cómo se había impresionado tanto al atestiguar en la encuesta judicial que todos los esfuerzos para sacarla de su desmayo resultaron infructuosos. ¿Era ésta la conducta de una cómplice o la de una joven con parte de culpa? Decidió que todo podía ser. Una cosa era planear una fechoría o consentirla, y otra presenciar sus resultados en forma de charcos de sangre y sesos desparramados. Pero no había razón para suponer depravación en la chica. Podía haber accedido tan sólo en cuanto a robar a su amo. Cierto que con ello se jugaba el cuello, pues la pena por robo, si éste rebasaba las cinco libras, era la misma que por asesinato, pero ella pudo haber sido técnicamente inocente. Tal vez le habían dado instrucciones para salir de la casa alrededor de la medianoche, pero sin explicación de por qué era necesario, o bien con un falso pretexto. El grado de su complicidad debía permanecer de momento como un punto dudoso.

Como auténtico detective, Aaron Graham dirigió su atención hacia el factor tiempo. John Murray había atestiguado que oyó el ruido de una silla al ser retirada de un empujón y un grito de miedo alrededor de las doce y diez minutos. Margaret Jewell había salido de la casa de su amo «cuando faltaban pocos minutos para la hora», y había declarado que estuvo fuera cosa de unos veinte minutos. Si salió a hacer sus recados a las doce menos cinco y volvió a casa a las doce y cuarto, era probable que los malhechores se encontrasen todavía en el edificio cuando ella llegó ante la puerta; de hecho, las misteriosas pisadas en la escalera sólo pudieron haber sido las de los criminales, en tanto que el leve gemido del bebé que ella oyó bien pudo haber sido el último grito de éste. Por tanto, todo se llevó a cabo en el corto tiempo en que ella estuvo ausente. Cabe incluso que los asesinos hubieran estado acechando desde una cierta distancia para ver cómo salía ella de la casa. Era demasiada coincidencia creer que la joven había sido enviada a hacer unos recados casi en el momento exacto en que se había planeado el asesinato de su amo y la familia de éste. Era seguramente debido a la voluntad pecadora de los hombres y no a la sabiduría inescrutable de Dios Todopoderoso por lo que se había preservado aquella vida relativamente poco importante. Graham, satisfecho por la robustez y la lógica de su impresionante edificio de conjeturas, decidió no perder tiempo y someterlo a prueba. Puso bajo custodia al hermano de Marr y lo sometió a cuarenta y ocho horas de rigurosos interrogatorios.

Y pieza por pieza, la hipótesis se vino abajo. Marr pudo presentar a numerosos conocidos, personas de lo más respetable, para demostrar que él se encontraba en Hackney en aquel preciso momento. Pudo convencer a Graham de que, lejos de desear a Margaret Jewell, nunca había conocido a la joven. Al cabo de cuarenta y ocho horas lo soltaron. Ni entonces ni más tarde se presentarían nuevas acusaciones contra él o contra la sirvienta, y los acontecimientos subsiguientes demostraron, de manera harto dramática, que no había ninguna probabilidad de que por su parte estuviera implicado. Fue interrogado más tarde el marido de una de las hermanas de la señora Marr. Era de oficio conductor de un coche de alquiler y, por una coincidencia extraordinaria, había llevado pasaje a Ratcliffe Highway la noche de los crímenes, aunque desde hacía años no había visto a su hermana. También él fue declarado inocente. Graham quedó convencido de que no había existido enemistad familiar ni ninguna conspiración capaz de conducir al asesinato. Margaret Jewell era de hecho uno de aquellos pocos afortunados siempre interesantes para sus semejantes puesto que, gracias a alguna intervención aparentemente milagrosa, viven mientras que otros perecen.

La detención de Marr fue un hecho infortunado y la conducta de la policía, aunque no personalmente la de Graham, fue subsiguientemente criticada en la Cámara de los Comunes, el 18 de enero de 1812, por Sir Samuel Romilly con un lenguaje del que a veces hoy se hacen eco quienes se consideran víctimas de una fuerza policial excesivamente celosa:

> No deseaba hablar con dureza de la policía, pero consideraba un hecho de lo más monstruoso el que tantas personas hubieran sido aprehendidas en tal ocasión por tan inconsistente sospecha, entre ellas el familiar más cercano de una de las personas asesinadas, el cual, sin el menor motivo, fue detenido y mantenido cuarenta y ocho horas bajo custodia, con la tremenda acusación de haber asesinado a su hermano. Entre unas cosas y otras, no menos de cuarenta o cincuenta personas han sido aprehendidas a causa de meras sospechas.

La teoría según la cual los asesinatos eran una *vendetta* privada contra Marr era reconfortante. La alternativa, en cambio, sobrecogía los corazones de todas las familias humildes e indefensas del East End.

Como escribió De Quincey:

> Con esta poderosa oleada de compasión y de indignación dirigida hacia el terrible pasado, se mezclaba también en la mente de las personas reflexivas una corriente subyacente de temerosa expectación respecto al futuro inmediato. Todas las pesadillas, en especial las malignas, son recurrentes. Un asesino que lo sea por pasión y por una sed lobuna de sangre como modalidad de lujuria contra natura, no puede permanecer en la inactividad... Pero, aparte de los instintos infernales que con toda seguridad se desatarían para emprender renovadas atrocidades, estaba bien claro que el asesino de los Marr, dondequiera que se ocultara, debía de ser un hombre necesitado, y un hombre necesitado de esta calaña es poco

probable que busque o encuentre sus recursos en algún trabajo honorable. Por tanto, simplemente por supervivencia, cabía esperar que el asesino cuya identidad todos los corazones ansiaban conocer, reapareciera en algún escenario de horror, tras un intervalo razonable... Dos guineas, tal vez, serían a lo sumo lo que habría obtenido como botín. Una semana, poco más o menos, sería suficiente para gastarlas. Por tanto, la convicción de todos era que, pasados uno o dos meses, cuando la fiebre de la excitación se hubiera enfriado, o la hubieran superado otros temas de interés más reciente, cuando las recientes precauciones en la vida doméstica hubieran tenido tiempo para relajarse, habría que contar con algún nuevo asesinato, igualmente estremecedor.

Pero si había quienes podían reconfortarse con la esperanza de que conseguirían al menos unos cuantos meses de tranquilidad en los que podrían proteger sus casas contra una nueva agresión, o que incluso llegaban a persuadirse a sí mismos de que los malhechores eran marinos extranjeros, ahora ya muy lejos en ultramar, o presos liberados de los pontones carcelarios, que habían pasado por Londres dejando su huella aniquiladora y que ahora se encontraban en algún lugar remoto del campo o tal vez en Irlanda, pronto sufrirían una desilusión.

«Tal era la expectación pública —prosigue De Quincey—. Imagine pues el lector el vivo frenesí de horror cuando en esta pausa de expectación, acechando, e incluso esperando que el brazo desconocido golpeara una vez más... en la duodécima noche a partir del asesinato de los Marr, un segundo caso de la misma misteriosa naturaleza, un asesinato del mismo cariz exterminador, cometióse en el mismo barrio.»

La duodécima noche

El distrito adyacente al de St. George's-in-the-East era el de St. Paul, en Shadwell, que contaba con una comunidad de nueve mil personas, en su mayoría marinos, carpinteros navales y cargadores de muelles. Las circunstancias los habían apiñado en una red de callejuelas y patios entre Ratcliffe Highway y las míseras inmediaciones del río, en Wapping. En su composición y forma de vida, St. Paul no se diferenciaba de St. George, pero un límite formal separaba ambos distritos a lo largo de New Gravel Lane, a unos trescientos metros al este de Old Gravel y casi paralela a ésta. Flanqueaba New Gravel Lane el familiar conglomerado de abaceros de barcos, pensiones, prestamistas y tabernas abarrotados por la noche de marineros alborotadores. La calle contaba con una taberna por cada ocho inmuebles.

Pero una de ellas destacaba por su especial fama de respetabilidad. Los Williamson eran una pareja respetable. Hacía quince años que detentaban la licencia de la taberna King's Arms, en el número ochenta y uno de New Gravel Lane, y eran por tanto bien conocidos en aquella zona. Se los tenía también en alta estima. Williamson era un hombre de cincuenta y seis años, y su esposa Elizabeth tenía sesenta. Completaban el personal de la casa su nieta Kitty Stillwell, de catorce años de edad, y una sirvienta de unos cincuenta años, Bridget Harrington, que trabajaba en la taberna. Y en los últimos ocho meses, los Williamson tenían alojado como huésped a un joven llamado John Turner.

A los Williamson les gustaba acostarse temprano e imponían sus estrictas costumbres a los demás de la casa. No había timbas nocturnas en el King's Arms, ni tampoco peleas de gallos. Puntualmente cada noche, a las once, Williamson empezaba a cerrar las puertas, y si había jaleo con bebedores rezagados era más que capaz de ponerle fin, pues era todo un hombretón, alto y muy fuerte. Una caseta de guarda estaba situada enfrente y, además, uno de los alguaciles del distrito aquel año, un hombre llamado Anderson, era amigo de Williamson y vivía sólo dos puertas más allá.

El King's Arms tenía dos pisos y por tanto se alzaba literalmente, y no sólo moralmente, por encima de los edificios que lo flanqueaban. En la planta baja estaba la taberna, con una cocina privada detrás, y una salita. Debajo, con una puerta basculante que se abría en el pavimento para el suministro de los barriles de cerveza, estaba la bodega. El dormitorio de los Williamson y el de Kitty Stillwell ocupaban la mayor parte de la primera planta, desde cuyo rellano un nuevo tramo de escalera conducía a un par de buhardillas, ocupadas por Bridget Harrington y el huésped. Detrás de la casa había un terreno vallado, donde los habitantes del King's Arms y de las casas vecinas jugaban a algo parecido a los bolos, y más allá de este terreno, hectáreas de tierra yerma perteneciente a la London Dock Company.

La noche del jueves 19 de diciembre fue benigna y agradable pero, aparte de algunos grupos errantes de marineros, las calles estaban casi vacías. Habían transcurrido doce días desde la muerte de los Marr, y todos los que vivían en Shadwell veían con perfecta claridad que los magistrados estaban desesperados. Cada noche, trece vigilantes atemorizados y solitarios, empleados por los cofrades, supervisores y administradores de la parroquia de St. Paul, salían tambaleándose de sus casetas de guardia para cantar las medias horas y regresaban a la seguridad para echarse al coleto otro trago que ahogara sus temores. Muy de vez en cuando uno —o más bien dos, pues ahora preferían ir en compañía— de los cinco oficiales de policía de Wapping o de los ocho de Shadwell hacía una ronda por el distrito, pero con una población de unas 60.000 personas que proteger, de las seis parroquias que supuestamente habían de cubrir, estas reconfortantes apariciones eran raras. La única seguridad auténtica se hallaba detrás de cerraduras y barrotes, especialmente después de caer la noche, y esa semana comprendía las noches más largas del año. Dieciséis horas de oscuridad proporcionaban a una banda de criminales dieciséis horas de silenciosa protección. En las calles, frente a las puertas herméticamente cerradas, los faroles de aceite vacilaban más que nunca. Cuando soplaba una ráfaga desde el río, sus mechas de algodón trenzado ardían y se extinguían con la misma rapidez, diseminando y multiplicando las sombras. Para romper un silencio tan angustioso con su canto de las medias horas, un vigilante tenía que tonificarse con algo más potente que la ginebra de las prostitutas.

Pero la vida social todavía no había cesado por completo. Al aproximarse las once, el señor Lee, propietario del Black Horse, la taberna situada enfrente del King's Arms, se acercaba de vez en cuando a la puerta mientras esperaba la llegada de su esposa y su hija. Éstas habían ido al Royalty Theatre de la plaza Wellclose y Lee estaba preocupado por ellas, con la mente influida por los asesinatos. Y entonces, a las once menos diez minutos, Anderson, el alguacil, enfiló New Gravel Lane, desafiando las sombras, y se encaminó hacia el King's Arms, dos puertas más allá, en pos de una jarra de cerveza.

Williamson saludó con alegría a su amigo. Estaba en vena para charlar.

—Nada de llevarla tú a casa —insistió—. Yo te la enviaré.

Mientras la señora Williamson escanciaba la cerveza, su marido se sentó en su sillón favorito de la cocina para calentarse ante un fuego bajo. Un pensamiento debía de rondarle por la cabeza, pues de pronto se irguió en su butaca.

—Tú eres un oficial —dijo—. Un tipo se ha dedicado a escuchar detrás de mi puerta... Lleva una chaqueta marrón. Si lo vieras, arréstalo inmediatamente. O dímelo a mí.

—Así lo haré —replicó Anderson, y añadió—: Por mi seguridad tanto como por la tuya.

Bridget Harrington llevó la jarra de cerveza los pocos metros que distaba la casa de Anderson, y después regresó al King's Arms. Anderson tuvo la certeza, al dar las buenas noches, de que las únicas personas presentes entonces en la taberna eran los Williamson, Bridget Harrington, Kitty Stillwell y Turner, el huésped.

Anderson necesitó poco más de veinte minutos para terminar su cerveza. Aunque su vecino siempre cerraba el bar para los bebedores casuales a las once en punto, nunca tenía un no para los amigos hasta que cerraba definitivamente para ir a la cama. De nuevo sediento, Anderson decidió ir a buscar otra jarra. Abrió la puerta de la calle y de inmediato se encontró metido en un tumulto. La gente gritaba y corría, y por encima del vocerío se oía, repetido una y otra vez, el terrible grito de «¡Asesinato!». Una pequeña multitud contemplaba la casa de Williamson y Anderson los imitó. Había un hombre, casi desnudo, colgando en el aire aferrado a unas sábanas anudadas entre sí. Mano tras mano descendía desde una ventana abierta en el desván, mientras chillaba y sollozaba incoherentemente. El vigilante, Shadrick Newhall, se encontraba, inmóvil e impotente, sobre el adoquinado, con la linterna en una mano y la carraca en la otra, mirando con ojos desorbitados como si estuviera viendo un fantasma. Anderson entró precipitadamente en su casa en busca de su espada y su bastón de agente, salió corriendo y llegó a tiempo para ver al hombre dejarse caer los últimos dos metros e ir a parar a los brazos del vigilante. Era John Turner, el huésped de la casa.

El gentío actuó por instinto. Algunos empezaron a golpear la puerta de la calle y Anderson, junto con tres o cuatro más, procedió a abrir la trampilla del pavimento que conducía al sótano. Uno de los hombres se había armado con un atizador y otro, el carnicero, blandía un hacha. Lee, el propietario del Black Horse, se unió a ellos. Abrieron la trampa. Los escalones conducían a la oscuridad, pero había luz suficiente como para revelar el cuerpo de Williamson. Éste yacía tendido de espaldas, la cabeza gacha y las piernas extendidas grotescamente sobre los peldaños que conducían a la taberna. Junto al cadáver, una barra de hierro manchada de sangre. La cabeza del anciano había sido cruelmente golpeada. Su garganta había sido rebanada y la pierna derecha estaba fracturada. Pero debía de haber opuesto una valerosa resistencia. Una mano presentaba tremendos cortes, como si en sus últimos y frenéticos momentos hubiera agarrado el cuchillo que acabó con él. Un pulgar colgaba casi desprendido en un charco de sangre que se iba agrandando.

Mientras el pequeño grupo miraba, paralizado por el horror, llegó un grito desde arriba.

—¿Dónde está el viejo? —preguntó alguien.

Tuvieron que saltar por encima del cuerpo roto y ensangrentado de Williamson para subir a la cocina, donde media hora antes el anciano se había estado calentando junto a un fuego mortecino. El primer cadáver que vieron fue el de la señora Williamson. Yacía sobre su costado izquierdo, con el cráneo horriblemente triturado y la garganta rajada. La sangre brotaba a borbotones de aquella enorme herida. Bridget Harrington no estaba lejos. Yacía de espaldas con los pies debajo del fogón y cerca del fuego apagado que debía de estar preparando para la mañana cuando los asesinos atacaron. La cabeza de Bridget estaba todavía más destrozada que la de la señora Williamson, pero fue la garganta lo que atrajo la mirada horrorizada de Anderson. Había sido cortada hasta la columna vertebral.

Grupitos de hombres armados con hachas y atizadores registraron la casa, pero los criminales habían huido. Milagrosamente, Kitty Stillwell, la nieta, se encontraba todavía en su cama, sana y salva y profundamente dormida. Fue acompañada a la calle. Alguien envió un mensaje al juzgado de Shadwell y un par de oficiales de policía acudieron en seguida al lugar del suceso. Precisamente aquella noche habían estado recorriendo el distrito de Shadwell, armados con machetes y pistolas, pero se encontraban cenando en una taberna frente a su oficina en el momento en que tuvieron lugar los asesinatos.

Y entonces, como decía un reportaje en *The Courier:* «Todo Wapping se soliviantó inmediatamente. Los tambores de los voluntarios llamaron a las armas, redoblaron las campanas de incendio y todo el mundo acudió, consternado, al lugar. La policía registró todas las casas de los alrededores y todas las embarcaciones del río, al tiempo que se detenían todos los carros, diligencias y carruajes.» Este relato parece exagerado si se tiene en cuenta la escasez de policías disponibles. No obstante, es cierto que se cerró el puente de Londres y que un sospechoso fue detenido. Y próxima la mañana, para alentar al aterrorizado populacho, un destacamento de Corredores de Bow Street recorrió al paso Ratcliffe Highway, animando las tristes calles de Shadwell y Wapping con la súbita nota de color procedente de sus vistosas casacas azules, chalecos escarlata, pantalones azules, botas altas y sombreros negros. Después, como explicaría *The Courier:* «Los cadáveres fueron retirados de la violenta posición en que se hallaban, desnudados, lavados y depositados sobre tablas, en la sala posterior, donde el anciano matrimonio dormía en ocasiones; y la niña, a la que habían encontrado dormida en el piso, fue trasladada a un lugar seguro.»

No tardaron en surgir varias pistas. Anderson comunicó que un hombre alto con un abrigo largo y de amplio vuelo había sido visto aquella noche cerca del King's Arms. El huésped, cuando lograron que hablara con sentido común, explicó tartamudeando que, de hecho, él había visto a un hombre alto con esa indumentaria inclinado sobre el cuerpo exánime de la señora Williamson, pero todo lo que dijera Turner era en aquellos momentos más que sospechoso, puesto que él había sido el primero en quedar bajo la custodia del vigilante.

Se encontró abierta una ventana en la parte posterior del King's Arms, y había manchas de sangre en la repisa. Afuera se levantaba un alto talud de arcilla, en el que se halló la huella de una pisada. La arcilla estaba húmeda, y quien hubiera escapado por allí había tenido que dejarse caer desde una altura de dos metros y medio para trepar después por un terraplén resbaladizo. Tenía que llevar arcilla en los pantalones, y probablemente también en la parte anterior de su chaqueta, y la arcilla no era fácil de lavar. Parecía como si el asesino hubiera huido a través del terreno propiedad de la London Dock Company. Lo mismo había hecho, recordó alguien, la banda que asesinó a los Marr. Un hombre que se atribuyó conocimientos forenses —¿tal vez el carnicero?— expuso la opinión de que, vista la naturaleza de las heridas, el asesino era zurdo.

Antes de la medianoche, un grupo de hombres aterrorizados se reunió en la sacristía de St. Paul, en Shadwell. Los cofrades, supervisores y administradores eran, a pesar de sus altisonantes títulos, gente sencilla. Eran comerciantes y artesanos locales, tenderos, carniceros, galleteros y abastecedores, que conocían a los Williamson desde hacía años. Debían de haber charlado con ellos en el bar del King's Arms acerca de la catástrofe que se había abatido sobre la familia Marr: al principio con horrorizada incredulidad y más tarde, quizás, en un intento encaminado a alzar los ánimos, intercambiando bromas macabras y de mal gusto. Pero ahora, deshechos ante la visión de otros tres cadáveres horriblemente destrozados, habían decidido de pronto ajustarse a una nueva e intimidadora realidad. Se encontraban involucrados en unos hechos tan espantosamente macabros que una persona corriente no podía hacer sino estremecerse, llena de incredulidad. Pero a esos hombres, que detentaban cargos, no se les permitía actuar como gente corriente. Ellos eran las autoridades y por más que, como ahora, los desconcertasen y abrumasen unos acontecimientos extraordinarios, tenían una clara responsabilidad que asumir. Por tanto, junto con su amanuense, Thomas Barnes, se reunieron cerca de la medianoche en la familiar sacristía, cuyo calendario normal programaba matrimonios, diezmos, bautizos y la distribución de ayudas de beneficencia, con el fin de deliberar. Se tomaron apresuradas resoluciones, se echó mano del libro de actas, fueron despedidos todos los vigilantes, y Barnes fue enviado urgentemente a la imprenta de Skirven, en Ratcliffe Highway.

Menos de una hora después de los asesinatos apareció otro cartel en las calles.

100 guineas de
RECOMPENSA
¡ASESINATO!

La NOCHE DEL JUEVES 19 de diciembre de 1811, entre las once y las doce, el señor WILLIAMSON, su ESPOSA y la SIRVIENTA de ambos fueron todos ellos ASESINADOS de la manera más bárbara en su casa, el local

KING's ARMS
NEW GRAVEL LANE
SAINT PAUL, SHADWELL

Los Cofrades, Supervisores y Administradores de la Parroquia de St. Paul, Shadwell, ofrecen una recompensa de CIEN GUINEAS a cualquier persona o personas que descubran y detengan a quien o quienes perpetraron dicho HORRENDO ASESINATO, bajo condena.

Por orden de los Cofrades, Supervisores y Administradores

THOMAS BARNES,
ESCRIBIENTE PARROQUIAL

Shadwell,
19 de diciembre, 1811

Pero ¿y el motivo? ¿Qué terrible afán de lucro o pasión vengativa podía concebir semejante escala de malignidad, podía explicar siete víctimas en menos de dos semanas, con cráneos descerebrados y gargantas rajadas? Era algo irracional, más allá de lo concebible. La junta de administración parroquial estaba estupefacta. Quienes se aferraban al simple móvil del robo señalaban que tanto los Marr como los Williamson eran relativamente ricos. Si bien no se había robado nada en casa de los Marr, descubrióse que faltaba el reloj de Williamson. ¿Tal vez la banda, sorprendida en un caso por las repetidas llamadas de Margaret Jewell y en el otro por los gritos del huésped, se había acobardado las dos veces cuando se disponía a comenzar el saqueo? Era una teoría que dejaba demasiadas incógnitas. ¿Por qué había dinero en el bolsillo de Marr y en la gaveta de la tienda? ¿Por qué limitarse a sustraer el reloj de Williamson? ¿Por qué no echar mano, al menos, del dinero suelto que había en su cajón? ¿Era lógico que una pandilla tan brutal huyera tan deprisa, con las manos vacías y tras haber cometido únicamente unos asesinatos inmotivados?

Pero si no era el robo la causa primordial, ¿tratábase de un caso de múltiple venganza? Se intentó establecer una conexión entre Marr y Williamson que pudiera aportar una pista, pero no surgió nada en este sentido. Marr era joven y sólo llevaba unos cuantos meses en el barrio, en tanto que Williamson tenía cincuenta y seis años y había estado establecido en Shadwell durante mucho tiempo. Y sin embargo, los habitantes del distrito debieron de haber buscado desesperadamente un vínculo común entre las dos familias, ya que contemplar la alternativa —si no era posible hallar un motivo racional para una venganza privada— era demasiado horrible. Implicaba que un maníaco, o una banda de maníacos, capaz de atacar de nuevo en cualquier momento, durante las largas noches de diciembre, rondaba a sus anchas, implacable e inhumano, amparándose en su astucia.

¿De qué podía servir la oferta de una recompensa de cien guineas cuando la de quinientas pregonada por el Gobierno después del asesinato de los Marr había sido claramente ineficaz? Un gesto tan sólo, pero el distrito se lo debía a los Williamson. Era necesario también hacer cuanto fuese posible para tranquilizar a sus aterrorizados familiares y vecinos. Y lo mismo ocurría con los cofrades, supervisores y administradores de la parroquia vecina, al este de Shadwell. La junta parroquial del caserío de Ratcliffe se reunió la mañana siguiente y, como es lógico, parece ser que su asamblea se llevó a cabo de modo más racional que la reunión a medianoche de los vecinos de Shadwell, presos del pánico. Tuvieron tiempo para pensar y alguien que había estado en el interior del King's Arms describió la barra de hierro que habían encontrado junto al cuerpo de Williamson. Medía unos ochenta centímetros de longitud y era similar al arma encontrada sobre el mostrador de Marr. Tal vez no se tratara de una palanca, como se creyó al principio, sino de un escoplo. ¿El mismo, tal vez, que había sido hallado en la tienda de Marr? Pero esto era imposible, pues el primero estaba ahora en manos de los magistrados, y éste parecía nuevo. Desconcertados, los administradores parroquiales redactaron cuidadosamente su propio cartel de aviso, y el principio bajo el que actuaron fue tan antiguo como lógico. Aunque ellos no estuvieran directamente implicados, el hecho de que una pandilla de monstruos pudiera merodear impunemente por la zona los obligaba a prestar atención a la seguridad en su propio distrito. Su deber consistía primero en evaluar el riesgo y después en decidir la cuantía de la recompensa proporcionalmente al mismo. Siguieron el ejemplo de Shadwell y ofrecieron cien guineas, pero además prometieron otras veinte guineas para el que pudiera demostrar a quién había sido vendido el nuevo escoplo. Resultaba evidente que, para la parroquia de Ratcliffe, el escoplo constituía una pista importantísima para resolver el misterio.

Nadie podía esperar de manera razonable que las autoridades del distrito hicieran más, pero ¿qué decir de los magistrados? Las críticas menudeaban. Pese a toda su aparente actividad durante los doce días transcurridos desde la muerte de los Marr, no habían conseguido nada y, lo que era todavía mucho peor, ni siquiera habían logrado evitar que los monstruos atacaran de nuevo. No bastaba con despedir a unos cuantos vigilantes, protestaba la gente; los propios magistrados hubiesen debido cesar en sus cargos.

Para Harriott, esta situación era intolerable. Sin ayuda procedente del Ministerio del Interior y con un terceto de aficionados incompetentes en Shadwell, resolvió tomar personalmente las riendas del asunto. Un hombre que había navegado por todo el mundo, conquistado nuevos territorios para Gran Bretaña y sometido a un rajá de la India, no iba a dejarse amedrentar por una banda de asesinos. Después de desayunar, visitó a Capper y Markland en el juzgado público de Shadwell, y después se apresuró a volver a Wapping para publicar un mensaje tajante:

> Los Magistrados de la Policía del Támesis presentan sus respetos a los Magistrados de Shadwell y solicitan

reunirse con ellos en la comisaría de Policía del Támesis, hoy a las dos, a fin de deliberar juntos acerca de las medidas más efectivas para descubrir los atroces asesinos de medianoche que infestan nuestros respectivos barrios, y que desde el asesinato de tres personas en una casa de New Gravel Lane, la pasada noche, parecen perfilarse como una banda que actúa sistemáticamente.

Se envió un mensaje similar a los magistrados del juzgado público de Whitechapel. Si la cuestión les hubiera sido echada en cara, los magistrados habrían protestado enérgicamente en el sentido de que, en realidad, ellos ya cooperaban plenamente. ¿Acaso no andaban a la caza de sospechosos todos los policías y vigilantes del East End, cualquiera que fuera su distrito de pertenencia? ¿Acaso no se mantenían informados unos a otros, además de al secretario del Interior, acerca de todo progreso? ¿No habían invitado los magistrados de Shadwell a Harriott para que estuviera presente cuando interrogaron por primera vez a Murray, Olney y Margaret Jewell? Pero la única clase de cooperación que hubiera podido resultar efectiva —el control centralizado de toda la investigación por parte de un tribunal, incluido el despliegue de una fuerza unida, el interrogatorio de todos los sospechosos y la custodia de todas las pruebas, junto con un sistema para la pronta recepción de toda la información por parte del magistrado al frente de la investigación— se encontraba tan lejos de su comprensión como de su capacidad para organizarse.

La reunión tuvo lugar aquel viernes por la tarde, el día después de los asesinatos, en una atmósfera de tensión y excitación crecientes. Afuera se congregó una muchedumbre airada, presa de crudas emociones latentes que bien podían convertirse en pánico repentino, histeria o ciega venganza. La responsabilidad de los magistrados era contemplada con toda severidad. Si los asesinos no eran prontamente descubiertos, la gente se armaría —no pocos lo estaban haciendo ya— y nadie podría responder de la integridad de portugueses, alemanes, irlandeses o cualquier otra comunidad extranjera contra la cual pudiera revolverse la enfurecida multitud. No obstante, los medios de que disponían los magistrados eran patéticamente reducidos en relación con su responsabilidad: ocho oficiales de policía en Shadwell, ocho más en Whitechapel, cinco en Wapping y la cesión temporal de un destacamento de Corredores de Bow Street.

Para Harriott, todo esto —la multitud indignada, el desafío, el peligro— había de tener un regusto familiar. Ya lo había visto antes, en el mismo escenario, desde la comisaría de Wapping, y una vez más tenía la satisfacción de ser llamado para representar un papel de primera fila. Una tarde de octubre, poco después de creada la policía del río Támesis, se congregó ante su oficina un ejército de cargadores de carbón irlandeses semisalvajes, enfurecidos por la intromisión de la policía en sus raterías en el río. Algunos de sus compañeros habían sido detenidos e interrogados, y los demás estaban dispuestos a hacer lo que fuera para que los soltaran. Arremetieron contra la puerta y después arrancaron adoquines y destrozaron las ventanas. «Estoy convencido —se vanagloriaba Harriott en sus memorias— de que yo era la única persona de la oficina, en aquella época, que había olido antes pólvora encendida por la ira.» El tumulto fue en aumento y parecía que la oficina sería asaltada. Un comerciante de la City abandonó su negocio para subir al ático y otros, con no poco disgusto por parte de Harriott, «efectuaron una prudente retirada embarcando en un bote y alejándose a fuerza de remo». Entretanto, Harriott había dado la orden de cargar las armas de fuego, y esto, junto con el hecho de dar «las directrices necesarias, pareció electrizarme y rejuvenecerme». Se leyó la Ley Antidisturbios y bastó con que Harriott disparase contra un alborotador para que la multitud se dispersara. De haber asaltado Old Gravel Lane los asesinos de los Marr y los Williamson, armados con machetes, mazos y escoplos, Harriott hubiera sabido cómo habérselas con ellos, y además se habría cubierto de gloria, pero por desgracia esta investigación exigía unos métodos más sutiles y, pese a toda su experiencia, entusiasmo y valor, Harriott no resultó más efectivo que los magistrados de los tribunales de Shadwell y Whitechapel.

No hay noticia acerca de la conversación sostenida detrás de las maltrechas ventanas de la comisaría, y probablemente no se tomó nota de ella. Harriott no era esclavo de la burocracia y, por otra parte, la reunión iba a ser la primera pero también la última de su género. Con ella terminó toda coordinación. Cada tribunal se retiró a su sede y procedió a ofrecer su propio relato del crimen de los Williamson al ministro del Interior.

Harriott fue breve, como corresponde a un hombre de acción. Se anotó el mérito de convocar la conferencia sobre los recientes y «atroces asesinatos», durante la cual los magistrados consideraron «las medidas más efectivas a adoptar, así como la cooperación para ejercer un esfuerzo conjunto», pero no dio la menor indicación acerca de cuáles iban a ser estas medidas. La confianza que había mostrado después del asesinato de los Marr, cuando toleró que su celo pasara por delante de su discreción, se había esfumado. Daba ahora la impresión de ser un anciano irritado y frustrado, enfrentado a un problema ajeno por la simple razón de que representaba un reto, y que se daba cuenta, cada vez más inquieto, de que el reto podía con él.

Hasta entonces el tribunal de Whitechapel se había visto poco implicado, aunque, como cualquier otro juzgado público en la metrópoli, había interrogado a sospechosos aprehendidos después del asesinato de los Marr. Pareció como si la conferencia de Harriott sacudiera su apatía. Tal vez, y no sin razón, temieran destituciones, a no ser que también ellos presentaran al ministro del Interior pruebas de estar actuando con menos desidia de la habitual. «Con profundo pesar —escribieron— consideramos nuestro deber manifestar que la noche pasada se cometió un crimen horroroso en la taberna King's Arms de New Gravel Lane... Se están haciendo todos los esfuerzos posibles para encontrar a los responsables de tan alarmante y atroz fechoría.» No hay constancia de que en aquellos momentos, o en cualesquiera otros, los magistrados de Whitechapel se esforzaran más de la cuenta, o se interesaran siquiera por el caso una vez celebrada la conferencia de Harriott.

Era, después de todo, el tribunal de Shadwell el más afectado, ya que era en su demarcación donde habían vivido todas las víctimas. Allí, al menos, el secretario del Interior tenía derecho a exigir entusiasmo. Las cartas enviadas tanto por la oficina del Támesis como por la de Whitechapel llegaron al Ministerio del Interior en el transcurso del viernes, pero a medida que avanzaba el día seguían brillando por su ausencia las noticias de Shadwell. Ryder envió por mensajero una nota al respecto, y así supo el motivo del retraso: inmediatamente después de regresar de la conferencia de Harriott, Capper y sus colegas habían procedido a interrogar a un sospechoso, un jovial irlandés llamado Sylvester Driscoll que tenía la desdicha de alojarse cerca del King's Arms, en New Gravel Lane. En el momento de ser arrestado, se le halló en posesión de lo que él aseguró que era «tan sólo una gota que estaba guardando, como era su costumbre, antes de las vacaciones»: cuatro litros y medio de coñac, por el que había pagado trece chelines y seis peniques, un litro de whisky y una muestra de coñac británico. Al registrar su cuarto, un oficial de policía descubrió después unos pantalones de lona blanca, todavía húmedos a causa de un reciente lavado, y con trazas evidentes de sangre en ellos. Driscoll insistió en que las manchas eran de pintura, pero un «caballero médico» confirmó que se trataba de sangre. Entonces «el detenido dijo que una lechera dormía en el mismo cuarto en que se alojaba, y que los pantalones habían aparecido bajo la cama de ella». Por suerte, la esposa de Driscoll presentó una coartada, mas parece ser que los magistrados no se dejaron convencer por ninguna de las explicaciones, y Driscoll fue encerrado. Entonces, concluido ya este importante asunto, Capper centró su atención en la consulta del ministro del Interior, y aquel mismo día, más tarde, el mensajero entregó su respuesta. La escritura delata la fatiga y la agitación del magistrado. Hacia el final parecía la de un hombre viejo y enfermo.

Shadwell, 20 de diciembre de 1811

Señor:

En contestación a su carta ruégole que me permita informarle acerca de las siguientes circunstancias del caso de asesinato que tuvo lugar la pasada noche en New Gravel Lane, Shadwell, en la taberna King's Arms, propiedad de un hombre llamado John Williamson. A las once, el vigilante cuya caseta se encuentra inmediatamente enfrente abandonó ésta para iniciar su ronda, cuando todo estaba tranquilo; al cabo de diez minutos volvió y observó a un joven, que era huésped en la casa, que se descolgaba con ayuda de un par de sábanas desde una ventana, dos pisos más arriba; al sostenerle, dijo que la familia había sido asesinada, y la puerta fue forzada inmediatamente y Catherine *(sic)* Williamson y su sirvienta, Bridget Harrington, fueron halladas asesinadas en la taberna, con las gargantas cortadas, etc., y el hombre, en el sótano, en el mismo estado.

Todo hace suponer que los asesinos de la familia del señor Marr son quienes cometieron también esta atrocidad. En muchos aspectos las circunstancias corroboran esta idea. Un hombre de la misma descripción fue visto en las cercanías de la casa. Se descubrió asimismo la huella de un zapato claveteado en la parte trasera de la casa, por donde también escaparon. Tenemos grandes esperanzas de haber dado con alguna pista, aunque no puedo hablar con absoluta certeza, pero tendrá usted la primera información. Perdone mis incorrecciones, ya que he estado escribiendo en un estado de gran confusión.

Su más humilde y obediente servidor,

B. C. CAPPER

«Tenemos grandes esperanzas de haber dado con alguna pista.» No se puede negar que Capper se mostraba cauteloso. Había ya al menos cinco pistas: una nueva palanca de hierro —¿o era otro escoplo?— manchada de sangre; el reloj que le había desaparecido a Williamson y que llevaba el nombre de James Catchpole, del cual se había hecho circular una descripción; la descripción hecha por Turner del hombre que aseguraba haber visto inclinado sobre el cuerpo de la señora Williamson; una huella de pisada descubierta en el talud arcilloso frente a la ventana trasera cuya repisa estaba manchada de sangre y finalmente la descripción que hizo Anderson de un hombre a quien se vio merodear al anochecer en las inmediaciones del King's Arms.

Y esto no era todo. El viernes, *The Times* publicó lo siguiente:

> El señor Henry Johnson, persona respetable en la parroquia de St. Paul, Shadwell, y dos mujeres de la localidad declararon que, en el preciso momento en que se dio la alarma por los asesinatos, habían visto a dos hombres que corrían calle arriba en dirección a Ratcliffe Highway. Uno de ellos parecía ser cojo y no podía mantenerse a la altura de su compañero. Daba la impresión de estar exhausto, ya fuese por haber corrido o por haber hecho algún ejercicio violento. Este hombre era el más bajo de los dos. Oyeron que el más alto decía: «Va-

mos Mahoney (o Hughey), vamos», o algo muy parecido. Siguieron su camino hacia los Bluegate Fields.

Por haber omitido todas estas pistas, no puede negarse que Capper escribía sumido en una gran confusión.

Es imposible decir qué efecto causaron los diversos relatos al secretario del Interior, ni hay razón alguna para pensar que éste hiciera uso alguno de ellos, si bien es probable que Beckett comunicara su contenido a Graham, en Bow Street. Una vez más, sin embargo, el ministro actuó de manera excepcional al ofrecer una recompensa del propio Gobierno por cualquier información conducente a la captura del asesino o los asesinos y, como en el caso de los Marr, la gratificación quedó fijada de nuevo en la suma extraordinariamente alta de quinientas libras. Acompañaba a esta oferta la usual promesa de perdón total para todos —excepto los propios malhechores— los dispuestos a dar el paso adelante.

La proclamación del Gobierno tuvo lugar el sábado 21 de diciembre, el mismo día en que la prensa nacional anunciaba los segundos y «horribles asesinatos». El tono empleado por *The Times* era típico: «El jueves por la noche, entre las once y las doce, tuvo lugar otra atroz y sanguinaria escena en New Gravel Lane, Ratcliffe Highway, que igualó en barbarie los asesinatos del señor Marr y su familia.» Para el *London Chronicle:* «Con tanto horror como preocupación hemos de comunicar que tres personas más han perdido la vida a manos de asesinos nocturnos, a dos minutos a pie del lugar exacto donde la familia del infortunado Marr pereció hace pocos días por las mismas causas.»

A las pocas horas, un nuevo escalofrío de horror recorrió la capital. «Es casi imposible —dijo un tal Johnson, de Fenchurch Street, al ministro del Interior— concebir el miedo y la desmoralización que estos terribles sucesos han causado en la opinión pública, particularmente en el East End de la ciudad.» Circulaban noticias tremebundas que creaban renovado pánico. Se rumoreaba que el viernes por la noche había sido asesinado otro tabernero en la City Road, y que el señor Corse, propietario del White Rose* en Ratcliffe Highway, era el siguiente en la lista de muertos. Se apostó guardia armada ante la taberna durante toda la noche. Después circuló la historia de que dos policías habían perdido la vida en Limehouse mientras trataban de arrestar a un individuo sospechoso. La verdad era que los policías habían perseguido al sospechoso, le habían echado el guante y habían tratado de llevárselo precipitadamente, pero antes de que estuvieran lejos fueron atacados por dos centenares de airados irlandeses que rescataron al prisionero. Los policías consiguieron refuerzos y capturaron nuevamente a su hombre, pero éste fue liberado por segunda vez. Finalmente el hombre desapareció, y se supo que los alborotadores habían creído que los policías formaban parte de una ronda de alistamiento forzoso en la marina. Más tarde el hombre se entregó, tal como explicaría *The Times,* «con la camisa completamente manchada por la sangre de sus antagonistas y pudo justificar satisfactoriamente su resistencia en el infortunado asunto». Ocurrían escenas semejantes en todo Londres y nadie sabía dónde descargarían los asesinos su siguiente golpe. «Muchos de nuestros lectores —escribió Macaulay años más tarde— pueden recordar el estado en que se hallaba Londres inmediatamente después de los asesinatos de Marr y Williamson: el terror pintado en cada cara, el cuidado en atrancar las puertas, la provisión de trabucos y carracas de vigilante. Sabemos de un tendero que en aquella ocasión vendió trescientas carracas en diez horas.»

Quinientos kilómetros más lejos, en Keswick, Southey

* Probablemente la taberna Old Rose, todavía existente en Ratcliffe Highway, cerca de la que fue tienda de Marr, y que lleva la inscripción «Fundada en 1666». *(N. de los A.)*

(según explica De Quincey) seguía cada episodio de la saga con el más profundo interés; era, declaró, un raro ejemplo de «un acontecimiento privado de esa clase que ascendió a la dignidad de evento nacional». El propio De Quincey se sentía todavía más exaltado. Había conocido Londres en su juventud y su imaginación, estimulada por el opio, captaba todos los detalles que años más tarde había de elaborar una y otra vez. En 1811, De Quincey vivía en Dove Cottage (propiedad que había comprado a Wordsworth tres años antes), y también en Grasmere.

> El pánico era indescriptible. Una señora, mi vecina más próxima, a la que conocía personalmente y que en aquellos momentos vivía, en ausencia de su marido, con varias sirvientas en una casa muy solitaria, no descansó hasta haber instalado dieciocho puertas (así me lo contó, y además me dio prueba ocular de ello), cada una asegurada con recios cerrojos, barras y cadenas, entre su dormitorio y cualquier intruso de talla humana. Llegar hasta ella, aunque fuera en su salón, era como entrar portador de bandera blanca en una fortaleza asediada donde, cada seis pasos, se viera uno detenido por una especie de rastrillo.

Puede haber exageración en el relato, pero no cabe duda de que el pánico que De Quincey describe estaba muy extendido. Los archivos del Ministerio del Interior contienen cartas procedentes de todos los rincones del país, que atestiguan la «alarma general» causada por los asesinatos y piden la reforma urgente de la policía y la magistratura.

Si la opinión pública hubiera sabido cuán débiles, confusos y desarticulados eran los esfuerzos locales aquel fin de semana, sólo quince días después del holocausto de la familia Marr y cuarenta y ocho horas después de la muerte de los Williamson, la alarma pública hubiera sido todavía mayor.

Tres consejos de parroquias adyacentes habían difundido carteles en los que se anunciaban diferentes recompensas con distintos propósitos. El distrito de St. George todavía ofrecía cincuenta libras a cambio de información que pudiera conducir a la detención y procesamiento de los asesinos de los Marr, y su cartel describía el mazo roto y el escoplo de unos cincuenta centímetros de longitud; apelaba a los comerciantes en hierro viejo o a cualquiera que hubiera perdido tales artículos a darse a conocer. La parroquia de St. Paul, relacionada con los Williamson, prometía cien guineas por la información que condujera a la detención de su asesino, pero no daba ninguna pista o indicio susceptible de ser seguido. El distrito de Ratcliffe, no directamente relacionado con ninguno de los dos crímenes, ofrecía cien guineas en un gesto de respeto hacia los Williamson, y otras veinte guineas a todo aquel que pudiera señalar a una persona que recientemente hubiese adquirido un escoplo de unos ochenta centímetros de longitud.

También los magistrados se mostraban discrepantes. La comisaría de policía del Támesis había brindado una recompensa de veinte libras a cambio de información acerca de tres individuos sospechosos vistos ante la tienda de Marr, pero había sido por ello objeto de censura. Posteriormente pedirían información referente al mazo, que ahora ya podían pregonar como decididamente identificable por las iniciales J.P., pero esta vez sin ofrecer recompensa alguna. Los magistrados de Shadwell habían prometido una gratificación no especificada a cambio de información acerca de una camisa y un pañuelo manchados de sangre, y después se habían resignado una vez más en una actitud de muda impotencia. Cuanto fueron capaces de hacer, después de ser aguijoneados por el ministro del Interior, fue expresar la opinión nada sorprendente de que ambos crímenes debían de haber sido cometidos por los mismos rufianes, basándose tan sólo en el hecho de que ambas pandillas escaparon por la parte trasera de la casa y de que «un hombre que respondía a la misma descripción» fue visto en las dos casas. Presumiblemente se trataba de uno de los hombres cuya descripción Harriott había difundido quince días antes con su oferta de recompensa fuera de lo común. Entretanto, el Ministerio del Interior recibió gran cantidad de documentación y nada dijo, a pesar de las dos cuantiosas ofertas de quinientas guineas cada una con las que se esperaba sacar a la luz información relacionada con ambos crímenes. Parece increíble que nadie poseedor de alguna autoridad tratara tan siquiera de tirar de varios hilos a la vez, de elaborar una teoría o crear una línea sólida de investigación que tuviera en cuenta todas las pistas importantes de las que se disponía en aquellos momentos. Pero en aquel entonces no era deber de nadie hacer tal cosa y las pesquisas prosiguieron su errático curso. Mientras, todo el país esperaba con avidez el resumen de la investigación del juez de instrucción sobre los cuerpos de los Williamson y su sirvienta.

Era costumbre proceder a esta diligencia judicial tan cerca como fuera posible del escenario del crimen, por lo que el sábado, Unwin, el juez de primera instancia, se instaló en el Black Horse, precisamente enfrente del King's Arms. En el exterior se congregó una vasta multitud, y las gentes, movidas unas por la curiosidad y otras por el espanto, pero todas ávidas de sensación, se apiñaron y empujaron desde New Gravel Lane hasta Ratcliffe Highway y, dando vuelta a la esquina, hasta la tienda de Marr, distante poco más de medio kilómetro. En el interior del Black Horse, testigos, jurado, representantes de la prensa y unos cuantos espectadores afortunados se disputaban el espacio. A las dos en punto, el juez reclamó silencio y se dirigió al jurado:

> Los casos frecuentes de asesinato cometidos en la parte este de la metrópoli, que ninguna vigilancia ha sido capaz de detectar, en un vecindario donde la población

es en su mayoría de clase baja, incrementada por los numerosos extranjeros y marineros que desembarcan de vez en cuando en los muelles de la East y la West India, y en los muelles de Londres, y la afluencia de marinos procedentes de todas las partes del globo, exigen imperiosamente la seria atención de aquellos a quienes de modo más inmediato se ha confiado la administración del Gobierno, puesto que los anteriores y los actuales asesinatos son una desgracia para el país, y casi un insulto para todos nosotros. Entretanto, los esfuerzos de la policía, con la autoridad común de los oficiales del distrito, se revelan insuficientes para proteger a las personas contra la mano de la violencia, y el juez tiene que archivar los crímenes más atroces sin posibilidad de entregar a quienes los cometen a la justicia y al castigo; nuestras casas ya no son nuestros castillos y no estamos seguros en nuestras camas. Estas observaciones, por duras que puedan ser, quedarán respaldadas por los sucesos que últimamente han tenido lugar a poca distancia del lugar donde ahora nos reunimos, y por los numerosos veredictos de asesinato premeditado que durante los tres últimos meses han sido dictados por los jurados contra personas desconocidas, ninguna de las cuales ha sido todavía descubierta. Hasta que se indique algún remedio más apropiado, parece aconsejable, dada la actual agitación de la opinión pública, que destacamentos militares, bajo el mando de las autoridades civiles, y seleccionados en la Milicia o los Guardias, patrullen este distrito durante la noche. Su veredicto, lamento decirlo, habrá de estar, como sucede generalmente en estos casos, basado en las pruebas, puesto que los autores del crimen son desconocidos, pero es de esperar, con la ayuda de la Divina Providencia, que rara vez permite que en esta vida el asesinato quede impune, que con los esfuerzos que se efectuarán estos monstruos inhumanos puedan ser descubiertos y entregados a la justicia. Su veredicto será el de asesinato intencionado cometido por varias personas desconocidas.

El primer testigo en prestar juramento fue John Turner. Dijo ser un empleado de la firma Scarlett & Cook que llevaba unos ocho meses alojado como huésped en casa de los Williamson. Su habitación daba a la fachada, a dos pisos de altura de la acera. Había cenado en casa de su hermano, no lejos de allí. Y Turner prosiguió:

> Fui desde la casa de mi hermano a la del señor Williamson el jueves pasado por la noche, más o menos a las once menos veinte. Cuando llegué, la señora Williamson se encontraba de pie junto a la puerta principal. Me siguió. El señor Williamson estaba sentado en la habitación intermedia, en su gran sillón, y la sirvienta en la habitación trasera. No vi a ninguna otra persona en la casa, excepto estas tres. El señor Williamson me dijo que me sentara. Me quedé de pie junto al fuego. Entró un hombrecillo cuyo nombre, según tengo entendido, era Samuel Phillips; venía, como era su costumbre, a por una pinta de cerveza, y dijo al señor Williamson que un hombre corpulento con un abrigo muy grande estaba atisbando desde la puerta interior de cristales en el pasadizo. Cogiendo el candelero, el señor Williamson dijo: «Voy a ver qué quiere.» Salió con la vela en la mano y volvió diciendo que «no podía verlo, pero que si lo veía lo enviaría allí adonde le correspondía o adonde no le gustaría ir». Phillips salió con su cerveza y el señor Anderson llegó inmediatamente después; no se quedó más de dos o tres minutos. Poco después, la sirvienta apagó el fuego y yo fui a acostarme, momento en que la señora Williamson me siguió escaleras arriba hasta su habitación, con un reloj y un cucharón de plata para ponche.

Ésta fue la última vez que vi con vida a cualquiera de ellos. Oí a la señora Williamson cerrar con llave la puerta del dormitorio y bajar otra vez. En la puerta de mi habitación no había ningún tipo de cerrojo. Me metí en la cama y no llevaba en ella más de cinco minutos cuando oí un golpe muy fuerte en la puerta principal. Inmediamente después oí que la criada exclamaba: «Nos asesinan a todos», o «nos asesinarán», dos o tres veces. No me es posible decir con exactitud cuál de estas expresiones utilizó. Yo no me había dormido todavía. Oí el ruido de dos o tres golpes, pero no puedo decir con qué arma fueron dados. Poco después oí al señor Williamson gritar: «¡Soy hombre muerto!» Yo estaba todavía acostado. Un par de minutos después me levanté y escuché junto a la puerta, pero no pude oír nada. Bajé el primer piso y, desde abajo, oí el rumor de tres profundos suspiros. Oí que alguien recorría la sala de la planta baja con gran cautela. Yo me hallaba entonces a medio bajar el último tramo de escalones e iba desnudo. Llegué al pie de la escalera y la puerta estaba ligeramente entreabierta. Atravesé esta abertura y, a la luz de la vela que ardía en la habitación, vi a un hombre, al parecer de un metro ochenta de estatura, con un gran abrigo de amplio vuelo, de color oscuro, que le llegaba hasta los talones. Estaba de pie y me daba la espalda, inclinado al parecer sobre alguna persona, como si se dedicara a vaciarle los bolsillos, ya que oí tintinear monedas, y lo vi incorporarse y abrir el gabán con su mano izquierda y meterse la derecha junto al pecho, como si introdujera algo en su bolsillo. No vi su cara y sólo vi a esta persona. Estaba asustado y regresé arriba, tan rápida y silenciosamente como pude. Pensé primero en meterme debajo de la cama, pero tuve miedo de que me descubrieran allí. Tomé entonces las dos sábanas, las até una con otra, las sujeté a la cabecera de la cama, abrí la ventana y me descolgué valiéndome de ellas. Pasaba entonces el vigilante. Le dije que se había cometido asesinato en la casa y él me ayudó a bajar. Yo sólo llevaba puestos mi gorro de dormir, mi camisa y un chaleco de punto. El vigilante hizo sonar su carraca. Llegó entonces el señor Fox y dijo: «Fuercen la puerta.» El señor Fox se fue y regresó con una espada corta. Yo he visto con frecuencia el reloj del señor Williamson. Es un reloj de plata pequeño y grueso, con cristal. Tenía una cadena de color dorado, y en el extremo un gran dije con una piedra. Había visto al señor Williamson jugar con la cadena el jueves por la noche, cuando estaba yo de pie junto al fuego. Por mi parte, nunca vi una barra de hierro en la casa.

Al terminar Turner su declaración, pálido y tenso por el recuerdo estremecedor de lo que había visto, el silencio de la taberna sólo fue roto por el rasgueo de las plumas de ave de los periodistas y del escribiente del juez, el crepitar del fuego y el discreto murmullo de la multitud en la calle. Era imposible dudar de que Turner había contado la verdad. Aunque en un primer momento hubiera sido puesto bajo la custodia del vigilante, la noche misma de los crímenes, al poco tiempo había quedado en libertad. Pero ¿qué clase de hombre era para abandonar a la nieta de los Williamson, Kitty Stillwell, a su suerte? En su desesperada ansiedad por salir con vida del King's Arms, al parecer ni siquiera había pensado en ella. Pero De Quincey, al trazar su retrato caricaturesco, con un personaje descrito como el villano y ennoblecidos los demás para lograr un contraste efectivo con su depravación, presentó una ingeniosa defensa del infortunado huésped:

¡Valor, pese a todo! Según el proverbio común a todas las naciones de la Cristiandad, Dios ayuda a quienes se ayudan a sí mismos... De haber actuado tan sólo para él, no se hubiera considerado acertadamente utilizado, pero no es así. Con profunda sinceridad, se siente ahora inquieto por la pobre criatura, a la que conoce y quiere; sabía que cada minuto la aproximaba más a la ruina, y al pasar por la puerta de ella su primer pensamiento había sido el de sacarla de la cama y llevarla en brazos allí donde pudieran compartir las mismas posibilidades. Pero, considerándolo atentamente, pensó que el súbito despertar de ella, y la imposibilidad de susurrarle siquiera la menor explicación, podían hacer que llorase de forma audible, y la inevitable indiscreción de uno sería fatal para los dos. No, sólo hay una manera de salvar a la niña: para la salvación de ella el primer paso tenía que ser la suya propia. Y tuvo un excelente comienzo, pues la alcayata, que había temido ver ceder al menor tirón, aguanta de firme al recibir la presión de su propio peso. Ha sujetado rápidamente a ella tres trozos de cuerda nueva, que miden tres metros y sesenta centímetros. Los trenza rápidamente, de modo que en la operación sólo se pierden noventa centímetros; ha preparado otra cuerda igual a la primera, de modo que ya dispone de casi cinco metros a punto para lanzar desde la ventana. A sus cinco metros, de los cuales dos quedan inutilizados por la distancia desde la cama, ha añadido finalmente un metro ochenta más, con lo que le faltarán para llegar al suelo unos tres metros —una menudencia que cualquier hombre o muchacho puede saltar sin hacerse daño—, y en este preciso momento, mientras una desesperada agitación casi le paraliza los dedos, oye el paso siniestro y regular del asesino que se mueve a través de la oscuridad. Nunca tal vez, en este mundo, hombre alguno se vio tan agobiado y tenso por la responsabilidad como en tales momentos el pobre empleado a causa de la chiquilla dormida. Que se perdieran sólo dos segundos, a causa de la indecisión o debido a un pánico paralizador, significaría para ella toda la diferencia entre la vida y la muerte. Sin embargo, hay una esperanza, y nada puede explicar de manera tan espantosa la naturaleza infernal de aquel cuya sombra amedrentadora oscurecía en este momento la casa de la vida, como la base en la que descansaba esta esperanza.

El empleado tenía la seguridad de que al asesino no le bastaría con matar a la pobre niña estando ella inconsciente. Esto equivaldría a frustrar su propósito de asesinarla por encima de todo. Para un epicúreo del asesinato (...) ello representaría tomar el mismísimo aguijón de la amarga copa de la muerte sin captar plenamente la miseria de la situación. Pero todas las consideraciones, cualesquiera que sean en este momento, se interrumpen súbitamente. Se oye un segundo paso en la escalera, pero todavía furtivo y cauteloso; un tercero... y entonces la suerte de la niña parece decidida. Pero en ese preciso momento todo está a punto. La ventana está abierta de par en par, la cuerda se balancea libremente, el empleado se ha descolgado y ya se halla en la primera fase de su descenso.

El relato que ofrece De Quincey, como todo su ensayo, es sugerente del miedo y el suspense, pero guarda bien poca relación con la verdad.

George Fox fue el siguiente en prestar juramento:

Vivo en New Gravel Lane, frente a la casa del difunto. El jueves por la noche, cuando el reloj marcaba las once, llegué a lo alto de New Gravel Lane, camino de mi casa, y vi a dos vigilantes de pie delante de la puerta del señor Williamson; cuando llegué junto a ellos les pregunté qué ocurría. El señor Lee, propietario del Black Horse, se encontraba junto a los vigilantes. Me dijeron que estaban robando en la casa y acaso se estuviera asesinando a la gente que en ella había. Al llegar otras personas poco después, les rogué que llamaran con fuertes golpes. Propuse que, si no había respuesta, se forzara la puerta, y que yo me haría responsable de las consecuencias. Llamaron y no obtuvieron respuesta. Mientras forzaban la puerta, corrí hasta mi casa en busca de una espada corta, que la criada me entregó inmediatamente apenas entré. La puerta y la ventana anterior del sótano fueron abiertas de inmediato. Tres o cuatro personas bajaron por la ventana del sótano mientras yo y tres o cuatro más entrábamos por la puerta. Miramos en la habitación delantera, que estaba a oscuras. Fuimos a la del medio, adaptada como cocina, en la cual ardía una lámpara sobre una mesa. Allí vi a la señora Williamson, que yacía con la cara junto a los fogones y la cabeza hacia la puerta; tenía abierta la garganta y la sangre brotaba de la herida, y al parecer estaba muerta. Iba vestida. Junto a ella había unas llaves y una caja, y a mí me pareció que le habían registrado los bolsillos. La sirvienta, Bridget Harrington, yacía entre la señora Williamson y el hogar, en la misma dirección. Le habían rajado la garganta y manaba sangre de ella; el fuego estaba apagado y había materiales a punto para encenderlo por la mañana. Estaba también totalmente vestida y, al parecer, había recibido un violento golpe en la cabeza. Inmediatamente pregunté: «¿Dónde está el viejo, Williamson?» Me contestaron los que se hallaban en el sótano: «Está aquí, con la garganta rajada.» Bajé parte de la escalera y lo vi en el sótano, tendido boca arriba. Junto con los demás, procedí inmediatamente a registrar la casa. Fui a la habitación posterior, contigua a aquella en la que había encontrado los cuerpos de la señora Williamson y la sirvienta. Observé que la contraventana de una de las ventanas posteriores había sido retirada y el marco estaba alzado. Durante una media hora examiné detenidamente la ventana, y vi que la contraventana, que había sido desmontada, presentaba trazos de sangre, al parecer la huella de una mano. También había sangre en la barra de hierro interior. Apenas vi la ventana abierta, rogué a alguien que subiera al piso y registrara la casa, mientras yo me quedaba junto a la ventana, con el fin de impedir cualquier huida. El señor Mallett, primer escribiente de la policía de Shadwell, y dos oficiales de policía fueron conmigo en busca de los malhechores a diferentes casas, pero sin resultado. Ello debíase a una información según la cual dos personas sospechosas habían pasado por Shadwell High Street. Poco después de llegar a la casa vi a John Turner, que, según se me informó, había escapado por la ventana, y lo puse bajo la custodia del vigilante.

A continuación se requirió el juramento del cirujano Walter Salter. Éste atestiguó que había efectuado el reconocimiento de los cuerpos de los difuntos, siguiendo instrucciones del juez, y que había hallado en ellos las siguientes señales de violencia:

John Williamson tiene una herida que se extiende desde la oreja izquierda hasta cinco centímetros de la derecha, seccionando la tráquea y el esófago, y llegando hasta las vértebras del cuello; y la tibia, o hueso mayor de la pierna izquierda, fracturada algo por encima del tobillo, al parecer a causa de una caída, tal vez escaleras abajo, porque, de haber sido causada por cualquier otro medio, creo que hubiera habido laceración de los intergumentos; no hay señales de violencia en ninguna otra parte.

Elizabeth Williamson. Temporal y parietal derechos tremendamente fracturados, al parecer con un gran atizador u otro instrumento parecido, cuya contusión abarca casi todo el costado derecho de la cabeza; la garganta rajada de oreja a oreja, tráquea seccionada, etc.; no aparece ninguna otra señal de violencia.

Anna Bridget Harrington, la sirvienta. El parietal derecho muestra fractura expuesta de 10 cm de longitud y 2,5 cm de ancho; la garganta tiene una herida incisa de 10 cm de longitud que llega hasta la tráquea;

Supongo que sus gargantas fueron cortadas con una navaja, ya que sólo un instrumento afilado pudo haber hecho cortes tan profundos sin producir desgarros; las gargantas fueron cortadas de una sola incisión. En cada uno de los cuerpos aparece causa suficiente para la muerte.

El jurado se retiró y a las siete de aquella tarde emitió el veredicto esperado: asesinato intencionado cometido por persona o personas desconocidas.

The Pear Tree

Los Williamson y su sirvienta fueron enterrados a las doce del domingo 22 de diciembre, en la iglesia de St. Paul, en Shadwell.

> El servicio [explica Fairburn] fue oficiado por el Reverendo Denis en un tono impresionante y la actitud de la multitud expresaba el más profundo pesar. El Reverendo quedó tan afectado que, tanto en la iglesia como ante la tumba, el servicio hubo de suspenderse unos minutos para que pudiera recuperarse. En las cercanías del templo todas las tiendas estaban cerradas y los magistrados habían muy juiciosamente apostado un número considerable de oficiales en el cementerio; la ceremonia se ofició con la mayor solemnidad y sin el menor desorden.

Pero a lo largo del domingo, el ambiente de miedo, sospechas y pánico se intensificó. Una de sus víctimas fue un joven pasante de abogado llamado Mellish, que trabajaba en Old Jewry. Estaba sentado en la sala posterior de la taberna Three Foxes, en Fox's Lane, y hablaba de los asesinatos con el sobrino del dueño. Cuando oyeron la carraca de un vigilante y el grito «¡Detened a los asesinos!», Mellish exclamó:

«¡Dios mío, más crímenes!», y armándose cada uno con un atizador, corrieron hacia la calle y se unieron a la persecución de los sospechosos. Mellish no corría tanto como su compañero, pero lo siguió tan rápido como le fue posible. En la esquina de la calle encontró tres hombres que corrían, «dos de los cuales eran individuos de visible mala catadura, y el tercero un hombre muy bajo». Suponiendo que se trataba de los hombres contra los cuales se había dado la alarma, dijo: «Sois los villanos y os las veréis conmigo», un reto que denota un valor considerable, considerando que él se creía enfrentado a los asesinos, y que eran tres contra uno. Sin perder tiempo, descargó un golpe con el atizador contra la cabeza del hombrecillo, pero sin otro efecto que el de aturdirlo momentáneamente. El hombre se recuperó con rapidez y disparó una pistola de perdigones en pleno rostro de Mellish. Después emprendió la fuga, mientras Mellish era trasladado de nuevo a la taberna Three Foxes, con el rostro terriblemente desfigurado y ambos ojos totalmente cegados. *The Times* comunicó que se mantenía en un estado precario. No se dijo más tarde si murió o, tal vez menos misericordiosamente, sobrevivió a los toscos métodos de la cirugía de principios del siglo XIX para emprender una existencia de hombre ciego y mutilado, dependiente de los demás. De cualquier manera fue una víctima de la histeria que se contagiaba como una infección en los oscuros pasajes y callejuelas de Wapping y los distritos vecinos.

El lunes por la mañana, el juzgado público de Shadwell volvió a abrir a primera hora para proceder al interrogatorio de sospechosos. Uno de ellos era un joven marinero llamado John Williams, que se hospedaba con el matrimonio Vermilloe en la taberna The Pear Tree de Old Wapping, junto al río. Fue arrestado allí el domingo por Hewitt y Hope, dos de los oficiales de policía de Shadwell, que actuaban en base a una información confidencial aunque no consta de qué fuente procedía. Williams fue llevado a la caseta de guardas y registrado. Estaba en posesión de dos papeletas de empeño de ocho y doce chelines por zapatos, catorce chelines en plata y un billete de una libra. Al parecer, se consideró que no valía la pena anotar la fecha indicada en las papeletas de empeño.

Es probable que los dos policías detuvieran a este nuevo sospechoso sin grandes esperanzas de que se tratara por fin del hombre que andaban buscando. ¡Habían desfilado tantos sospechosos y se habían dado tantas falsas alarmas, al tiempo que tantas expectativas prometedoras se desvanecían! Hasta entonces debían de haber estado desempeñando sus deberes con obstinada persistencia pero con una esperanza de éxito cada vez más reducida. Al posarse sus manos sobre los hombros de Williams no podían prever que el nombre, harto corriente, de aquel joven marinero más bien frágil y de una cierta elegancia a pesar de sus ropas raídas, estaría al cabo de pocos días en boca de todo Londres.

John Williams tenía veintisiete años cuando fue arrestado. *The Times* lo describió, unos días más tarde, como un hombre de «aproximadamente 1,75 metros de estatura, de maneras insinuantes y actitud sumisa», y añadió: «no tiene nada de débil». Era un marinero del montón que en una ocasión había navegado con Marr en el *Dover Castle*, había regresado de su último viaje para la East India con el *Roxburgh Castle* a principios de octubre de 1811, e inmediatamente había ido a depositar su cofre de marino y recuperar su antiguo alojamiento en The Pear Tree. Esta taberna era su hogar en Inglaterra y bien pudiera ser que fuese el único hogar que tenía. Como cuando volvía allí después de todos sus viajes, entregó sus ganancias al señor Vermilloe para que las custodiara, y fue saludado por la señora Vermilloe como huésped agradable y honrado, pulcro en casa, personalmente considerado con ella y afable con todas sus amistades, en particular las de sexo femenino. En educación y manera de vestir aventajaba al marino corriente, escribía con soltura y cuidaba mucho sus ropas y su apariencia. No es sorprendente que a veces se lo tomara por un caballero, impresión que él se guardaba de disipar. Era un joven lechuguino, con una figura esbelta y abundante cabellera de un notable y poco corriente color de arena, cuyos rizos enmarcaban un rostro atractivo aunque de expresión más bien débil. Tenía una actitud abierta, descrita como agradable para los susceptibles a sus atractivos, generalmente mujeres, y como insinuante por aquellos que, en general hombres, le juzgaban bajo otros criterios. Williams tenía un carácter sumamente irritable, se dejaba provocar fácilmente hasta llegar a las manos, e invariablemente llevaba la peor parte en las peleas. A los hombres les encantaba aguijonearlo e incitarlo, ya que su reacción, en particular cuando estaba bebido, era previsible y, para ellos, muy divertida. No es sorprendente pues que contara con abundantes amistades femeninas, pero con pocos amigos entre los de su mismo sexo. Nada se sabía acerca de su familia o de sus antecedentes, pero en general se admitía que un joven con una personalidad y una educación tan superiores a las de un marinero corriente debía de tener en su pasado algún secreto que explicara su actual forma de vida.

No cabe duda de que Williams consideraba la existencia en The Pear Tree como algo por debajo de su clase, pero una cama en un cuarto compartido con otros dos marinos era cuanto le permitían sus medios. The Pear Tree era un típico alojamiento para marineros situado junto al río. Su vida social se centraba en la taberna propiamente dicha, y animaban su patio las idas y venidas del sector fluvial de Wapping. En una habitación trasera comían los huéspedes, y gran parte de la colada personal de éstos se hacía bajo el chorro de la bomba del patio posterior, aunque la señora Rice, cuñada de la señora Vermilloe, iba con regularidad a lavar la ropa de quienes podían permitirse pagarlo.

Como muchos marineros, Williams gastaba el dinero a manos llenas a su regreso a puerto para compensar los meses de peligros, duro trabajo y falta de compañía femenina. Poco incentivo tenía hacer planes para el futuro. No eran para él la subordinación y la diligencia de un Marr, los meses de servidumbre que con el tiempo pudieran verse recompensados por una pequeña gratificación y la posibilidad de conseguir un hogar fijo. Cuando el dinero se acababa siempre quedaban la casa de empeños o las partidas de whist, cribbage y otros juegos de azar. Y cuando no quedaba otro recurso, otro barco, otro viaje. Entretanto, Londres tenía abundantes diversiones que ofrecer: un oso amaestrado, una ejecución pública en la horca, una velada en compañía femenina en el Royalty Theatre de la plaza Wellclose y noches de tumultuosa juerga en los famosos clubs *cock and hen*, típicos de la promiscuidad de la época, donde hombres jóvenes y prostitutas se reunían para beber y entonar canciones hasta altas horas de la madrugada. Y cuando estas diversiones ya cansaban, el presente parecía aburrido y el futuro poco claro, siempre cabía el solaz de un mayor consumo de bebida. Beber, jugar y endeudarse eran los eslabones en una cadena que sujetaba a muchos pobres a sus infortunios. Era muy difícil romper estos eslabones y no hay pruebas de que Williams tratara de hacerlo.

En el relato del primer interrogatorio de Williams, publicado en *The Times* del 24 de diciembre, es obvio que las acusaciones en su contra tenían no más fundamento que las formuladas contra una docena más de sospechosos que se hallaban bajo arresto; de hecho, se llega a inferir que tuvo mala suerte al no ser puesto en libertad.

> El marino llamado John Williams fue sometido a un interrogatorio muy largo y estricto. Las circunstancias sospechosas alegadas contra él fueron la de haber sido visto con frecuencia en casa del tabernero Williamson, y que precisamente se le había visto allí hacia las siete de la tarde del último jueves; que aquella misma tarde él no

volvió a su alojamiento hasta las doce, hora en que pidió a un compañero suyo de cuarto, un marino extranjero, que apagara su vela; que era un hombre bajo y cojeaba de una pierna; que era irlandés; que antes del triste suceso tenía poco o ningún dinero, y que cuando fue detenido llevaba encima una buena cantidad de plata.

Probadas dichas circunstancias sospechosas en su contra, los magistrados quisieron que diera su propia versión. Admitió haber estado en casa del señor Williamson el jueves por la tarde y en otras ocasiones. Hacía un tiempo considerable que conocía al señor y la señora Williamson, y era un íntimo allí. El jueves, cuando habló con la señora Williamson, ésta parecía muy contenta y le dio un golpecito en la mejilla al servirle un poco de licor. Se le consideraba más bien como un amigo que como un mero cliente de la casa. Cuando salió de ella fue a ver a un cirujano de Shadwell con el fin de que lo aconsejera para la curación de su pierna, que durante años había tenido incapacitada como consecuencia de una antigua herida. Desde allí fue a ver a una cirujana del mismo barrio con la esperanza de ver completada su cura a un precio más módico del que pudiera cobrar un cirujano. Fue después más al oeste y encontró alguna amistad femenina, y tras visitar varias tabernas, volvió a su alojamiento y se acostó. El hecho de pedir a su vecino de cuarto que apagara la vela debióse a haber encontrado al hombre, que era un alemán, echado en la cama, con una vela en la mano, la pipa en la boca y un libro en la otra. Al verlo de esta guisa y comprendiendo que podía prender fuego a la casa debido a su descuido, le dijo que apagara su vela y no expusiera la casa al peligro de arder hasta sus cimientos. Justificó la posesión del dinero que se le encontró encima como el producto de algunas prendas de vestir que dejó en la casa de empeños. En ningún momento ocultó haber estado en casa del señor Williamson el jueves al anochecer; muy al contrario, explicó a su patrona y a varias personas más que había estado con la pobre señora Williamson y su marido poco antes de que fueran asesinados, y recalcó el buen humor de que daba muestras la señora Williamson.

Explica *The Times* que «bajo las circunstancias del caso» el prisionero fue retenido para ulterior interrogatorio. Fue internado en la prisión de Coldbath Fields, donde Sylvester Driscoll, el irlandés arrestado el día siguiente al de la muerte de los Williamson, seguía encerrado. Un funcionario recaudador de impuestos había corroborado la declaración de Driscoll en cuanto a sus reservas de coñac y whisky, pero los magistrados no estaban dispuestos a soltar a nadie, por endebles que pudieran ser las pruebas, y Driscoll permanecía entre rejas.

Entretanto, los magistrados del juzgado de Whitechapel proseguían sus investigaciones sobre las actividades de los portugueses. Los dos marineros Le Silvoe y Bernard Govoe, detenidos una semana antes, seguían todavía confinados separadamente en la cárcel de Coldbath Fields. Ahora fue sometido a interrogatorio un amigo de ambos, llamado Anthony. Alguien había hablado en su contra y se descubrió entonces que Anthony había abandonado el barrio y se había instalado a bordo de un barco de la West India anclado ante Deal. Se envió un oficial de policía al barco y Anthony fue indentificado y conducido a Londres para comparecer ante los magistrados de Whitechapel. Las únicas sospechas que contra él había eran el hecho de ser amigo de Le Silvoe y de Bernard Govoe y haber sido visto con ellos más o menos cuando Marr y su familia fueron asesinados, que al día siguiente se hubiera enrolado a bordo de un buque de la West India y que la mujer con la que vivía mintiera al ser preguntada por sus amistades, y todavía más cuando la interrogaron los oficiales. Y así, el infortunado Anthony se reunió con sus compatriotas en Coldbath Fields.

No había pruebas evidentes contra ninguno de los tres. Eran portugueses y se los había visto en Ratcliffe Highway poco después de la matanza de los Marr. Estos dos hechos bastaban para ponerlos en peligro. Los magistrados se habían contagiado con los prejuicios de la gente. Eran hombres preocupados y desesperados, obsesionados por la necesidad de parecer activos, y en su timidez poco inclinados a soltar a cualquier sospechoso una vez que hubiera comparecido ante ellos, por temor a dejar en libertad a un asesino. Parece como si para ellos cualquier actividad, por poco provechosa que fuese o por mal orientada que estuviese, era mejor que ninguna.

Los irlandeses no corrieron mejor suerte que los portugueses. Michael Harrington, William Austin y William Emery fueron detenidos en Poplar sin más base que la de que el primero, por su figura e indumentaria, se asemejaba al hombre al que Turner vio registrar los bolsillos de la señora Williamson, y que el segundo era bajo y cojo. Emery fue arrestado con ellos, probablemente por el hecho de ir en dudosas compañías. Él y Harrington manifestaron que, durante toda la semana anterior, habían estado a bordo del *Astel*, de la East India, en Gravesend, donde figuraban como marineros, y que se alojaban en casa de un tal Smith en el número 25 de Angel Court, St. Martin's le Grand. Austin dijo que él era también marinero como los otros dos prisioneros y que precisamente el sábado anterior había salido de la prisión King's Bench, donde había estado encerrado diez días.

Obviamente, era importante verificar la identidad de los prisioneros, mas parece ser que en esta ocasión los magistrados no disponían de suficientes oficiales, probablemente porque se dedicaban a a registrar el East End en busca de irlandeses altos o cojos, y un caballero salido de la galería pública se ofreció voluntario para visitar St. Martin's le Grand y comprobar parte de la coartada. Partió inmediatamente, sin duda con pretensiones de fama y acaso de una recompensa sustanciosa, pero no le faltaron motivos para lamentar su impetuosidad. Las señas eran las de una casa de huéspedes de lo más corriente, ejemplo típico de los millares de ellas que habían brotado en el Londres del siglo XVIII. Contenía tantas familias como habitaciones, y en cuanto a los huéspedes individuales, pobres, analfabetos y gente de paso, pagaban un penique o poco más por noche a cambio del privilegio de ocupar una cama, a veces entre quince o veinte personas. En tales condiciones, el patrono rara vez podía avalar a sus huéspedes, y éstos ni siquiera sabían el nombre del mismo. El dueño de la pensión no se llamaba Smith, pero había un huésped que admitió responder a este nombre, aunque negó todo conocimiento de un Harrington o un Emery. Tras una decepcionante media hora, el inquisitivo caballero regresó a Shadwell con su informe. En vista de que no se presentaba ninguna coartada satisfactoria, los tres irlandeses quedaron retenidos para posteriores interrogatorios.

Mientras, otra pandilla, ésta formada por siete hombres, había sido puesta bajo custodia, al ser arrestados todos ellos en una casa cercana a la de los Williamson. En posesión de uno de ellos se encontraron dos camisas con manchas que parecían ser de sangre y un chaleco con señales similares, este último con la huella evidente de un cuchillo de podar. Las prendas estaban húmedas, como si las hubieran lavado recientemente. El hombre en cuyo domicilio fueron encontradas declaró que las señales eran manchas de lúpulo, ya que había trabajado en la recolección de lúpulo durante la última temporada en Kent. No obstante, los siete hombres quedaron bajo custodia hasta que las camisas y el chaleco pudieran ser examinados por un «caballero químico» a fin de comprobar si las manchas correspondían a una sustancia animal o vegetal. Ésta es la primera referencia, en toda la investigación, a un examen científico de pruebas. Es de suponer que el informe del «caballero químico» fue satisfactorio, ya que los siete infelices fueron puestos en libertad al día siguiente, al igual que Harrington, Austin y Emery, «después de confirmada su versión por el testimonio más satisfactorio», y otro hombre, Patrick Neale, detenido como sospechoso en Deptford. Todos ellos fueron absueltos y recibieron una excusa por su detención y una felicitación por haberse disipado las sospechas existentes contra ellos. Es probable que entonces los magistrados advirtieran, con la intranquilidad que es de suponer, que habían cedido con excesiva facilidad a los prejuicios de la muchedumbre. Consideraron prudente declarar «su enorme satisfacción y aprobación de la conducta de los habitantes hiberneses del distrito de Wapping en sus esfuerzos para facilitar la labor de la policía y llevar a un castigo justo y ejemplar a los sanguinarios malhechores que hasta el momento han escapado a él».

Era el martes, víspera de Navidad, y ahora los magistrados de Whitechapel aportaron finalmente al caso una información tan absurdamente irrelevante como cualquiera de las que pudieran haberles llegado. Un magistrado del Hertfordshire se presentó para comunicar «una circunstancia de lo más extraordinaria que, en su opinión, podía arrojar algo de luz sobre los últimos y escalofriantes acontecimientos». Un hombre llamado Bailey, obrero ladrillador de Norfolk, había sido detenido como sospechoso de un delito grave. Al registrar la habitación del prisionero encontraron en ella una cantidad considerable de piezas de vajilla valiosas, junto con algunas prendas de lino manchadas de sangre. Esta circunstancia suscitó la sospecha de que Bailey tenía algo que ver con los recientes crímenes, y por consiguiente fue sometido a un severo interrogatorio, en el que negó todo conocimiento acerca de los asesinatos, declaró su ignorancia respecto a toda persona relacionada con ellos, y no quiso comprometer a ningún inocente. La misma noche permaneció bajo arresto en Cheshunt y a la mañana siguiente, cuando los jueces fueron a buscarlo para un nuevo interrogatorio, lo encontraron muerto, ahorcado, colgado de una viga con un pañuelo de seda. Asegura *The Times* que «el infortunado no mostró ningún desorden de tipo intelectual pero cabían pocas dudas de que los objetos que se encontraron en su posesión habían sido robados en casa de algún caballero del barrio». Esto es muy probable, pero resulta difícil ver por qué el magistrado de Hertfordshire tuvo que relacionar a Bailey con los asesinatos de los Marr o los Williamson, puesto que en ninguno de los dos casos se robó nada sustancial. Pero ahora, sin embargo, toda información, por irrelevante o incongruente que pudiera ser, era aceptada y seguía su curso. No sólo los magistrados londinenses, sino también toda la nación esperaba con ansia alguna acción. Incluso en puntos tan lejanos como Portsea y Portsmouth se ofrecían por la captura de los malhechores recompensas reunidas mediante colecta pública. Con ello, la cantidad ofrecida totalizó cerca de ochocientas libras, una suma sin precedentes en aquellos tiempos.

Y entonces, aquella vigilia de Navidad pareció como si por fin se hubiera producido el cambio decisivo. Diecisiete días después de la muerte de los Marr y cuatro después de haberse difundido el cartel en el que se describía detalladamente el mazo, el arma fue identificada, si bien no queda claro por iniciativa de quién. Y dista de resultar claro por qué se necesitó tanto tiempo para determinar la procedencia de un arma claramente marcada con las iniciales de su propietario. Pudo haber sido Vermilloe, el dueño de la taberna The Pear Tree, quien reconoció la descripción, y ciertamente a él se le pagó la recompensa final por la identificación del mazo. En aquellos días se encontraba preso en la cárcel de Newgate por deudas, y fue a esta prisión donde Capper llevó su prueba, cuidadosamente empaquetada. El señor Vermilloe la reconoció. Dijo que pertenecía a un marinero alemán de Hamburgo llamado John Peterson, que se había alojado recientemente en The Pear Tree y, al regresar a la mar, había dejado su cajón de herramientas en poder de Vermilloe. La mayoría de estas herramientas estaban marcadas con las iniciales de Peterson, y Vermilloe, aunque no quiso comprometerse con una identificación positiva, estaba casi seguro de que ese mazo se había contado entre ellas. Había utilizado uno de los mazos para astillar madera, y él mismo había roto el extremo.

Debió de ser con satisfacción y una sensación de profundo alivio como Capper regresó con el mazo y sus buenas nuevas al juzgado de Shadwell. Por fin sus esfuerzos y los de sus colegas parecían verse coronados por el éxito. Habían trabajado infatigablemente. Se habían sentado durante horas y más horas calibrando a sospechosos. No habían desestimado ninguna información llegada hasta ellos, ni se había dejado de seguir ninguna pista. Y cuanto habían recibido a cambio de sus desvelos habían sido críticas abiertas o improperios disimulados. Casi cabía suponer que la muchedumbre los consideraba personalmente responsables de las muertes de los Marr y los Williamson. Pero ahora parecía seguro que el éxito estaba a la vista. El arma del crimen, todavía manchada de sangre y con cabellos pegados a ella, procedía indiscutiblemente de The Pear Tree, y ya se hallaba bajo custodia un sospechoso relacionado con este lugar. La deducción era obvia e inevitable y a Markland le pareció bien dar a conocer su creciente optimismo al secretario del Interior y, al propio tiempo, recordar a Ryder el celo con el que él y sus colegas efectuaban sus investigaciones:

Shadwell, 24 de diciembre de 1811, a las 7 horas

Señor:

Ha transcurrido todo el día con el interrogatorio de hombres traídos a este juzgado bajo distintas sospechas; todavía no podemos decir que tengamos pistas suficientes para llevarnos a una solución del caso, pero hay un hombre al que vamos a interrogar esta tarde sobre el cual pesan fuertes sospechas; de sacar algo de ello recibirá usted la más pronta información de

su muy seguro servidor

Geo. MARKLAND

Aquella tarde, poco después de las siete, John Williams fue conducido a la abarrotada sala de audiencias del juzgado público. El interrogatorio a la luz de las velas y el reconocimiento de testigos eran los clásicos. Denotan algunos de los defectos y las injusticias del sistema, y el poder casi ilimitado de los magistrados para llevar a cabo una investigación tal como a ellos se les antojara. Su trabajo era primordialmente inquisitorial y su única función judicial era decretar el procesamiento del prisionero si los cargos contra él estaban suficientemente probados, y ellos eran quienes lo decidían. No había fallos basados en pruebas. Los magistrados hacían cualquier pregunta que a ellos les pareciera adecuada para arrancar la verdad, o que simplemente les pasara por la cabeza. A los prisioneros se les permitía incriminarse a sí mismos, e incluso se les alentaba a ello. Se admitían simples rumores y el abierto prejuicio por parte de los testigos, en tanto que la parcialidad, las insinuaciones y la malicia se dejaban pasar tranquilamente. Se daban libremente informaciones irrelevantes y no probadas, y a menudo eran aceptadas. El prisionero no estaba representado por un abogado o un amigo, ni se le permitía estar presente para oír las pruebas en su contra. Por consiguiente, era frecuente que ignorase la gravedad del caso que se instruía contra él.

Por otra parte, no todos los procesos se llevaban a cabo públicamente. Un magistrado podía ordenar que un testigo fuera llevado a su casa, e interrogarlo allí en privado. También podía visitar a un testigo en la cárcel, como había hecho Capper con Vermilloe. Es probable que sólo una pequeña minoría de los magistrados fueran corruptos. En su mayoría, eran honrados y conscientes, y ansiaban llegar a la verdad. Sin embargo, harto a menudo la verdad no tardaba en sucumbir en los tribunales indisciplinados y cargados de prejuicios que ellos presidían.

The Morning Post, el día de Navidad, habló extensamente de los procesos. Una vez más, John Turner describió al hombre que había visto. Manifestó:

> Mientras bajaba la escalera tuvo la seguridad de oír a un hombre que caminaba lentamente en la sala de estar, y que sus zapatos chirriaban, y pensó que el hombre no podía tener clavos en sus zapatos. Cuando llegó a la puerta sólo vio a un hombre en la posición y vestido de la manera descritas en su interrogatorio ante el juez.
>
> Se hizo comparecer entonces al prisionero y los magistrados interrogaron particularmente al testigo, en el sentido de si creía que el preso que estaba en la sala era aquel hombre. El testigo no pudo afirmar que lo fuese, pero dijo que le había visto dos o tres veces en casa de Williamson. Ignoraba si se encontraba en la casa el último jueves por la noche.

Es interesante seguir el funcionamiento de las mentes de los magistrados observando el orden de acuerdo con el cual llamaban a sus testigos. Evidentemente, esperaban que Turner, su testigo clave, identificara a Williams como el asesino, pero, lo hiciera o no, era de desear alguna prueba confirmatoria. El asesino de Williamson y Marr debió estar manchado de sangre y bien pudo haber enviado a lavar su ropa ensangrentada. Por consiguiente, llenos de esperanza, llamaron a la lavandera de Williams.

> Mary Rice fue interrogada. Llevaba más de tres años lavándole la ropa al prisionero. Conocía perfectamente su provisión de ropa blanca, pero no había lavado para

él en los últimos quince días. Los magistrados interrogaron rigurosamente a la testigo.

P. ¿No vio sangre en sus camisas?

Sí, la vi. En una de ellas.

P. ¿Vio algo de sangre en sus camisas desde el último sábado?

Sí, la vi. Una de sus camisas estaba ensangrentada cerca del cuello, como si de las señales de dos dedos se tratara.

P. ¿No había ninguna otra parte manchada?

No me fijé particularmente; su camisa estaba desgarrada en la pechera.

P. ¿No le llamó la atención que la camisa estuviera desgarrada?

Sí, pero pensé que el prisionero habría tenido alguna pelea... pudo haberse roto la camisa en ella.

P. ¿Cuándo vio esa camisa sin desgarrar?

El último jueves.

P. ¿Juraría que no había otras señales de sangre en la camisa?

Había un poco de sangre en las mangas y unas cuantas salpicaduras en otras partes pero sin prestar entonces especial atención, lavé la camisa y la guardé para remendarla.

P. ¿Ha eliminado usted todas las manchas?

Yo creo que sí, ya que la herví bien en agua caliente.

P. ¿Qué ropa interior ha lavado generalmente para el prisionero?

Cuatro camisas de lino y unas cuantas medias, pero nunca pañuelos blancos. El prisionero solía usar pañuelos negros.

(En su interrogatorio, el prisionero llevaba un pañuelo blanco al cuello.)

Para que tenga sentido, este fragmento debe ser leído con otros recortes de prensa sobre las pruebas aportadas por la señora Rice. El *London Chronicle* deja bien claro que la lavandera (que era la cuñada de la señora Vermilloe) hablaba de dos camisas que ella le había lavado a Williams. La primera, «muy desgarrada en cuello y pechera, y con buena cantidad de sangre en cuello y mangas, ella suponía que habría tenido una pelea..., fue antes del asesinato del señor Marr, pero la segunda cuatro o cinco días más tarde». Ésta «estaba también muy rota y con manchas de sangre, con una apariencia que ella atribuyó asimismo a una reyerta... Recordó que el prisionero había peleado en casa de ella con otro huésped, y que entonces su camisa quedó hecha jirones, pero esto había ocurrido hacía tres semanas».

El interrogatorio de la señora Rice saca a relucir varios puntos. Muestra la tosca naturaleza de las preguntas hechas a los testigos, el apresuramiento de los magistrados al hacer preguntas directas y su extraordinaria candidez al tomar en consideración como prueba una camisa rota y ensangrentada. Muestra, asimismo, que confundían claramente los dos crímenes. La señora Rice había lavado la camisa ensangrentada de Williams cuatro o cinco días después de ser asesinados los Marr, pero antes de la muerte de los Williamson. Por consiguiente, el hecho no podía ser relevante para los crímenes por los que Williams había sido aprehendido. Y, aparte de la improbabilidad de que un asesino enviara su camisa manchada de sangre a su propia lavandera, ¿cuál era el significado del desgarrón? Williamson luchó con su asaltante, y en esta ocasión las ropas del asesino debieron mancharse de sangre y pudieron también romperse. Pero los Marr fueron aniquilados con feroz rapidez y era improbable que cualquiera de los habitantes de la casa, patéticamente desprevenidos, peleara por su vida. La prueba de la camisa de Williams apunta claramente a una pelea de taberna acaecida algún tiempo antes de los crímenes del King's Arms.

La señora Vermilloe, patrona de The Pear Tree, fue interrogada a continuación. He aquí lo que publicó el *Morning Post:*

P. ¿Está encarcelado su esposo?

Sí, está en prisión por una deuda de veinte libras, y lleva en ella varias semanas.

P. ¿Hay una caja de herramientas en su casa?

Sí. Pertenecía a una persona que ahora se encuentra en el extranjero. Ella no había visto nunca su interior, pero sabía que contenía dos o tres mazos; uno de ellos lo utilizaba a veces su marido, y se encontraba en el patio.

P. ¿Vio alguna vez las señales en los mazos?

Sí, en uno o dos de ellos. Llevaban la marca J.P., y pertenecían a uno de los huéspedes de ella, que desde el febrero pasado se encontraba en el extranjero. Su nombre era John Peterson.

P. ¿Supo usted que faltaban los mazos?

No, hasta el lunes, cuando se hicieron averiguaciones.

P. ¿Podría identificar el mazo si lo viera?

No lo sé.

Llegados a este punto, los magistrados ordenaron que fuese presentado el mazo fatal.

La testigo estaba muy nerviosa y se puso a llorar. Tras una breve pausa y después de haberle sido ofrecida una silla, se repuso de la impresión.

P. ¿Dirá bajo juramento que éste no es el mazo?

No puedo decirlo.

Sr. Markland: ¿Es similar el mazo al que usted había visto en su casa?

Sí, es bastante parecido.

Según el reportero del *London Chronicle,* durante el interrogatorio de la señora Vermilloe se pusieron de relieve otros puntos importantes. Dijo que conocía al prisionero «desde hacía unos años». Tres semanas antes, había dos o tres mazos en el cajón de herramientas de Peterson, pero en este intervalo de tiempo habían desaparecido. «La caja que los contenía estaba siempre abierta, y cualquiera de la casa podía tener acceso a ella. Se encontraba en la misma habitación donde se había depositado el petate del prisionero.» Cuando se exhibió el mazo, la señora Vermilloe «se encogió debido al horror y la consternación. Sólo con gran dificultad consiguieron que lo mirase fijamente». Pero entonces la lavandera se levantó de un salto:

> La señora Rice se interpuso y dijo que sus chiquillos podían identificar positivamente el mazo, ya que ella los había oído describir con frecuencia un mazo con el extremo roto, con el cual solían jugar en la plaza ante la puerta de su tía.
>
> Fueron a buscar a los chiquillos. Durante la ausencia del mensajero, el prisionero pidió dar razón de cómo la camisa, entregada a la lavandera el viernes por la noche, quince días antes, había quedado rota y manchada de sangre. Dijo que había estado bailando sin chaqueta ni chaleco, en la casa donde se alojaba, alrededor de las once y media de la noche, y que al poner fin el vigilante a esta diversión, se había retirado de esta manera, desvestido, al Royal Oak, para invitar a su músico. En el Royal Oak encontró a varios cargadores de carbón irlandeses que jugaban a los naipes, y éstos insistieron en que jugara con ellos. Accedió después de larga discusión y perdió el equivalente de un chelín en licor. Se disponía entonces a marcharse con urgencia cuando se inició un forcejeo entre él y uno del grupo, que lo agarró por el cuello de la camisa, rasgándoselo, y después le asestó un golpe en

la boca que le partió el labio, y de esta herida manó la sangre que le manchó la camisa.

Los magistrados le dijeron que se limitara a la camisa que se encontró ensangrentada aquel jueves, a cuya advertencia él no pareció prestar atención.

El *Morning Post* informó como sigue acerca del interrogatorio de los dos testigos siguientes:

> Michael Cuthperson y *John Harrison*, huéspedes de The Pear Tree como el prisionero, manifestaron que éste llegó a la casa la madrugada del asesinato, hacia la una. Cuthperson estaba acostado pero no dormía. El vigilante había de pasar tocada ya la una. Estaba seguro de que el prisionero dijo: «Apaga la luz, por Dios, o aquí pasará algo», pero no estaba seguro de si fue en la misma madrugada de la muerte de los Marr.* Harrison se fue a la cama hacia las doce y se despertó cuando el prisionero volvió a casa, pero sin hacer caso de su presencia. Dormían todos en la misma habitación.
>
> Se exhibió entonces el mazo. Harrison pensaba que era como el que había servido de juguete a los chiquillos en el patio.

Fue entonces cuando hizo su aparición William Rice, de once años, y compareció muy excitado ante el tribunal. Su declaración era importante. Los chiquillos, en particular los niños, suelen ser excelentes testigos. Tienen una visión certera, una buena retentiva para todo lo que les interese y, al estar libres de las dudas irracionales y las lealtades que pue-

* O el testigo o bien el reportero eran víctimas de una confusión. A juzgar por el primer interrogatorio de Williams es evidente que el incidente de la vela ocurrió la noche en que fueron asesinados los Williamson. *(N. de los A.)*

den afectar a sus mayores, suelen prestar su declaración con sencillez y sin la menor afectación. William era uno de estos niños. Cuando subió al estrado, la señora Vermilloe se echó a llorar con tanta vehemencia que fue preciso sacarla de la sala. Esta actitud histriónica de la Vermilloe debió de reforzar el cariz dramático de la ocasión, pero difícilmente pudo facilitar la tarea de los magistrados. Sin embargo, William no se sintió afectado por el disgusto de su tía. Los magistrados lo miraban con seriedad pero no sin benevolencia y, antes de enseñarle el mazo, pidieron astutamente a William que lo describiese, cosa que él hizo, mencionando el extremo roto.

Entonces fue presentada el arma. El niño la agarró despreocupadamente, trató de moverla de un lado a otro y la contempló con lo que el *Morning Post* describió como «la más pura inocencia». Los magistrados le preguntaron si era el mismo martillo con el que él y su hermano habían jugado. Contestó que sí lo era. No lo había visto en todo un mes, pero estaba seguro de que se trataba del mismo mazo con el que había jugado a carpinteros... «y se atrevía a decir que su hermano diría lo mismo».

William Rice fue el último testigo interrogado.

Era ya muy tarde, el calor de la sala abarrotada de gente era sofocante y los magistrados, tras conferenciar en voz baja, decidieron que era hora de aplazar la sesión.

En este momento el detenido trató de hablar, pero el *Morning Post* explicó que «la primera pregunta que hizo fue de tal cariz que se le ordenó que desistiera».

¿Qué dijo John Williams que indujera a los magistrados a reducirle al silencio? ¿Proclamó a gritos una acusación contra alguien que estuviera considerado como más allá de toda sospecha? ¿El cansancio y lo tardío de la hora lo incitaron a pronunciar algún insulto o desafío? ¿O bien se debió a la frustración debida a la ignorancia de la magnitud del proceso que se estaba instruyendo contra él? No lo sabremos nunca.

Fue llevado de nuevo a la prisión de Coldbath Fields, y la sala de justicia se desalojó. Se llamaron carruajes y los lacayos condujeron caballos hasta la puerta.

Los pobres de Wapping volvieron a sus casas en medio de la oscuridad, formando grupos hablando de las declaraciones y especulando temerosamente acerca del futuro. Los magistrados volvieron a sus hogares, donde los esperaba una cena tardía, con la reconfortante seguridad de haber concluido aquella tarde una buena tarea. Y al día siguiente era Navidad.

La fiesta de Navidad

En el año 1811, *The Times* se publicaba como siempre el día de Navidad. Costaba seis peniques y medio y a cambio ofrecía al lector cuatro páginas, cada una de ellas conteniendo cinco columnas de texto. De las veinte columnas publicadas el 25 de diciembre de 1811, once estaban ocupadas por anuncios; una y media había sido dedicada a una airada carta de *Publicos* que denunciaba, con abundante uso del latín, una producción navideña del *Adrián* de Terencio en la Westminster School; otra columna y media contenía despachos de James Monroe desde Washington; había un breve despacho de Wellington desde la Península, y una columna que describía una cena ofrecida en Dublín por los católicos de Irlanda a los amigos de Religious Liberty. Sólo había dos titulares de noticias. Uno —encabezado «Nottingham, 22 de diciembre»— iba seguido por un cuarto de columna acerca de las actividades de los ludditas. El otro —«Los crímenes de New Gravel Lane»— ocupaba dos columnas enteras y exponía las declaraciones hechas ante los magistrados de Shadwell la víspera de Navidad. Tal vez fuera mejor así, ya que de lo contrario las diversas autoridades del país, que reunían ávidamente pistas e interrogaban testigos, no hubieran tenido modo de saber lo que había ocurrido en Shadwell, el punto central.

The Times no hacía la menor referencia a la Navidad en sus columnas de noticias, y tan sólo había unas pocas referencias en sus anuncios. T. Bish (empresario) ofrecía billetes de lotería como regalos de Navidad, con la perspectiva de ganar 20.000 libras, y su eslogan era: «Los boletos son pocos, los premios son numerosos.» Un librero de Paternoster Row solicitó permiso para anunciar «a la Nobleza, al País y al Público en General que ha impreso recientemente los siguientes Libritos para diversión e instrucción de la Juventud: *La historia de la pequeña Ellen*, o la *Niña traviesa reformada;* una historia ejemplificada con una Serie de Figuras, 6 peniques y medio, coloreada...» Se ofrecían numerosas medicinas patentadas, y en la última página, discretamente incluido en la esquina inferior, aparecía el siguiente anuncio:

> Con un ardor que no cesa, Currie and Co. prosigue la erradicación de aquellas dolencias que son la consecuencia de ilícitas indulgencias. Al profesar la curación de estos males no pretenden inducir al vicio, sino que, sensibles como deben ser todos los hombres a la existencia de tales calamidades, ofrecen su asistencia como Cirujanos titulados de Londres y del Royal College de Edimburgo. En todos los casos de infección Sifilítica y en todo síntoma de Debilidad, ya proceda ésta de hábitos destructivos, prolongada residencia en clima caluroso, una vida licenciosa o cualquier otra causa, el paciente debe contar con el pronto restablecimiento de una salud vigorosa.

Más tópico, sin embargo, era un llamativo anuncio en plena semana navideña:

> Escopetas, pistolas, trabucos, etc. En VENTA, por casi la mitad de su primitivo costo, varias hermosas ESCOPETAS de UNO o DOBLE CAÑÓN, obra de Maston y to-

> dos los mejores fabricantes; excelentes Escopetas de Aire Comprimido, Pistolas y Mosquetes con Funda y de todos los calibres; Pistolas y Trabucos Caseros, con o sin bayoneta; machetes y espadas caseros y pistolas de bolsillo de toda clase, desde dos hasta catorce cañones la pareja. Todo garantizado; se permite una prueba o se cambian dentro de los doce primeros meses. Grandes existencias de la mejor pólvora de Dartford, y también de pedernales y toda clase de suministros para el tiro.

En 1811, la Navidad todavía era una fiesta religiosa más que comercial. No había felicitaciones navideñas y, aunque desde antiguo había sido costumbre adornar las casas con hojas de laurel y con hiedra, en Inglaterra nadie había adoptado aún la tradición alemana de iluminar la vegetación con velas. Las anticuadas fiestas navideñas descritas por Addison y Smollet (un siglo antes de que Dickens «inventara» la Navidad) todavía sobrevivían en zonas rurales, y los hidalgos terratenientes que recientemente habían puesto casa en Londres trataban de mantener algo de la tradición de la hospitalidad. El acento se ponía en grandes cantidades de comida y de bebida, aunque ese año hombres influyentes habían contribuido a la derrota de Napoleón comprometiéndose a no beber vinos franceses. Los presos no quedaban olvidados. Por orden directa del Lord Mayor, los de la City habían de recibir «una libra de carne, una pinta de cerveza y la mitad de una hogaza de pan de tres peniques cada uno, como correspondía a la costumbre anual». Para un individuo, sin embargo, todo esto fue demasiado. El *London Chronicle* narra:

> Glotonería. El jueves por la mañana un obrero tejedor, encerrado en Bethnal Green, se comprometió, en una fútil apuesta, a comerse 4 libras de tocino graso crudo, 4 libras de patatas hervidas y una hogaza de medio

cuarterón, y a beber dos jarras de cerveza y una pinta de ginebra en el término de una hora, cosa que realizó, acabando seis minutos antes de que se cumpliera la hora, pero poco después sintióse violentamente enfermo y no se espera que sobreviva.

A los pobres y famélicos apiñados en los callejones de Wapping y Shadwell, esa Navidad sólo les traía miedo y miseria. El Acta de Mortalidad para los distritos londinenses en la última semana de 1811, con su catálogo de «fiebre intermitente, viruelas, plaga de piojos, flujo, mal francés, litiasis, inflamación, tétanos y tisis», es una lista dolorosa y grotesca de las dolencias propias de la época. Se publicaba para prevenir a la Corte y a la nobleza contra toda enfermedad peligrosa, epidémica o infecciosa, y difícilmente debían tranquilizarlos las cifras de aquel año, con sesenta y ocho muertes por tisis y diez a causa de la viruela. En su mayoría, los muertos eran las víctimas habituales de la enfermedad, la pobreza, la ignorancia y la negligencia. Era la nota al pie de la tabla lo que helaba el corazón aquel día de Navidad: «Asesinados: tres en St. Paul's, Shadwell.»

El pánico permanecía aún próximo a aflorar, y eso sucedió en Greenwich. *The Times* informó:

> Greenwich quedó sumido en una gran consternación durante el servicio religioso del día de Navidad; fue en la iglesia donde el pánico se difundió más efectivamente. Mientras el clérigo rezaba la letanía, el tambor redobló llamando a las armas. La congregación quedó sobrecogida por la sorpresa y el horror, y todos temblaron por sus amistades y sus hogares, temiendo que los asesinos se encontraran en las cercanías. Apenas pasados los primeros momentos de estupor y preguntas, el sacristán se plantó en medio de la iglesia y, después de exigir solemnemente silencio, dijo: «Esto es para avisar de que el jefe

de los River Fencibles* desea que cada hombre se incorpore a su puesto para cumplir allí con su deber.» El horror alcanzó entonces su apogeo; la única duda era si habían desembarcado los franceses o los asesinos estaban matando y robando en plena ciudad. Todos salieron corriendo de la iglesia, y en la confusión más de una persona resultó herida, aunque no de gravedad. Se supo que un numeroso grupo de irlandeses, que habían estado bebiendo abundantemente, habían iniciado peleas, pero era difícil averiguar si era con gente de la ciudad o entre ellos mismos, pues al parecer poco les preocupaba con quién pelearan, con tal de poder armar jaleo, y se habían dedicado a golpear y a insultar a todo el que se cruzaba con ellos. Una vez reunidos, los River Fencibles arrestaron a unos quince cabecillas, a los que llevaron a bordo de una falúa, y el resto juzgó prudente alejarse.

Un pánico tan vulgar no conmovió Whitehall. El Ministerio del Interior no se dignó reconocer su existencia. Un asesinato o dos, más o menos, en el turbulento East End no causaban desvelos. En cuanto a las historias que publicaban entonces los periódicos acerca de matanzas múltiples, eran tan tremebundas que casi con toda seguridad habían de ser muy exageradas, por no decir totalmente falsas. Corría el rumor por el Departamento de que todo el caso era una elaborada superchería, obra de unos periodistas ávidos de emborronar cuartillas. Unos crímenes a semejante escala eran en sí mismos increíbles y el Ministerio del Interior, al menos, no iba a dejarse implicar en ellos. Esto era lo que a la sazón se rumoreaba acerca del apático Departamento de Ryder.

* Los River Fencibles (los defensores del río) constituían un cuerpo de guardia que servía para guarnecer las Martello Towers en caso de invasión. Este servicio era popular porque era un medio de eludir el servicio regular en la Armada. *(N. de los A.)*

«Dícese —se quejaba *The Times* el día de San Esteban— que en el despacho del secretario de Estado predomina una tendencia a desacreditar los relatos publicados, y a tratarlos como inserciones para divertir o aterrorizar al público.»

Fuera como fuese, el Departamento abrió como siempre el día de Navidad y Ryder encontró ocupación para sus dieciocho escribientes. Dijera lo que dijese su personal de plantilla, él comenzaba al menos a tomarse más en serio sus responsabilidades. Durante dos semanas se había visto acosado por corresponsales de todo el país que pedían que hiciera algo efectivo respecto a la reforma de la policía, y esta opinión adquiría cada vez más peso en Londres. Para un político ambicioso era preciso emprender alguna clase de acción. Ryder habló con Beckett, el subsecretario, y se persuadió, como todos los ministros antes y a partir de entonces, de que cualquier gesto precipitado constituiría un error. En primer lugar, sería prudente recabar los hechos: cuántos vigilantes estaban empleados entonces en los diversos distritos de la metrópoli, cuántas patrullas parroquiales adicionales se habían reclutado y cuánto se les pagaba. Y así se cursó la orden: el secretario del Interior quería que se mandara inmediatamente una circular a los siete juzgados públicos, pidiéndoles datos.

Entonces, en un lugar determinado del trayecto perdióse la finalidad de la encuesta. Tal vez ésta llegara durante la fiesta navideña en la oficina, cosa que nadie supo ni se preocupó en averiguar, pero lo cierto es que uno de los escribientes más antiguos recordó que tal información ya había sido reunida... ¿en 1804, tal vez? Una rápida verificación del copiador de cartas confirmó la fecha. Los resultados tenían que estar en algún lugar de la oficina, pero el día de Navidad no era el más adecuado para buscar en el archivo papeles que ya contaban siete años de antigüedad. Sin duda era más sensato repartir el trabajo y pedir a los empleados de los magistrados que enviaran un duplicado. Por tanto, con fecha del

25 de diciembre de 1811, se cursó una circular a los siete juzgados públicos, haciendo referencia a una carta del 19 de noviembre de 1804 y solicitando, «para la información del señor Ryder, con el menor retraso posible, un duplicado de las respuestas dadas por el juzgado a la mencionada carta». Los escribientes de los magistrados, aceptando que las solicitudes de los departamentos gubernamentales eran necesariamente arbitrarias e incomprensibles, y asumiendo sensatamente que era menos cansado obedecer que discutir, buscaron en sus archivos y escribieron con su esmerada letra de imprenta los nombres y direcciones de vigilantes olvidados hacía ya mucho tiempo, y algunos de ellos, sin duda, fallecidos. Cuando empezaron a llegar respuestas al día siguiente, hubo que mandar apresuradamente una segunda circular para solicitar información acerca del número de vigilantes actualmente empleados. Ambas peticiones fueron firmadas por Beckett, pero la segunda circular no anulaba la primera, de manera que los magistrados cursaron obedientemente dos respuestas, una de ellas con un desfase de siete años. En lo que concernía a la investigación sobre los asesinatos, la información puesta al día resultaba tan inútil como la antigua.

El *London Chronicle*, sensible al estado de ánimo del público, el día de Navidad dedicó todo su artículo de fondo al tema «La policía de la metrópoli». Los recientes crímenes «exigían a gritos una seria revisión» del sistema. No cabía culpar a los vigilantes y los jueces. Ellos eran víctimas de un sistema absurdamente inadecuado para una gran urbe «donde cabe encontrar gente de todo grado y matiz en la depravación humana, así como villanía en todas sus formas y aspectos... Donde las mismas mejoras y ventajas de la sociedad civilizada sirven para añadir combustible a las pasiones; donde se encuentran seres cuyos sentimientos morales no se han ejercitado nunca, que no conocen ningún Dios y que no temen la eternidad, y que se han criado según los principios del primer asesino, Caín, con sus manos dirigidas contra todos».

El autor recordaba los temores suscitados cuando se crearon en 1792 los juzgados públicos, cada uno con su pequeña dotación de oficiales de policía, puesto que la policía era «ya suficientemente inquisitorial y entrometida, y no podía haber ampliación de sus poderes sin menoscabo de la libertad del súbdito». Ahora había que asumir este riesgo, y asumirlo con urgencia. «¿Puede un hombre retirarse tranquilamente con su familia para gozar del reposo, o su lecho ha de verse acosado por imágenes de asesinos nocturnos y sus horas de descanso contaminadas por sueños sangrientos?»

Muchos londinenses se hacían tales preguntas y estaban ofreciendo respuestas inmediatas y prácticas. Si ni el Gobierno ni la magistratura los protegían, ellos se protegerían por su cuenta. Desde el fin de semana, cuando causó su efecto el impacto de la muerte de los Williamson, los hombres se habían estado armando con espadas, pistolas, machetes y cualquier otra arma de la que pudieran echar mano. Era una reacción espontánea, acorde con una larga tradición en una Inglaterra sin policía, donde la defensa propia era a menudo la única ayuda en momentos de confusión. Existían ya unas quinientas asociaciones para la protección de sus miembros, y una asociación formada en Barnet en 1784 era considerada como una especie de modelo, ya que empleaba a varios «oficiales de policía» para patrullar el distrito y ahuyentar de él a los ladrones. El siguiente aviso sirve como ejemplo de los muchos que se fijaban en las puertas de las iglesias y las tabernas de Londres:

A LOS HABITANTES DE LONG-ALLEY
Y LUGARES ADYACENTES

> En estos Tiempos, tan alarmantes para todo pacífico Habitante de la Metrópoli. Cuando el ASESINATO se extiende por doquier con Furia, igual que los Bandidajes en los Bosques de Alemania. Cuando las últimas y horribles Matanzas indican claramente que entre noso-

tros hay Monstruos a los que no superan ni siquiera las Naciones más bárbaras. Cuando la lista de Robos, anunciada a diario desde nuestras Comisarías, es tan numerosa que denota desafío a nuestras Leyes, y cuando tenemos a un juez que declara: «¡Nuestras casas ya no pueden ser consideradas como nuestros Castillos!», tenemos la obligación imperiosa de ser personalmente los Guardianes de nuestras Familias y Propiedades.

Con las citadas Finalidades, se celebrará una Reunión en el CASTLE del señor BULL, Long-Alley, el próximo viernes, a las siete en punto de la tarde, para adoptar ciertas Medidas y llevar a cabo las mismas. Se ruega encarecidamente la asistencia de los Habitantes.

24 de diciembre, 1811

En la mañana del día de Navidad los habitantes de Shadwell se reunieron para formar su asociación. Aprobaron una resolución en la que se daban las gracias a la junta parroquial por su rapidez en ofrecer una recompensa después de los «últimos y horrendos asesinatos en New Gravel Lane», en declarar a los vigilantes como «enteramente inadecuados» y en establecer una patrulla de «treinta y seis hombres físicamente dotados y de buen carácter», que había de dividirse en dos compañías de dieciocho hombres cada una. Irían armados con pistolas y machetes y se les pagarían doce chelines semanales; el absentismo sería causa de comparecencia ante los magistrados. Ambas compañías debían estar de servicio cada noche, relevando una a la otra a la medianoche. Uno de los comisarios nombrados para supervisar el armamento de la patrulla era George Fox, que vivía frente al King's Arms y había ayudado a Anderson a forzar la puerta cuando se dio la alarma. Fox era un forzudo vecino, muy respetado en la comunidad. Era administrador de la Universal Medical Institution en New Gravel Lane, una obra de beneficencia que daba consejos y medicamentos a los pobres en un dispensario o en sus propias casas «con el beneficio de baños fríos, calientes y de vapor», y que hacía mucho para aliviar la miseria de los pobres y enfermos. Era natural que ahora fuera a desempeñar un papel destacado en la defensa de la comunidad.

Sin embargo, tampoco los magistrados de Shadwell estaban ociosos aquel día navideño. Por la mañana, un concejal de la ciudad llamado Wood visitó a Capper y, según el *London Chronicle,* «expuso información de la mayor importancia». La misma tarde, los dos transportaron un macabro paquete que contenía el mazo y el escoplo encontrados en casa de los Williamson a la prisión de Newgate, y por segunda vez interrogaron a Vermilloe acerca de ellos. La señora Vermilloe se encontraba ya allí, consolando a su esposo por la Navidad pasada en prisión. Ahora los dos, como explicó el *Times* del día siguiente,

> (...) fueron sometidos a un interrogatorio muy minucioso, que como resultado ha aportado una pista que puede asociar los crímenes con los malhechores. La señora Vermilloe, que tan afectada se sintió por la visión del mazo el martes por la noche, hasta el punto de que su declaración fue poco concluyente, dio al digno Concejal, con toda desenvoltura, la información decisiva respecto a la identidad del ensangrentado instrumento. Resulta que el prisionero bajo custodia ha utilizado otro nombre además del de Williams, y que, en vez de ser escocés, tal como aseguró ante los Magistrados del juzgado de Shadwell, es originario de Irlanda. Surgieron otras cuestiones, a las que la prudencia exige no dar publicidad, hasta que tenga lugar nuevo interrogatorio del prisionero ante los Magistrados de Shadwell. El señor Concejal Wood y el señor Concejal Atkins visitaron ayer el juzgado de Shadwell y conferenciaron con los Magistrados durante dos o tres horas sobre este tema.

El cambio de actitud de la señora Vermilloe en este encuentro es interesante. Había pasado la mañana con su esposo y de poca cosa debían haber hablado que no fuesen los asesinatos. Es probable que él la convenciera respecto a lo que servía al interés de ambos. Las iniciales grabadas en el mazo, junto con la declaración de William Rice, demostraban de manera concluyente que el arma procedía de la caja de herramientas de Peterson. Persistir en el equívoco sólo podía exponerlos a sospechas. Además, existía la oferta de una sustanciosa recompensa, y Vermilloe no veía motivo por el cual al menos parte de ella no pudiera caer en sus manos. No había necesidad de brindar información, pero negar hechos que estaban bien claros para todos sólo podía incomodar a los magistrados y amenazar sus posibilidades de lograr la recompensa.

Bajo la influencia de su marido, la señora Vermilloe venció la repugnancia que el mazo suscitaba en ella y confirmó la identificación.

El reportero de *The Times* estaba interesado en el mazo, pero entretanto el enviado del *London Chronicle* había averiguado algo acerca del escoplo:

> La entrevista fue privada y continuó hasta las cuatro de la tarde. El señor Vermilloe dio testimonio acerca de un instrumento llamado «escoplo», encontrado en el cajón de herramientas depositado en su casa. Aquí, debemos recordar a nuestros lectores que dicho escoplo, de unos treinta centímetros de longitud, fue hallado al lado de la señora Williamson *(sic)*, y es el mismo que el señor V. ha declarado conocer perfectamente. Asimismo, el señor Vermilloe ha dado información respecto a otro hombre al que él cree relacionado con los últimos e inhumanos asesinatos.
>
> Los Magistrados cursaron inmediatamente instrucciones a los diferentes oficiales para iniciar la persecución, y la pasada noche, a última hora, se habían hecho

todos los esfuerzos para encontrar al hombre en cuestión, y nos complace manifestar que no existe la menor duda respecto a su detención.

Por lo que puede saberse oficialmente, sólo intervinieron dos hombres en los dos atroces asesinatos. El hecho de haber sido visto Williams corriendo por la callejuela próxima a la casa de Williamson, después de dada la alarma, se dice que probablemente será probado por una persona llamada Johnson, en el próximo interrogatorio de Williams.

Esto ya era progresar. El señor Vermilloe había dado un indicio sobre otro hombre, además de Williams. Presumiblemente, se alojaba también en The Pear Tree, o al menos tenía acceso a las herramientas de Peterson. Vermilloe no hubiera tenido dificultad para identificarlo, y se decía que las perspectivas de detenerlo eran óptimas. Ya lo estaban buscando en todo Londres patrullas de oficiales de policía. Se creía que eran dos los hombres relacionados con la muerte de los Williamson. Suponiendo que John Williams fuera uno de ellos, el otro tenía que ser el hombre alto al que Turner había visto inclinado sobre el cuerpo exánime de la señora Williamson, el mismo hombre que, según Johnson, había subido corriendo por New Gravel Lane en dirección a Ratcliffe Highway poco después de darse la alarma, y que había dicho a su compañero más bajo (¿Williams?): «Vamos Mahoney (o Hughey), vamos.»

La cosa era demasiado fácil. El hombre misterioso del que hablaba Vermilloe todavía tenía que ser localizado y, por otra parte, ¿hasta qué punto era fiable la palabra del preso por deudas? Además, si como era de esperar Johnson identificaba a Williams como uno de los hombres a los que había visto correr por New Gravel Lane, él había de ser el más bajo de los dos, y según explicaba el propio Johnson, a ese hombre más bajo su compañero se dirigía llamándole Mahoney o Hughey. Ninguno de estos dos nombres podía confundirse con John o con Williams. Pero tal vez hubiera una sencilla explicación: se decía ahora que Williams había nacido en Irlanda, y no en Escocia, como se había dicho antes, de modo que su verdadero nombre bien podía ser uno de los que Johnson había oído. No obstante, aunque esto fuera cierto, todavía quedaba otro hecho por explicar. Admitiendo que hubiese dos hombres implicados en el asesinato de los Williamson, y que fueran los dos a los que se vio correr en dirección a Ratcliffe Highway, ¿qué decir acerca de la huella de una pisada descubierta en el terraplén arcilloso, detrás del King's Arms? ¿Y de la ventana abierta y la sangre en la repisa? Quien escapó desde la parte posterior de la casa nunca habría cometido la estupidez de doblar en dirección a la fachada de la misma, donde se congregaba la gente para presenciar el dramático descenso de Turner. Por tanto, cabía preguntarse: ¿y si hubo tres malhechores? ¿Y no podía ser que los dos hombres a los que vio Johnson no tuvieran, después de todo, nada que ver con el caso?

Entretanto, Aaron Graham había dedicado al caso parte del día de Navidad, investigando las actividades de un irlandés más, que esta vez tenía el sospechoso nombre de Maloney. ¿No podía ser uno de los hombres a los que vio Johnson? A primera hora de la mañana recibió una carta del capitán Taylor, de la fragata *Sparrow*, anclada ante Deptford. Taylor explicó que Maloney se había incorporado a la tripulación del buque pocos días antes y que correspondía a la descripción de uno de los asesinos, aunque no precisó cuál. Graham envió al oficial de policía Bacon para arrestar al hombre y conducirlo a Londres. Volvieron al atardecer. Por ser Navidad, el tribunal estaba cerrado, de modo que Graham interrogó al prisionero en su casa, situada al lado. No quedó satisfecho con lo que explicó Maloney, y lo hizo encerrar en una caseta de guardia para pasar la noche.

Aquella Navidad hacía buen tiempo, pero frío. A lo largo del día, la temperatura se mantuvo prácticamente en los cero grados, y a las once de la noche había bajado cuatro grados más. Un aire gélido procedente del río sopló sobre Wapping, afectando a incontables familias aterrorizadas que se apiñaban en busca de calor y seguridad en la tenebrosa jungla bajo la sombra del gran muro del muelle, con un solo pensamiento en sus cabezas: ¿era Williams el único asesino? ¿Cuánto tardarían en ahorcarle? ¿Le ahorcarían a él solo o junto con otros? Menudo espectáculo ofrecería: sería la ejecución más espectacular desde que Patch fuera colgado...

Sin embargo, los magistrados, en sus casas confortables y resguardadas, podían empezar a relajarse. Con John Williams bien seguro en la cárcel de Coldbath Fields, Maloney encerrado en una garita de guardia, Driscoll todavía detrás de las rejas como precaución, y Vermilloe dispuesto a hablar para poder salir de Newgate, aquella noche podían dedicarse tranquilamente a una bien merecida cena navideña y olvidar, durante un par de horas, los negros horrores de la quincena anterior. Cabe que algunos se relajaran, pero hubo uno que, de todos modos, no podía sacarse el caso de la cabeza. Todo el día, cada vez que se aventuró a salir a la calle, se le habían dirigido personas indignadas y angustiadas que insistían en saber por qué no se hacía nada, e incluso ahora, a las once de la noche, patrullaban las calles heladas hombres armados y cubiertos con gruesos abrigos. La presión sobre un magistrado se estaba haciendo insoportable, en particular un magistrado que era, además, artista, poeta, novelista y dramaturgo.

Joseph Moser, del juzgado público de Worship Street, era todas estas cosas a la vez. A los sesenta y tres años, hacía ya largo tiempo que había pasado de la pintura a la composición de «numerosos panfletos políticos, dramas y obras de ficción que —como admitiría un escrupuloso colaborador del *Dictionary of National Biography*— gozaban de una popularidad pasajera». No obstante, sus deberes como magistrado los cumplía con «celo y habilidad». Y este celo desplegó ahora Moser en una carta dirigida al Ministerio del Interior y ostentosamente rotulada:

Spital Square, 25 de diciembre de 1811
A las 11 de la noche

Señor:

He recibido esta tarde su circular y, como puede ver, no he perdido tiempo en enviarle a usted, para información del Secretario Ryder, el «Duplicado de los informes hechos por la Oficina de Worship Street sobre el número de Vigilantes y Patrullas Parroquiales empleadas en este distrito», acompañando una carta de J. King Esq fechada el 19 de noviembre de 1804, que es, según creo, el documento requerido y que yo transmito con una gran satisfacción, puesto que la gente se encuentra aquí en un estado de aprensión muy considerable, hasta el punto de que no puedo salir sin verme asaltado con preguntas acerca de si los asesinos han sido capturados. Han pasado ante mí varias personas sospechosas pero, después de interrogadas, las he soltado. He escrito al Alcalde de Norwich respecto a un hombre llamado Bonnett,* y mandé a nuestros oficiales a Chesunt para que lo trajeran a la ciudad, pero cuando llegaron allí descubrieron que acababa de colgarse en la cárcel. De este hombre sospecho intensamente que tuvo algo que ver con los últimos asesinatos. Aunque, como he podido observar, la alarma en este distrito es grande, todo está perfectamente calmado. Nuestros oficiales patrullan las calles y examinan las tabernas cada noche y, desde luego, me informan a mí, pero al propio tiempo yo quisiera esperar que, a fin de reprimir la ansiedad, pudiéramos realizar unos

* Alias Bailey, p. 124. *(N de los A.)*

esfuerzos más efectivos; sin embargo, incluso éstos requerirán ser llevados a cabo con cierta cautela, para que no incrementen la alarma que pretendan reprimir.

Tengo el honor de saludarlo con el mayor respeto, estimado señor, como su obediente y humilde servidor.

JOSEPH MOSER

Al día siguiente, *Boxing Day* o festividad de San Esteban, continuó el tiempo frío y empezó a helar. Los magistrados de Shadwell ordenaron que los fuegos del juzgado público estuvieran bien provistos para otra larga jornada de audiencias, seguramente la última antes de que sobre Williams recayeran las acusaciones de múltiples asesinatos. Se habían convocado cinco testigos, y un sexto, casi con seguridad un testigo clave, había de llegar de Marlborough y era esperado con afán. Además, una mujer llamada Orr, que vivía en la casa contigua a The Pear Tree, ofrecía una historia extraordinaria que pretendía relacionar a Williams nada menos que con un tercer escoplo. En parte como resultado de la ayuda de Vermilloe, al parecer, las pistas para todo el misterio se situaban ahora rápidamente en el lugar que les correspondía. Aquella mañana *The Times* informó:

El misterio que durante largo tiempo ha ocultado a quienes perpetraron estos crímenes parece ahora, por fin, a punto de disiparse. En las últimas cuarenta y ocho horas se ha descubierto una serie de importantes circunstancias. En el curso de la mañana de ayer, se recibió en la comisaría de Shadwell información procedente de Marlborough, en el Wiltshire, en el sentido de que un hombre de aspecto muy notable fue puesto bajo custodia por los magistrados de esta población, en claras circunstancias que inducían a la sospecha. La descripción que se daba de él era que se trataba de un hombre de notable estatura y respondía exactamente a la apariencia del hombre que fue visto correr por Gravel Lane, junto con un hombre más bajo, poco después de darse la alarma de asesinato. Su indumentaria había sido examinada y en una de las camisas se encontró un número considerable de manchas de sangre, y la propia camisa estaba muy estropeada en la pechera y en el cuello. Han sido conocidas otras circunstancias que tienden a despejar todavía más cualquier duda acerca de su identidad. Se ha descubierto una correspondencia privada entre él y el hombre que se halla ya bajo custodia, que los relaciona claramente a ambos con hechos terribles. Los magistrados enviaron a Williams y Hewitt a Marlborough, desde donde se espera que vuelvan esta tarde con su detenido.

La paciencia de los magistrados debió verse puesta a prueba mientras esperaban a este nuevo villano, puesto que sin la menor duda había de tratarse del hombre alto al que se vio correr por New Gravel Lane en dirección a Ratcliffe Highway poco después de ser asesinados los Williamson. Lo señalaban todas las circunstancias. Su estatura, su aspecto, la camisa ensangrentada y desgarrada y, por encima de todo, la «correspondencia privada» con el detenido. Entretanto tenían que continuar los interrogatorios rutinarios. Los oficiales de policía que registraron The Pear Tree habían detenido a otro sospechoso que también se alojaba allí. ¿No sería el resultado de otra indicación hecha por Vermilloe?

John Frederick Richter, un joven marinero extranjero que residía en la taberna The Pear Tree, donde también se alojaba John Williams, fue llevado bajo arresto al juzgado por Butler y Holbrook.

Las sospechas que pesaban sobre él consistían en unos pantalones azules que habían encontrado debajo de su cama, húmedos y con el aspecto de haber sido lavados no demasiado bien del barro que los cubría desde las rodillas hacia abajo. Cuando se le pidió que explicara esta circunstancia, el prisionero dijo que los pantalones en cuestión habían sido dejados en la taberna The Pear Tree por un hombre que seguidamente se había embarcado. Ya que nadie los reclamaba, él se los apropió para utilizarlos. Nada sabía de manchas de barro en ellos. Nadie lo había tocado mientras se halló en su posesión, y aunque reconocía haberlos cepillado, negó haberlos lavado. Fue entonces duramente interrogado con respecto a su relación con Williams. Dijo que conocía a Williams desde hacía unas doce semanas, pero no íntimamente. Nunca bebía con él fuera de casa, y sólo de vez en cuando charlaba con él en la taberna The Pear Tree. Había en la casa un cajón de herramientas que pertenecía a un extranjero llamado John Peterson. Entre otras herramientas había varios mazos, ninguno de los cuales había visto él en las últimas tres semanas. Le enseñaron entonces el mazo que fue hallado en casa de la señora Marr, y dijo que era exactamente como el que él había visto entre las herramientas de Peterson. Éste había marcado sus herramientas con las iniciales J.P., y al examinar las mismas iniciales en ese instrumento, creyó que era el mismo que había visto en The Pear Tree. No sabía que Williams fuese irlandés por las conversaciones que había tenido con él, pero había oído a otras personas decirlo. Recordó que Williams tenía unas espesas patillas antes de ser detenido, pero cuando lo vio por última vez no observó ninguna alteración particular en su cara. La noche del asesinato del señor Williamson y su familia,*

* Parece como si hubiera aquí un error del reportero, que confundiera los dos casos. El *Morning Chronicle,* en el párrafo que se cita a continuación, no deja duda de que la referencia se centra en la noche del asesinato de los Marr, y esto parece ser lo más probable. *(N. de los A.)*

oyó un golpe en la puerta poco antes de la una, y después le dijeron que era Williams. Nunca oyó que Williams pidiera a su patrona un préstamo de seis peniques. A juzgar por su aspecto, no pensaba que Williams fuese un marinero, pero había oído decir que trabajaba a bordo del *Roxburgh Castle,* un buque de la Compañía de Indias. También había oído decir que el capitán de este barco había comentado que si Williams volvía a poner el pie en tierra firme seguramente sería ahorcado. Ésta era una alusión a su mal carácter a bordo del buque.

Durante todo el interrogatorio, el testigo pareció contestar a las preguntas que se le hicieron con una visible desgana, y daba la impresión de desear ocultar la información que poseía. Los Magistrados lo previnieron de que debía tener mucho cuidado con lo que decía y lo alentaron a no tener ningún temor de decir la verdad ni guardar la menor reserva acerca de las consecuencias. Sin embargo, él se mantuvo en su actitud taciturna durante los diversos interrogatorios a que fue sometido.

El *Morning Chronicle* expuso otros puntos de la declaración de Richter:

Al ser detenidamente interrogado con respecto a lo que sabía de dos personas —un carpintero y un ebanista (cuyos nombres, aunque conocidos en el juzgado, fueron suprimidos por razones obvias)— relacionadas con Williams, dijo que unas tres o cuatro semanas antes los vio bebiendo con Williams en la taberna The Pear Tree, y que desde entonces los había visto allí sin Williams. La noche del asesinato de la familia Marr, unos minutos antes de que Williams regresara a casa, hubo una llamada a la puerta y él (el interrogado) bajó a abrirla, pero descubrió que alguien había retirado la llave de la parte interna de la cerradura. Avisó a la madre de la señora Vermilloe, la patrona, para que bajara y abriese la puerta. Al oírla bajar, él regresó a su habitación, y una vez allí, la oyó mantener una conversación con un hombre cuya voz cree él que era la de uno de los dos hombres antes mencionados. Unos minutos después entró el propio Williams. Esto ocurría casi a la una y media.

Alrededor de las once del día después del asesinato de la familia Marr, el interrogado fue a examinar el lugar, movido por la curiosidad, y entró en él y vio los cadáveres. Desde allí regresó a The Pear Tree, donde encontró a Williams en el patio posterior, lavándose las medias, pero no explicó a Williams dónde había estado. Al preguntarle el magistrado por qué no se lo dijo a Williams, el interrogado contestó que él no sabía nada y nada podía decir.

Richter permaneció bajo arresto por no poder justificar la presencia de barro en sus pantalones y la humedad que había en ellos. A continuación, declararon:

Cornelius Hart y *Jeremiah Fitzpatrick*, dos irlandeses, el carpintero y el ebanista citados por el último testigo (y de los que se sospechaba que habían tenido relación con Williams en los asesinatos). Hart dijo que conocía a Williams desde hacía unos quince días, que nunca había bebido cerveza con él, sino tan sólo dos copas de ginebra. Los magistrados preguntaron al testigo cuál era la razón de que visitara a Williams en The Pear Tree unas noches antes del asesinato de los Marr, y contestó el testigo que había estado por ahí bebiendo y se había gastado todo su dinero, y que como su mujer no le abriría la puerta, por ello tuvo que recurrir a Williams.

Richter fue llamado para contrastar la declaración de Hart en cuanto a que nunca había bebido cerveza con Williams, pero él alegó que tal vez se trataba de ginebra.

Richter añadió que había visto a Hart, Fitzpatrick y Williams juntos el domingo siguiente a la muerte del señor Marr. Uno de ellos acudió después para preguntar por Williams, pero no deseaba que se ocultara su visita. Williams tenía la costumbre de acostarse a horas muy tardías.

Fitzpatrick dijo que hacía unas tres semanas que había conocido a Williams, con quien había tomado alguna que otra cerveza. Ésta fue la primera vez en la que el testigo reconoció tener algo que ver con el grupo. Al preguntarle qué entendía por grupo, contestó que se refería a Williams. Algo después, él, Williams y otro hombre fueron a la Union, en New Gravel Lane (dos o tres puertas más allá de Williamson) donde tomaron un poco de Sampson, o sea, cerveza fuerte. El testigo reconoció que había visto a Williams entre los asesinatos de los Marr y de los Williamson, pero negó que hubiera expresado alguna vez el deseo de que esa reunión permaneciese en secreto. En la noche de la muerte del señor Marr, el testigo se acostó a las once y media.

Los magistrados hicieron un descanso para tomar el té y por la tarde reanudaron el interrogatorio. *The Times* informó:

John Cuthperson, otro huésped como Williams, tocó un punto de importancia capital. Manifestó que la mañana que siguió al asesinato del señor Williamson, al levantarse, vio un par de sus propios calcetines detrás de su cómoda, muy sucios de barro todavía húmedo. Los bajó a la taberna, donde encontró a Williams, y le preguntó quién había ensuciado de aquel modo sus calcetines. Williams contestó: «¿Cómo, son tuyos?» «Son míos», replicó el testigo. Siguió entonces una pequeña disputa acerca del propietario de los calcetines, hasta que

Williams se los llevó al patio posterior y, después de lavarlos, los devolvió al testigo.

Una mujer del barrio asistió al hecho y explicó que dos o tres tardes después del asesinato del señor Williamson, se encontraba ella en Shadwell cuando oyó a un hombre que le decía a otro mientras pasaban: «Maldito Turner, pronto acabaremos con él, pues de no haber sido por él el asesinato no hubiera sido descubierto.»

Según *The Times*, los magistrados trataron la declaración de esta mujer con «gran ligereza», pero durante los interrogatorios del día salieron a la luz pruebas que demostraban el grado de veracidad de uno de los testigos anteriores:

> *Cornelius Hart*, interrogado por la mañana y que negó toda relación con Williams así como, categóricamente, que lo hubiera visitado el día en que fue arrestado, expresó su deseo de que no pudiera decirse que él (Hart) hubiera ido allí, y se le contradijo indirectamente. Parece ser que, aunque no lo hizo personalmente, sí envió a su esposa para investigar si Williams no había sido considerado sospechoso del asesinato, y dijo a la mujer que impusiera silencio a la patrona de la taberna en relación con la averiguación que en su nombre hacía.

Se hacía ya tarde cuando fueron llamados los últimos testigos. El hombre de Marlborough todavía no había llegado, en vista de lo cual se escuchó la declaración de la señora Orr. Esta mujer, según informaba el *London Chronicle*, tenía una cerería cerca de la plaza de Sir William Warren, dos puertas más allá del patio de The Pear Tree, que de hecho podía considerarse contigua a la taberna.

> La señora *Orr* manifestó que el sábado antes del asesinato de los Marr, hacia la una y media de la madruga-

da, estaba guardando ropa cuando oyó en la casa un ruido, como si un hombre intentara irrumpir en ella. Se asustó y preguntó: «¿Quién va?» Una voz contestó, y supo que era la de Williams: «¡Soy un ladrón!» Ella dijo: «Sea usted un ladrón o no, voy a dejarlo entrar, y me alegro de verlo.» Williams entró y se sentó hasta que el vigilante cantó la hora, pasadas ya las dos. Williams se levantó de su sillón y pidió a la dueña si podía conseguir una copa. Ella asintió, pero ya que él no iba en su busca, fue en persona a la taberna The Pear Tree, donde no le fue posible entrar. Volvió y entonces Williams le preguntó cuántas habitaciones tenía en su casa, así como la situación de la parte posterior del edificio. Ella explicó que había tres habitaciones, y que su patio lindaba con la casa de la señora Vermilloe. El vigilante entró en casa de ella, a lo que Williams se opuso durante algún tiempo. El vigilante explicó a la señora Orr que había encontrado un escoplo junto a la ventana de ella. Al oír esto, Williams se retiró sin ser visto. Poco después regresó. El vigilante se marchaba ya cuando Williams lo detuvo y le expresó su deseo de que fuese a The Pear Tree y consiguiera algo de licor. La casa estaba entonces abierta. Mientras el vigilante iba a buscar el licor, Williams cogió el escoplo y exclamó: «¡Maldición! ¿De dónde ha sacado este escoplo?» La señora Orr no quiso separarse de él y retuvo la herramienta hasta el pasado lunes. Al oír que Williams iba a ser interrogado, fue a ver a la señora Vermilloe y le enseñó el escoplo. La señora Vermilloe lo examinó y lo comparó con las herramientas del cajón de Peterson, y descubrió que llevaba las mismas marcas. Declaró que lo habían sacado de su casa. En el acto, la señora Orr entregó el escoplo a los magistrados del juzgado de Shadwell, como una nueva pista en aquel acto de villanía.

Dice la señora Orr que hacía once semanas que conocía a Williams. A menudo acunaba a su pequeñín y solía jugar con su hija. Una vez preguntó a ésta si se asustaría si él aparecía en plena noche junto a la cabecera de su cama: «No, si fuera usted, señor Williams.» Tanto la madre como la hija consideraban a Williams como un joven agradable y de trato afectuoso, sin pensar en ningún momento que fuese hombre capaz de cometer un robo o un asesinato.

Finalmente, Sylvester Driscoll llegó desde la prisión de Coldbath Fields. Los magistrados le dijeron que se sentían satisfechos con su relato acerca de los licores hallados en su poder, pero que hasta que le fuese posible dar una explicación adecuada sobre la sangre de sus pantalones tendría que permanecer arrestado. En consecuencia, Driscoll permaneció retenido hasta el martes siguiente.

Con esto concluyó el interrogatorio del *Boxing Day.* ¿Y qué peso tenía, en esta fase, el caso contra el prisionero?

Williams se alojaba en The Pear Tree, y durante varias semanas había tenido libre acceso a las herramientas de la caja de John Peterson. Una de estas herramientas, el mazo, procedía de ese arcón, y había sido identificado como el arma con la que habían sido asesinados los Marr. Había pruebas de que Williams no llegó a su casa hasta pasadas las doce de la noche del crimen. Richter incluso consideró que había llegado a la una y media.

Frecuentemente se le había visto bebiendo en el King's Arms, y admitió haber estado allí la noche en que los Williamson fueron asesinados. Aquella noche llegó a su casa pasadas las doce y exigió que uno de sus compañeros de habitación apagara la vela. A la mañana siguiente lavó un par de medias sucias de barro, evidentemente tomadas prestadas de Cuthperson. Se dijo que antes del asesinato de Williamson se había visto tan apurado económicamente que tuvo que pedirle prestados seis peniques a la señora Vermilloe, y que necesitó empeñar sus zapatos; después de cometido, tenía una libra en el bolsillo, junto con unas monedas de plata. La señora Rice había lavado sus camisas rotas y ensangrentadas. La señora Orr había presentado una historia extraordinaria en la que se relacionaba a Williams con un tercer escoplo.

Tras considerar estas pruebas, los tres magistrados de Shadwell enviaron una breve nota al secretario del Interior:

> Habrá observado que los documentos de los interrogatorios de Williams, que han tenido lugar en este juzgado, están muy cuidadosamente redactados, y que por esta razón creemos innecesario dar ahora más detalles. Mañana dispondremos de un nuevo interrogatorio, y aunque se suman contra él varias circunstancias todavía no estamos seguros de que se demuestre que es el Hombre, el que tuvo tan plena intervención, por lo que debe excusar esta breve Nota.

Esta carta es interesante. Confirma que lo que decía el periódico acerca del proceso judicial era correcto, un punto importante, puesto que las declaraciones del momento han sido destruidas. Y manifiesta claramente que, al terminar el *Boxing Day,* el caso distaba mucho de haber quedado demostrado. Mientras hablaban entre sí sobre las pruebas, debió de chocar a los magistrados la debilidad de las mismas, así como sus contradicciones. Habían interrogado a John Williams y habían estudiado la actitud de éste en el estrado. No se nos dice qué impresión les había causado, pero no deja de ser significativo que, al terminar el último interrogatorio, distaran de estar convencidos de que era el hombre que buscaban. Pero mañana sería otro día, y habría otro interrogatorio. Y esperaban, llenos de confianza, la llegada del hombre de Marlborough.

Aquella noche los magistrados pusieron en práctica una nueva táctica. Dispusieron reunirse en el juzgado público de Shadwell a las diez de la mañana siguiente. Mallett, el escribiente, recibió instrucciones de ocuparse de que tanto el mazo como los tres escoplos estuvieran disponibles. John Williams y Richter habían de ser trasladados desde sus celdas en la cárcel de Coldbath Fields, el primero probablemente por última vez antes de iniciarse su proceso. Y a continuación, prácticamente todos los implicados en el caso recibieron una citación para asistir a la audiencia del día siguiente. La señora Vermilloe fue avisada en The Pear Tree, para que se presentara, esta vez con dos de sus huéspedes: Harrison y Cuthperson. Las investigaciones habían establecido los nombres de las tabernas favoritas de Williams, y los propietarios de dos de ellas recibieron orden de presentarse. Uno, Robert Lawrence, de Ship and Royal Oak, podría testificar sobre la pelea que Williams aseguraba haber sido la causa de que una de sus camisas estuviese ensangrentada. El otro, llamado Lee, propietario del Black Horse, en New Gravel Lane, vivía frente a la casa de los Williamson, había presenciado el descenso de Turner desde la ventana y había formado parte del grupo que irrumpió en el King's Arms y encontró los cadáveres; fue en la taberna Black Horse donde Unwin llevó a cabo la segunda diligencia judicial. Finalmente, fueron convocados los hombres a los que se creía amigos de Williams: Jeremiah Fitzpatrick fue llamado de nuevo, junto con un nuevo testigo: John Cobbett, descargador de carbón.

Parece que, en esta etapa, los magistrados dedicaban ya toda su atención a John Williams. Probablemente juzgaban que sería más provechoso concentrarse en su principal sospechoso en vez de complicar la diligencia pública implicando a otros contra los cuales la sospecha fuese menor. Algunos de estos se encontraban bajo arresto, como era el caso de Sylvester Driscoll, por lo que nada se arriesgaba con el retraso. Además, seguían esperando al hombre de Marlborough, y era conveniente aplazar el interrogatorio de todos los posibles cómplices hasta que éste hubiera llegado a la ciudad. Y si los procedimientos del día siguiente discurrían por el camino esperado, había muchas esperanzas de que Williams los ayudara traicionando a sus compinches, ya fuese durante el interrogatorio o en su posterior confinamiento. En un caso de asesinato perpetrado por una banda, capturar a uno de sus miembros suponía invariablemente capturarlos a todos. Por el momento, la tarea más importante era habérselas con Williams.

Había dos hombres, en particular, que debían de estar agradecidos por el hecho de que la atención de los magistrados estuviera tan firmemente orientada en otra dirección. Uno era el carpintero, Cornelius Hart, que había trabajado para Pugh y efectuado las reformas del escaparate de la tienda de Marr. Había negado toda relación con Williams, pero más tarde se demostró que había enviado a su esposa para que averiguase disimuladamente en The Pear Tree si Williams había sido detenido. El otro, tema de muchas habladurías en el vecindario, era un hombre alto y robusto, del que se decía que era cojo. Hasta el momento no se le había mencionado en los periódicos, pero en Wapping se le conocía como Long Billy. En la Cámara de los Comunes, más de un mes después, tanto el primer ministro como el secretario del Interior lo llamaron por su verdadero nombre: William Ablass.

Veredicto en Shadwell

A la mañana siguiente, los tres magistrados ocuparon sus asientos a primera hora en el estrado preparado bajo el escudo real. La sala estaba abarrotada. Los asientos reservados para los visitantes de importancia, parecidos a los reclinatorios de una iglesia, estaban ocupados en su totalidad; en la sala, una densa masa humana se movía inquieta cada vez que un nuevo espectador entraba en ella. Era evidente que el interrogatorio de Williams sería vital; se había convocado a un gran número de testigos, y ahora éstos esperaban ser llamados. Se habían reunido todas las pruebas, y el mazo ensangrentado y los tres escoplos (¿o acaso uno de ellos era una barra de hierro?) se exhibían en lugar destacado.

Ante el juzgado, la muchedumbre pisoteaba con fuerza los adoquines, blancos a causa de las primeras salpicaduras de nieve invernal, esperando con avidez el carruaje que había de traer a John Williams desde la prisión de Coldbath Fields. En el interior del edificio, los más cercanos a la puerta aguzaban los oídos esperando captar el ruido de las ruedas. Los magistrados cuchicheaban entre sí. Había pasado ya la hora anunciada para la llegada del prisionero.

Pero cuando se oyó el murmullo de excitación que precedía a la llegada y por fin se abrió la puerta, no apareció, tal como se esperaba, la figura de Williams cargada de grilletes, sino la de un solitario oficial de policía. Avanzó hacia los magistrados y les dio la noticia. El prisionero había muerto, y se había dado muerte por su propia mano. Cuando se extinguieron las exclamaciones de sorpresa y decepción, los magistrados exigieron detalles, que les fueron facilitados prontamente. El descubrimiento se había hecho al entrar el carcelero en la celda de Williams, a fin de preparar su aspecto para su comparecencia ante el tribunal. Encontró al prisionero colgado por el cuello en una barra de hierro que atravesaba la celda, y en la que su ocupante podía colgar sus ropas. El cuerpo estaba ya frío. Se había quitado la chaqueta y los zapatos. Nada había advertido de la posibilidad de este suceso. Williams se había mostrado de un buen ánimo cuando el carcelero cerró su celda la noche anterior, y había hablado con cierta confianza de que esperaba ser puesto muy pronto en libertad.

Los magistrados conferenciaron en voz baja, ignorando los murmullos especulativos que llenaban la sala. No tardaron en tomar una decisión. Los interrogatorios proseguirían. No había ya necesidad de decir que aquella fuese una investigación desinteresada, puesto que Williams había dictado sentencia contra sí mismo. La tarea de aquel día consistía en oír las pruebas que formalmente habían de probar su culpabilidad. Como dijo *The Times* al día siguiente: «Los magistrados procedieron a examinar las pruebas con las que pretendían confirmar finalmente su intervención.»

La señora Vermilloe, patrona de The Pear Tree, y obviamente una testigo clave, fue la primera en comparecer. El martes se había mostrado muy afectada cuando le enseñaron el mazo, y había sido incapaz de identificarlo positivamente como perteneciente a la caja de herramientas de Peterson. Después, el día de Navidad, había facilitado una «información crucial» para la identificación del instrumento. En esta ocasión, sin embargo, fue interrogada privadamente en la prisión de Newgate, junto con su esposo. Evidentemente, era de desear que identificara el mazo en público, pero ahora, sin la influencia de su esposo, de nuevo incurrió en errores. El *London Chronicle* informó:

> La señora *Vermilloe* fue interrogada estrictamente por los Magistrados sobre su identificación del mazo fatal, que, según ella declaró, no habían echado en falta hasta el lunes anterior. No pudo afirmar con seguridad que fuera uno de los que pertenecían a John Peterson. Parecía muy poco dispuesta a identificarlo y los Magistrados le preguntaron si, cuando oyó que su marido afirmaba en Newgate que era el mismo mazo, ella no había exclamado: «¡Dios mío! ¿Por qué dice tal cosa?» Al principio negó haber utilizado esta expresión, pero al ser llamado el testigo que la había oído, confesó haberla utilizado, o, en todo caso, alguna semejante.

¿Estaba la señora Vermilloe simplemente aterrorizada? ¿La había amenazado alguien? ¿O tenía algo que ocultar? Era importante saber cuándo tuvo por primera vez sospechas sobre Williams, y qué fue lo que las ocasionó:

> La primera vez que sospechó que Williams estaba implicado en uno u otro de los asesinatos fue cuando un joven llamado Harris *(sic)*, que dormía con Williams, le enseñó un par de calcetines que eran de su propiedad, y que habían sido escondidos detrás de un baúl a pesar de estar totalmente cubiertos de barro, llegando éste incluso hasta muy cerca de su parte superior. Al examinarlos de nuevo, ella observó claramente las huellas de dos dedos ensangrentados en la parte superior de uno de ellos. Avisó entonces a un hombre llamado Glass, para que los viera. Éste, creyendo también que las manchas eran de sangre, recomendó a la señora Vermilloe que expulsara a Williams de su casa.

La noticia produjo una cierta sensación. ¿Por qué no había revelado ella una cuestión tan importante en su primer interrogatorio? inquirieron los magistrados. La testigo vaciló. ¿La había intimidado Williams?

Ella admitió que temía que éste, o alguno de sus conocidos, pudiera matarla.

P. Ahora no debe temer tal cosa. Ya conoce la situación. ¿No ha oído decir que se ha colgado?

(Muy afectada e impresionada) ¡Dios mío! Espero que no.

P. ¿Por qué espera que no?

(Después de un titubeo) Sentiría mucho, si es que era inocente, que hubiese sufrido.

¿Qué sabía la señora Vermilloe? ¿Qué era lo que guardaba para sí? Probablemente, no era una mujer inteligente y era evidente que se encontraba bajo la clara influencia de su esposo. Éste había inculcado en ella la importancia de no decir nada que pudiera poner en peligro las posibilidades de recompensa que él pudiese tener. Además, ella deseaba complacer a aquellos caballeros diciéndoles lo que deseaban oír... mas para ello tenía que estar segura de qué era. Deseaba, asimismo, proteger la reputación de su casa, incluso delante de aquellos que tal vez no se hubiesen mostrado de acuerdo en que dicha casa tenía una reputación que ser preservada. Una cosa estaba para ella clara: John Williams había muerto. Nada de lo que ella pudiera decir o callarse podía ayudarlo ya. Y sin embargo, movida por su ignorancia y su miedo, confundida por las repetidas preguntas y a menudo próxima a la histeria, titubeaba, se contradecía y aumentaba todavía más la confusión. Los magistrados volvieron a presionarla acerca de las primeras sospechas que ella abrigó respecto a Williams, pero ahora la mujer narró una historia diferente. No se trató, después de todo, del descubrimiento que hizo Harrison de unos calcetines sucios de barro.

El descubrimiento del mazo marcado con las iniciales J. P. fue lo primero que la hizo sospechar que Williams tenía algo que ver con el asesinato de la familia del señor Marr. La testigo contó entonces las circunstancias del descubrimiento, ya citado, del escoplo en la ventana de la señora Orr, cosa que en cierto modo confirmó sus sospechas. Las preguntas entonces planteadas se refirieron a las amistades y relaciones de Williams, a lo cual ella replicó que el joven no las tenía, excepto de vez en cuando algún que otro compañero de a bordo. Tenía la costumbre de frecuentar todas las tabernas y de comportarse con gran familiaridad, pero ella nunca supo de él que tuviera algún amigo. Cuando regresó de las Indias Orientales en el *Roxburgh Castle,* tres meses antes, depositó treinta libras en manos de su esposo, dinero que no había gastado del todo cuando se perpetraron los crímenes.

Los calcetines y zapatos que, según se suponía, Williams usó la noche del asesinato de Williamson, se presentaron a continuación como prueba. Los calcetines parecían haber sido lavados, pero las manchas de sangre no habían desaparecido por completo. Asimismo los zapatos habían sido limpiados.

Williams tenía la costumbre de dejarse muy largas las patillas, y el sábado último por la noche fue la primera vez que ella advirtió que se las había recortado. Desde ese instante, lo vigiló atentamente, y tuvo la impresión de que parecía temer mirarla. El tema de los dos asesinatos fue mencionado a menudo ante él y, aunque era muy hablador, ella observó que Williams siempre escurría el bulto y se limitaba a simular que estaba escuchando lo que se decía. Un día, le comentó que el asesinato de Williamson era un asunto muy desagradable. «Sí —dijo él—, muy desagradable», y a continuación cambió de tema de conversación.

La testigo se estaba franqueando, y parecía encontrarse más a sus anchas, por lo que el magistrado hizo otro intento para conseguir que identificara el mazo:

El mazo, la barra de hierro y los dos escoplos fueron colocados ante la testigo, para que pudiera, caso de serle posible, identificarlos. Sin embargo, la mujer se apartó del instrumento fatal, llena de horror. Todo lo que pudo decir fue que había visto un mazo algo parecido a aquél en casa de su marido. Los magistrados probaron entonces a insistir en otra línea:

P. ¿Cuánto tiempo vivió Williams en su casa?
Unas doce semanas. Vino a casa el día dos de octubre.
P. ¿Ha oído hablar alguna vez del caso de un portugués que fue apuñalado hace entre dos y tres meses, al final de Old Gravel Lane?
Sí.
P. ¿Estaba Williams en casa en aquella ocasión?
Estaba.
P. ¿Oyó que alguien dijera que Williams tuviera relación con el apuñalamiento de ese hombre?
No puedo decirlo con certeza.

Por lo que parece, cualquier cosa era útil para ensuciar la memoria del muerto, pero en este aspecto poco se le pudo arrancar a la señora Vermilloe. No obstante, ésta aportó tres detalles más que podían tener su importancia en el caso:

Después el arresto de Williams, un carpintero llamado Trotter había ido a preguntar por él, diciendo que no tardaría en ser puesto en libertad. La noche del último asesinato, Williams había dicho a la testigo que Williamson iba a pagar al día siguiente a su proveedor de cerveza. Y ella había oído decir que el verdadero nombre de Williams era John Murphy.

La señora Vermilloe se retiró y la sustituyó en el estrado de los testigos Robert Lawrence, el propietario de una de las tabernas favoritas de Williams, el Ship and Royal Oak. Dijo que Williams solía instalarse en su bar con gran familiaridad, pero que a él aquel hombre nunca le había caído bien. Su hija, en cambio, conocía muy bien a Williams. La muchacha, una «hembra muy interesante», según un impresionable reportero del *Morning Post,* fue debidamente convocada:

> Ella conocía a Williams desde antes del asesinato de los Marr. Él se había ganado una buena opinión de su parte. Después de la muerte de Marr, solía decir: «Señorita Lawrence, no sé qué me ocurre. ¡Me siento tan intranquilo!» En cierta ocasión llegó a casa muy agitado y dijo: «No creo que me encuentre bien, pues me siento desgraciado y no me es posible mantener la calma.» La señorita Lawrence contestó: «Williams, usted es quien debería saber mejor qué es lo que ha hecho.» Él replicó: «Pues bien, la noche pasada comí una buena cena a base de volatería, y tomé licor en abundancia.» La señorita Lawrence dijo inmediatamente: «Comer bien no es un buen método para lograr que uno se sienta infeliz», y Williams se retiró.

La señorita Lawrence estaba sirviendo detrás de la barra cuando se inició la pelea entre Williams y los descargadores de carbón irlandeses, pelea que explicaba, según Williams, una de las camisas desgarradas y ensangrentadas que la señora Rice había lavado. *The Times* relató:

> El viernes por la tarde de aquella semana llegó a su local sin chaqueta y dijo que quería ver a los oficiales

> de policía. Estaba entonces muy bebido. Algunas personas de la taberna empezaron a gastarle bromas. Hicieron circular una cajita de rapé en la que habían mezclado ceniza de carbón, y tomó un pellizco cuando se la ofrecieron. Estaba dispuesto a golpear a la persona que se la dio, pero otros se interpusieron para impedirlo. No hubo ninguna pelea y Williams no recibió ningún golpe. Tampoco sufrió ningún corte en la boca, como él había explicado para justificar la sangre que había en su camisa. Fue sacado del local, pero volvió media hora más tarde y se comportó pacíficamente. La testigo no había visto a Williams desde el sábado anterior, cuando le expresó su deseo de que no volviera más a su establecimiento.

La explicación de Williams, según la cual su camisa se había roto y manchado de sangre en una pelea de taberna, se refería evidentemente a la camisa que, según testificó la señora Rice, ella había lavado antes de los asesinatos en casa de los Marr. Al parecer, fue incapaz de explicar, cuando se lo preguntaron, el estado de la segunda camisa, probablemente porque, según la declaración de la lavandera, estaba mucho menos ensangrentada. El testimonio de la señorita Lawrence tenía intención de demostrar que Williams era un mentiroso, restando valor a una explicación que, de hecho, él no había dado. Es probable, sin embargo, que al finalizar la declaración de ella, nadie en la sala, incluidos los magistrados, supiera con claridad de qué camisa ensangrentada se estaba hablando en aquellos momentos.

Y así, gradualmente, los prejuicios contra Williams fueron en aumento, a pesar de lo confuso e inconsistente de gran parte de los testimonios. Presentóse entonces otro testigo clave: John Harrison, el fabricante de velas que había compartido el dormitorio de Williams en The Pear Tree:

Manifestó que nunca vio a nadie en compañía de Williams, excepto al carpintero (Hart). Había oído decir que éste era el mismo hombre que había estado trabajando en casa del señor Marr. Williams llegó a casa hacia las doce y media de la noche en que el señor Marr y su familia fueron asesinados. Por la mañana, cuando el testigo se enteró del suceso, se lo contó a la señora Vermilloe, la patrona. Seguidamente subió a ver a Williams y también se lo contó a él. Williams contestó con semblante malhumorado: «Ya lo sé.» Se encontraba entonces acostado y aquella mañana no había salido. Dijo el testigo que posiblemente había oído contar los hechos a la señora Vermilloe. Aquella mañana, Williams salió solo. El testigo había estado leyendo el periódico que publicaba un relato sobre el asesinato del señor Marr y, cuando encontró los calcetines sucios de barro detrás de la cómoda, le acometió algo semejante a la sospecha. Llevó los calcetines abajo y los enseñó a la señora Vermilloe y a varias personas más. Debido a estos hechos y por la conducta general de Williams, estaba totalmente convencido de que éste tenía algo que ver con el asesinato. Había explicado el testigo que conocía bien al señor Marr. Un día, volviendo de la City con Williams, éste dijo que el señor Marr tenía una cantidad considerable de dinero.

Cuando le enseñó los calcetines sucios de barro, se los llevó al patio posterior y los lavó, primero de cualquier modo con agua fría, pero cuando el testigo los vio después, estaban bastante limpios. Puesto que el testigo dormía en la misma habitación, tuvo la oportunidad de observar su conducta desde el momento de los asesinatos. Ya que tenía la grave sospecha de que se hallaba relacionado con ellos, buscó una oportunidad de inspeccionar sus ropas en busca de señales de sangre. Sin embargo, vio siempre frustradas sus intenciones porque, cada vez que intentaba acercarse a su cama, encontraba al otro despierto. Parecía estar siempre inquieto, sin parar de dar vueltas en su cama y presa de una gran agitación. Lo había oído hablar en sueños. Una noche, después del asesinato, lo oyó decir mientras dormía: «Cinco chelines en mi bolsillo... Tengo el bolsillo lleno de plata.» El testigo lo increpó repetidamente: «¿Qué te ocurre y qué quieres decir?», pero no obtuvo respuesta. Cuando dormía, no parecía estarlo nunca profundamente, sino que siempre se mostraba inquieto. La mañana que siguió al asesinato de Williamson, vio un par de zapatos sucios de barro debajo de la cama de Williams. El testigo siempre tuvo en mal concepto al prisionero, y deseó en todo momento tener la oportunidad de presentar alguna prueba contra él.

John Cuthperson, el otro compañero de habitación de Williams, contó una historia similar. El jueves antes del asesinato de los Williamson, dijo, Williams no tenía dinero, y a la mañana siguiente lo tenía en abundancia. Williams estuvo muy inquieto aquella noche, cantando en sueños: «Fol de rol de rol, tengo cinco chelines... mi bolsillo está lleno de chelines.» Al igual que la señorita Lawrence, Cuthperson habló de las extrañas palabras que pronunciaba Williams:

> Williams hablaba en sueños de modo muy incoherente. Era frecuente que el testigo lo moviera para despertarlo. Al preguntarle qué ocurría, el otro solía decir que había tenido un sueño espantoso. Después de la muerte de los Williamson, Williams habló un día al testigo de su terrible situación, ya que lo afligía una grave enfermedad. El testigo le aconsejó que fuese a ver a un cirujano, y entonces Williams replicó: «Ah, no vale la pena; el patíbulo no tardará en dar buena cuenta de mí.» El testigo recordaba que Williams habló una sola vez en sueños, y fue para gritar: «¡Corre, corre!» Le llamó tres

veces y le preguntó qué ocurría. Creía recordar que Williams se despertó y le contestó de un modo muy extraño.

El señor Lee, propietario de la taberna Black Horse, situada frente al King's Arms, fue el siguiente testigo. Recordó que la noche de la muerte de Williamson se encontraba ante su puerta, esperando a que su esposa y su sobrina regresaran del teatro Royalty, preocupado por la seguridad de las dos mujeres y sin dejar de pensar en el asesinato de los Marr, cuando de pronto oyó la voz débil de un hombre que gritaba: «¡Vigilante, vigilante!» Parecía proceder de la casa de Williamson. Después supuso que era la voz del anciano que gritaba pidiendo ayuda tras haber sido herido. Fue siete minutos más tarde cuando vio a Turner bajar de la ventana valiéndose de las sábanas anudadas. Él se contaba entre los que irrumpieron en la casa y encontraron los cadáveres. Dijo el testigo que ahora «tenía la certeza» de que más de un hombre había intervenido en los crímenes. Al pedirle que nombrara amigos de Williams, sólo pudo pensar en John Cobbett, que estaba acostado en el Black Horse en el momento en que ocurrieron tanto unos crímenes como otros. Él, al igual que otros testigos, había tenido la oportunidad de observar las actitudes de Williams:

> Estaba acostumbrado a entrar en el bar y sentarse. Lo había visto empujar a su esposa y sacudirle los bolsillos, como para asegurarse de cuánto dinero llevaba. En una ocasión, se tomó la libertad de sacar la caja y meter la mano en ella. El testigo lo reprendió y dijo que no permitía que nadie metiera las manos en la caja excepto sus propios familiares. Nunca pensó muy seriamente en este incidente, hasta oír que Williams había sido arrestado.

Quedaban por llamar otros tres testigos: una prostituta y dos hombres a los que se suponía amigos de Williams. La chica era Margaret Riley. Dijo que había visto a dos hombres «salir corriendo de Gravel Lane; uno de ellos, por lo que pudo ver, con unas grandes patillas, y el otro cojo». Creía que uno de los hombres que comparecieron ante los magistrados el martes era como uno de ellos. Esto tenía en realidad muy poco peso. Sin embargo, el siguiente testigo aseguró ser amigo de Williams y, si había que dar crédito a su testimonio, le proporcionó algo parecido a una coartada para el asesinato de los Williamson.

> *John Fitzpatrick* probó que dejó a Williams en compañía de Hart, el ebanista, en la taberna Ship and Royal alrededor de las once y cuarto, antes de cometerse los asesinatos. Esto fue corroborado por el testimonio de la señorita Lawrence.

El último testigo era considerado como el único amigo íntimo de Williams; se trataba del descargador de carbón John Cobbett y, por lo poco que de su declaración ha sido explicado, parece probable que, en un contrainterrogatorio efectivo, pudo haber arrojado más luz sobre el misterio que todos los demás testigos juntos. *The Times* consignó:

> *John Cobbett* dijo que había conocido muy bien a Williams. Trabó amistad con él en una taberna de New Gravel Lane, donde solían beber juntos. También se le había visto frecuentemente con él en el local del señor Williamson, y habían bebido los dos. Sin embargo, no conocía a ninguna de sus amistades. Hubiera deseado poder conseguir alguna explicación de él referente a los asesinatos. De hecho, Williams le pidió que fuera a verlo durante su encierro, pero él nunca pudo hacerlo, a causa de estar muy ocupado a bordo.

Y el *London Chronicle:*

John Cobbett, el descargador de carbón, declaró al ser llamado que había un hombre conocido como Williams Ablass, y apodado Long Billy, que era cojo e íntimo amigo de Williams. El testigo y aquellos dos estaban bebiendo en el local del señor Lee la noche del asesinato de los Williamson. Trotter, el carpintero, dijo en cierta ocasión al testigo: «Es un asunto muy inquietante, como dirías tú si supieras tanto como sé yo.»

Lo que Trotter sabía, fuera lo que fuese, siguió siendo una incógnita. Su declaración —la declaración del hombre que había asegurado a la señora Vermilloe que Williams «pronto quedaría en libertad»— nunca fue exigida. Los magistrados de Shadwell ya tenían bastante material. Llevaban más de quince días interrogando a sospechosos. No había habido tiempo para calibrar, sopesar la declaración y verificar la credibilidad de uno u otro testigo. Trabajando bajo una extrema presión y con los focos de la publicidad centrados en ellos, sin ayuda de personal competente, Capper y Markland se quedaron al final con un amasijo de nombres y caras, tanto extranjeros como ingleses e irlandeses: Harrison, Cuthperson, Cobbett, Vermilloe, Trotter, Hart, Fitzpatrick, Ablass, Richter, Driscoll... También se quedaron con un probable caso contra Williams y el hecho indiscutible de su muerte, aparentemente por suicidio. ¿Por qué buscar más? Sus dudas de la vigilia acerca del sospechoso («todavía no estamos seguros de que se demuestre que él es el hombre», le habían dicho al ministro del Interior) se habían despejado por completo al finalizar la mañana. Las nuevas pruebas, sin un Williams que pudiera rechazarlas o incluso discutirlas, los alentaron ahora a afirmar la culpabilidad de éste como hecho ya establecido.

> Creemos nuestro deber informarle (escribieron al secretario del Interior al finalizar la audiencia) que, a juzgar por lo que apareció en el capítulo de pruebas previo a la muerte de Williams, junto con lo que ha aparecido esta mañana en un examen muy a fondo, Williams fue quien cometió los últimos asesinatos en este vecindario, y debemos añadir también que tenemos todos los motivos para esperar que sólo él fuese el responsable.

La única duda que persistía era la de si el hombre al que se esperaba que llegara desde Marlborough había sido cómplice de Williams en las matanzas.

Más tarde, aquel mismo día, Capper efectuó su tercera visita de la semana a la prisión. Esta vez no fue a Newgate sino que, acompañado por Markland, se personó en la prisión de Coldbath Fields, donde yacía el cadáver de John Williams. El juez, John Wright Unwin, había sido convocado para efectuar una nueva diligencia judicial.

> *Thomas Webb* presta juramento. Soy el cirujano de la prisión. Esta mañana me llamaron para que viera al difunto. Lo encontré en su celda, echado sobre la espalda en la cama, donde había sido depositado por la persona que cortó la cuerda. Estaba muerto y frío, y llevaba varias horas fallecido. En su cuello, en la parte derecha, se veía la impresión profunda de un nudo, y una marca alrededor de todo el cuello que parecía ser del pañuelo con el que se había colgado. El pañuelo seguía rodeando su cuello, y no vi otras señales de violencia en su cuerpo. No tengo ninguna duda de que murió por estrangulación. Me había dicho anteayer que se sentía perfectamente tranquilo y satisfecho, ya que nada podía ocurrirle.
>
> *Francis Knott* presta juramento. Soy aquí un preso; vi al difunto vivo y en buen estado ayer, hacia las tres y media de la tarde. Me preguntó si podía ver a sus ami-

gos y yo le dije que no lo sabía. Esta mañana, hacia las siete y media, Joseph Beckett, el carcelero, se me acercó en el patio y me pidió que subiera a la celda del difunto para descolgarlo, pues lo había encontrado ahorcado. Subí inmediatamente, rodeé su cuerpo con los brazos y corté el pañuelo, parte del cual se hallaba alrededor de su cuello y la otra parte atada a la viga en la que se cuelgan de día el camastro y la ropa de cama: esta viga se encuentra a un metro noventa centímetros del suelo. Lo deposité en la cama, boca arriba. Estaba frío y parecía llevar bastante tiempo muerto. Llevaba un grillete en la pierna derecha. Lo habían dejado en las llamadas celdas de interrogatorio, como sucede siempre con las personas en esta situación. Yo no tenía la menor sospecha de que fuera a ocurrir algo parecido, pues se mostró perfectamente racional y correcto cuando habló conmigo.

Henry Harris presta juramento. Yo también soy un preso aquí. Esta mañana, hacia las siete y media, me encontraba junto a la puerta de mi celda. El señor Beckett vino y me pidió que ayudara a Knott a descolgar al hombre que se había ahorcado. Subí y encontré a Knott de pie junto a la puerta de la celda del difunto. Knott me hizo observar que éste se había colgado de la viga. Entré y lo vi ahorcado en la viga con un pañuelo alrededor del cuello, un extremo del cual estaba sujeto a ella. Ayudé a Knott a cortarlo. Que yo sepa, nunca antes había visto al difunto.

William Hassall presta juramento. Soy funcionario de la prisión. Llevo allí más de tres años. El difunto fue enviado aquí por Edward Markland, Esq., el 24 de diciembre, y se hallaba bajo custodia para ser interrogado de nuevo. Lo habían encerrado en la celda de interrogatorio, con un grillete en la pierna derecha. Yo lo consideraba bien seguro. Fue encerrado en la prisión como se hace, invariablemente, con las personas sometidas a interrogatorios. La mañana del día 25 fui a verlo para preguntarle su edad, y me dijo que tenía veintisiete años. Le hice observar que su situación era grave y él me contestó que no era culpable y que esperaba que la culpa recayera en el caballo apropiado. Le pregunté cuál era su oficio y replicó que era marinero y añadió que de origen escocés. Físicamente, Williams medía aproximadamente un metro setenta de estatura. Iba vestido con un abrigo marrón forrado de seda, una chaqueta azul con botones amarillos, chaleco azul y blanco, pantalones azules rayados, medias de lana marrones y zapatos. No tenía aspecto atlético en absoluto.

Joseph Beckett presta juramento. Soy carcelero aquí. Encerré al difunto unos diez minutos antes de las cuatro de la tarde de ayer; estaba vivo y bien. Le pregunté si quería algo y me contestó que no. Durante su encierro, había dicho que el inocente no tenía por qué sufrir, y que la silla había que ponerla sobre el caballo adecuado. Entre las siete y las ocho de esta mañana abrí la puerta de su celda. Lo descubrí colgado de la viga con los pies casi tocando el suelo, con un pañuelo blanco alrededor del cuello, pañuelo que yo le había visto llevar. Llamé a Harris e hice que éste lo cortara.

Seguidamente, el juez Unwin se dirigió al jurado:

El miserable sujeto, objeto de la presente diligencia judicial, fue recluido aquí bajo sospecha de ser uno de los autores de los últimos alarmantes e inhumanos asesinatos, y esta sospecha se ve considerablemente incrementada por el resultado al que ha dado lugar, pues es mucho lo que aumenta la sospecha de culpabilidad contra el hombre que, para escapar a la justicia, recurre a su propia destrucción. Todo homicidio es asesinato hasta que no se demuestre lo contrario. La ley califica el suicidio como la peor clase de asesinato, y éste es un suicidio incalificable.

He centrado mi atención en la conducta de aquellos a quienes se confió la custodia de este miserable, como tema interesante para la opinión pública, y esto lo dejo en manos de ustedes; yo creo que no se les debe atribuir ninguna culpabilidad.

Por consiguiente, sólo queda entregar el cuerpo de este asesino de sí mismo a aquella infamia y desgracia que la ley ha prescrito, y dejar el castigo de sus crímenes en manos de quien dijo: «La venganza es mía y yo retribuiré.»

Durante todo el día siguiente, sábado 28 de diciembre, los magistrados de Shadwell esperaron la llegada del hombre de Marlborough.

Sin embargo, no estuvieron ni mucho menos desocupados. Aquella misma tarde, el *Morning Chronicle* informó:

William Ablass, comúnmente llamado Long Billy, un marinero de Danzig, compareció como sospechoso de estar relacionado con Williams en los últimos asesinatos. Se le acusó de que en la noche del asesinato del señor Williamson, de la taberna King's Arms, estuvo en compañía de Williams, bebiendo, a las 10 horas. Él presentó la siguiente justificación:

Entre las tres y la cuatro de la tarde del 19 de diciembre estaba paseando por Pear Tree Alley con un amigo cuando encontró a Williams. Entraron en la taberna The Pear Tree y tomaron un poco de cerveza, consumición que pagó el interrogado. Desde allí, Ablass y Williams se dirigieron al local de Williamson, el King's Arms, donde tomaron una pinta de *ale.* Ablass había visto en otra ocasión a Williamson. Estaban presentes el señor Williamson y la criada. Williams se entretuvo leyendo los periódicos.

Desde allí, él y Williams fueron al alojamiento de Ablass, pero al no encontrar el té preparado como esperaban, consiguieron una jarra de cerveza en la taberna Duke of Kent, que pagó Ablass. Dejaron este local alrededor de las seis y fueron al Black Horse de New Gravel Lane, donde tomaron cuatro copas de ginebra y agua en compañía de un hombre alto, vestido con una chaqueta azul, cuyo nombre Ablass no consiguió recordar. Conversaron extensamente, pero en ningún momento de nada relacionado con la matanza de los Marr. Después abandonaron el local y Williams y Ablass se despidieron a sus puertas; Williams tomó calle abajo. Esto sucedía, tal como creía recordar Ablass, entre las ocho y las nueve.

El capitán del *Roxburgh Castle,* en cuyo barco Ablass y Williams habían navegado desde Río de Janeiro, y en el que el primero había acaudillado un motín, preguntó a Ablass qué se había hecho de su esposa y los dos chiquillos. Ablass negó haber estado casado alguna vez, pero dijo que había permitido a una mujer utilizar su nombre, así como recibir parte de su paga. A la pregunta de cómo se había mantenido desde que dejó el barco hacía unos meses, replicó que, una vez gastada su paga, se había sustentado empeñando sus ropas. Estaba totalmente seguro de encontrarse en casa la noche del asesinato de Williamson, y lo podía demostrar por medio de varios testigos.

Inmediatamente, se envió a un mensajero en busca de personas que pudieran respaldar estas afirmaciones, y el mensajero regresó con una mujer que cuidaba de la casa en la que se alojaba Ablass, y un huésped de la misma; ambos manifestaron rotundamente que Ablass había regresado a la casa primero para ver si el té estaba ya hecho, y que lo hizo de nuevo hacia las diez. Permaneció en compañía del testigo hasta más de las doce, hora en que se comunicó que se había cometido el asesinato. Al oírlo, Ablass exclamó que él conocía a la gente de la casa y salió para investigar. Regresó poco después, para confirmar las tristes noticias.

Oído este satisfactorio testimonio, el señor Markland, magistrado en funciones, ordenó que Ablass fuese puesto en libertad.

Más tarde, otros se sintieron menos satisfechos que Markland con tan conveniente coartada. Sin embargo, el tribunal de Shadwell buscaba en otras partes al supuesto cómplice de Williams y, a las nueve de la noche de aquel sábado, reanudaron la audiencia al llegar el hombre de Marlborough, tras haber invertido catorce horas en un gélido viaje. Dijo que su nombre era Thomas Cahill.

Las circunstancias resultan familiares. Cuando fue arrestado, el prisionero llevaba «una camisa muy desgarrada entre el cuello y la pechera», y con manchas de sangre recientes. Tenía «una notable semejanza con el hombre descrito en los carteles, al que se había visto correr desde la casa del señor Williamson». Era un hombre robusto que medía un metro ochenta y tenía el pelo rubio y unas patillas rojizas. En realidad, declaró *The Times*, como si el hecho fuese en sí incriminatorio, tenía «una extraordinaria semejanza con el ya difunto y miserable Williams». Además, el nuevo sospechoso hablaba con un marcado acento irlandés, y pronto resultó evidente que era un perfecto embustero.

La cuestión de la camisa rota y ensangrentada ya había sido resuelta por los magistrados de Marlborough, al quedar demostrado que el prisionero había tomado parte en una pelea en una taberna de Reading. Pero ¿dónde había estado, preguntó Markland, la noche de los asesinatos? Cahill replicó que se había alojado en compañía de un hombre llamado Williamson, en el número 121 de Ratcliffe Highway. Se envió un mensajero a estas señas e informó que ahí no vivía ninguna persona con tal nombre. Markland no se mostró sorprendido, pues, según observó severamente, tenía ya ciertas dudas «acerca de la pureza» del carácter del prisionero. Éste le libró jovialmente de toda duda al admitir «con no poca *sang-froid»* que todo era mentira. Jamás había vivido en Londres en toda su vida.

Markland. Entonces, ¿qué debo creer? ¿Espera que crea una sola palabra de lo que diga ahora, después de semejante confesión?

Prisionero. No conozco a su señoría. Puede estar seguro de que soy tan inocente de este asesinato como un niño recién nacido. No diré ninguna mentira. Dije muchas cosas que no eran verdad, sabiendo perfectamente que yo era inocente y que fácilmente podía escapar de esta acusación.

Era un desertor de un regimiento de la milicia irlandesa, explicó ahora Cahill, y había estado alojado en Romford Row, en Essex, en la época de los asesinatos. Markland se mostró escéptico.

Markland. ¿Qué hizo usted con sus ropas militares?

Prisionero. Encontré a un judío entre Romford y Romford Row, y le compré este gabán que llevo ahora, y me lo puse sobre las ropas de mi regimiento.

Markland. ¿Qué día ha dicho que ocurrió eso?

Prisionero. El sábado, señoría.

Markland. Vamos, hombre, ya veo que vuelve a comenzar con sus trucos. ¿Pretende decirme que le compró el abrigo a un judío en sábado? Pero, hombre, esto ha de ser falso. El judío más despreciable no vendería nada en sábado.

Prisionero. Pensé que era judío. Era un hombre moreno y vendía ropas usadas.

No puede haber muchos Cahill en Hertfordshire o Yorkshire, donde Markland y Capper adquirieron su experiencia como magistrados, y partes del largo interrogatorio, que son irrelevantes para el caso, revelan una total ausencia de comprensión entre ellos. Cahill, obviamente solícito con aquellos tres crédulos caballeros, trató en vano de convencerlos de que su historia acerca de una esposa en Bath y sus subsiguientes infortunios militares eran una completa mentira. Era evidente que se sentía tan perplejo entre sus jueces como éstos lo estaban al conocer a un pillastre tan audaz y descarado.

Seguidamente fue llamado un vigilante de nombre Ingall, uno de los treinta y cinco ancianos que empleaba la parroquia de St. George's-in-the-East. Declaró que el prisionero no podría haber estado acostado en su alojamiento de Romford Row desde las nueve hasta las siete en la noche en que fueron asesinados los Williamson, puesto que él mismo había visto a Cahill bebiendo en la taberna de la señora Peachy, un establecimiento llamado New Crane, que estaba allí cerca, y eran entonces alrededor de las once. Se mandó comparecer a la señora Peachy, y se le dijo que tratase de recordar lo referente a la noche del 19 de diciembre. ¿Tuvo desconocidos en el New Crane? La mujer reflexionó y después recordó que un «hombre de mala catadura» había entrado en la taberna en busca de una pinta de cerveza y una hogaza de pan.

—Veamos, señora Peachy —dijo Markland, alentado—, mire alrededor de la sala y diga si puede ver al hombre que entró aquella noche en su casa.

La mujer señaló a Cahill. Sin duda, era «muy parecido» al hombre, pero no podía estar segura. En cambio, su hija Susan, no tuvo la menor duda respecto a que Cahill era el hombre en cuestión. Ante esto, «el prisionero dio señales del más profundo asombro y se dedicó a intentar aportar coartadas para demostrar que había estado en su alojamiento de Romford Row». En vista de lo cual, avanzada ya la noche, el tribunal aplazó la sesión.

Al reanudarse ésta, el lunes al mediodía, los interrogatorios públicos en Shadwell degeneraron en una farsa. Puesto que se esperaba una intervención de los irlandeses y corrían rumores acerca de conspiraciones papistas, se añadió un clérigo, el reverendo Thirwell, al tribunal, y Story, el decano de los magistrados, hizo una de sus raras apariciones.

Ingall, el vigilante que el sábado había asegurado haber visto al prisionero en la taberna de la señora Peachy la noche de la muerte de los Williamson, dijo ahora, al ver a Cahill bajo la luz del día, que estaba seguro de que él no era aquel hombre. La señora Peachy se mostró igualmente dudosa, pero Susan Peachy permaneció inalterable en su creencia de que el prisionero había hecho realmente acto de presencia en el New Crane. Llevaba aquel día un sombrero. Se ordenó al prisionero que se pusiera su sombrero.

> P. ¿Es parecido este sombrero al que llevaba el hombre?
> Sí. Le caía más sobre la cara.

Los magistrados observaron que en aquel momento el hombre guardaba un gran parecido, extraordinario, con Williams.

> P. ¿Llevaba patillas el hombre?
> Sí. Le llegaban casi hasta la barbilla.
> P. ¿Y no pudo haber sido otro hombre?
> Yo creo que no.
> P. ¿Vio usted alguna vez a Williams?
> No.

Inmediatamente, Susan Peachy, Ingall y la señora Peachy fueron enviados a ver el cuerpo de aquel miserable suicida en la prisión de Coldbath Fields. A su regreso, fueron todos de la opinión de que Williams era el hombre que vieron en la taberna New Crane el jueves por la noche, la fecha en que se cometieron los asesinatos en New Gravel Lane.

Cahill, notablemente aliviado, presentó entonces a sus testigos. El primero fue un irlandés llamado Cornelius Driscoll, encargado de la pensión de Romford Row. Esta referencia a Driscoll es interesante por la observación en *The Times* del *Boxing Day*, según la cual el hombre de Marlborough había mantenido correspondencia privada con uno de los sospechosos que estaban bajo custodia. Sylvester Driscoll todavía se encontraba en la prisión de Coldbath Fields. Parece probable que los infortunados magistrados de Shadwell, ya desorientados por las complicaciones del caso (era muy extraño que Shadwell hubiera asegurado haber estado alojado con un tal Williamson de Ratcliffe Highway), se sintieron ahora todavía más confundidos por la coincidencia de otros dos nombres idénticos. Driscoll aseguró recordar que Cahill se encontraba en casa la noche de la muerte de los Williamson, pero «era tan estúpido o le dominaba tanto la estupidez que no fue posible obtener de él respuestas satisfactorias». Por consiguiente, los magistrados llamaron a su esposa.

P. ¿Qué es usted?

Una pobre mujer, señoría.

P. ¿Quién es su marido?

Es Cornelius Dixon.

P. ¿Por qué acaba de decirnos que su nombre es Driscoll?

Bueno, todo viene a ser lo mismo, señor.

Thirwell: ¿Es usted católica romana?

Sí.

P. Persígnese.

Story: Esto es asunto suyo, no nuestro.

De pronto, irrumpió en la sala un sargento perteneciente a la Milicia Sligo. Dijo haber visto el nombre de Cahill mencionado en los periódicos como desertor. Se encontraba de permiso y deseaba identificar al prisionero, por lo que se le «interrogó inmediatamente». Todo lo que salió a relucir, sin embargo, fue que, fuera cual fuese el regimiento del que Cahill había desertado —si es que en realidad era un desertor— no era el Sligo. Fue llamado el siguiente testigo del prisionero, John Martin.

P. ¿Es usted católico romano?

He pasado mi vida al servicio de Su Majestad.

P. ¿Qué religión tiene usted?

Sí, señor, he estado al servicio de Su Majestad durante largo tiempo.

P. ¿Va usted a misa, o a un servicio, o adónde va?

No voy a nada, señor, por el momento.

P. ¿Es usted papista? No hablo de los papistas con tono de reproche.

No sé qué es un papista.

P. ¿A qué se dedica?

Soy un viejo soldado, o al menos lo que queda de él.

Y así continuó la sesión. Una serie de hombres y mujeres de edad avanzada y en penoso estado físico entraron en la sala y salieron de ella santiguándose obedientemente ante la insistencia del reverendo Thirwell, y diciendo lo que habían venido a decir: el prisionero había estado en la pensión cuando los Williamson fueron asesinados. Y sin embargo, al final se impuso la cautela. «Los magistrados lo enviaron a la Casa de Corrección para nuevos interrogatorios, con la especial observación de que lo consideraban totalmente libre de cualquier sospecha de estar relacionado con los últimos asesinatos.»

Con el hundimiento del caso contra Cahill, iba en aumento la creencia, al menos entre los magistrados de Shadwell, de que en realidad John Williams había sido el único autor de los asesinatos de los Marr y de los Williamson; y a esta creencia iba unida la firme convicción de que un villano tan monstruoso, autor de múltiples asesinatos y además suicida, debía ser un ejemplo que estremeciera a la nación, entre otras cosas porque, al final, había burlado a la ley.

Una tumba en la encrucijada

Casi todo criminal condenado, ya haya sido sentenciado por la opinión pública o por un tribunal debidamente constituido, que haya conseguido darse muerte antes de la fecha oficial de su ejecución, ha sido descrito como «burlador del patíbulo». Cabría suponer que los defensores de la pena capital deberían apreciar al hombre que, reconociendo la justicia de su sentencia y aceptando que sólo una vida puede compensar otra vida, ahorrara a la sociedad los problemas y los gastos de una ceremonia oficial y aceptara su sentencia tan de buen grado que llegase al punto de ejecutarla sobre sí mismo.

Pero la sociedad rara vez lo ha visto bajo ese aspecto. De la frase «burlar el patíbulo» se infiere claramente que padecer todo el peso de la ley significa sufrir tal y como la ley prescriba, que una ofensa pública exige un castigo público, y que los elementos de la ejecución judicial son parte esencial de la retribución. Es la sociedad la ultrajada, y no meramente los individuos. Es la sociedad la que debe verse satisfecha. La sensación de frustración y rabia que siguió a la muerte poco ortodoxa de Williams quedó expresada en la Cámara de los Comunes el 18 de enero de 1812 por el Primer Ministro, al referirse al «villano Williams, que últimamente ha frustrado la justa venganza de la nación soslayando violentamente en su persona el castigo que le esperaba». Y esta nota de venganza pública injustamente burlada tuvo eco en la voz de casi todos los escritores de la época que trataron el caso. Los crímenes habían sido bárbaros y horribles, casi inconcebibles. Era esencial que las víctimas fueran vengadas en público. Pocos eran los que dudaban de que Williams recibía ya su justo merecido en el otro mundo. Pero el castigo de Dios, aunque seguro, es invisible, y la perspectiva del fuego infernal poco hace por sofocar el ansia de venganza. Mucho más efectivo como elemento disuasor es el espectáculo del castigo terrenal.

Nunca se dudaba en aquella época de que la pena de muerte era la más efectiva de todas las medidas disuasoras y, por consiguiente, cuantas más personas presenciaran su aplicación mayores habían de ser los efectos beneficiosos. Con su muerte prematura, John Williams había privado a la autoridad de su ejemplo salutífero y a los londinenses de uno de sus espectáculos más dramáticos. El día de una ejecución en la horca todavía era casi un festividad pública y una gran multitud se congregaba para asistir a la eliminación del condenado. Pocos eran los que a principios del siglo XIX hubieran considerado justificable ejecutar a un hombre en privado. El condenado tenía derecho a una muerte pública. ¿Cómo, si no, podría protegerse la sociedad contra la venganza privada, el cuchillo manejado en la oscuridad, o el ejecutor secreto que causaba la muerte del inocente en la segura reclusión de una celda carcelaria? Además, si el populacho tenía derecho a su espectáculo, también lo tenía el condenado a su público. Todavía a finales del siglo XIX había escritores que se oponían a la ejecución en privado basándose en que el inglés tenía el derecho inalienable de confesar su crimen o proclamar su inocencia en público.

Algunos de los peores horrores de las ejecuciones públicas ya habían sido mitigados. Los reformadores habían comprendido que las escenas de violencia, las borracheras y el lenguaje vulgar y obsceno que acompañaban el lento camino del condenado desde la prisión de Newgate hasta Tyburn, despojaban el acto de la ejecución de la adecuada solemnidad; además no fomentaban el respeto por el tremendo castigo de la ley, ni movían a la aceptación piadosa y penitente de su destino en aquellos que iban a ser ahorcados. Muchos de los criminales más destacados parecían adquirir valor gracias a su notoriedad pública e iban a la muerte emperifollados y arrogantes como si se dirigieran a una boda, arrojando monedas a la muchedumbre. Otros creían adecuado hacer su última aparición envueltos en un sudario. Esto pudiera haber sido una señal de arrepentimiento, pero cabía también la posibilidad de que fuese por la decisión de privar al verdugo al menos de una parte de su botín, es decir, las ropas del condenado, ya que tanto los cuerpos como las prendas de vestir de los criminales ejecutados pasaban a ser propiedad de su verdugo. Parientes y amigos podían adquirirlos si tenían los medios para ello, pero de lo contrario los cuerpos eran vendidos a los cirujanos para que procedieran a su disección. La negociación entre verdugo y familiares era a menudo dura, sórdida y pública, y algunas veces daba como resultado vergonzosos altercados, en los que el cuerpo era casi literalmente despedazado. Pero el cadáver y sus ropas no eran los únicos componentes del botín del verdugo. Éste podía quedarse también con la cuerda, y en caso de un criminal notorio ésta llegaba a rendir hasta un chelín por cada trozo de dos centímetros y medio. Sin la menor duda, la soga de la que hubiese colgado John Williams hubiera aportado como mínimo esta suma y, por otra parte, un joven tan elegante como él indudablemente hubiera hecho su última aparición con una indumentaria merecedora de un buen regateo.

Sin embargo, Williams se había ahorrado la tortura de las tres horas de trayecto hasta Tyburn. En 1783, el lugar de las ejecuciones fue trasladado a Newgate, y en 1812 los condenados eran enviados a un patíbulo provisto de colgaduras negras y especialmente montado para cada ejecución en un espacio abierto frente a la prisión. El propio John Williams, de vuelta de sus viajes, debía de haber asistido a menudo a tales escenas. Eran, después de todo, notables acontecimientos públicos que vaciaban las fábricas y los talleres, los cafés y las tabernas, y que atraían tanto al exigente aristócrata con aficiones a lo macabro como a los personajes más humildes de la multitud. Cabe imaginar a Williams, con una amistad femenina colgada de su brazo, bien peinados sus vistosos cabellos rubios, ataviado con su chaqueta azul y amarilla y su chaleco de rayas azules, abriéndose paso entre la muchedumbre para conseguir una mejor visión del patíbulo, esperando después aquel momento emocionante, en el que se mezclan las sensaciones de terror y de sensualidad, en que caía la trampa. Y es que las ejecuciones eran entonces más humanas. Eran todavía muy poco científicas y con gran frecuencia presentaban inconvenientes, pero la adopción de la caída del ahorcado como modalidad general de ejecución, en 1783, significaba que el acusado tenía al menos una posibilidad razonable de muerte instantánea. Las muertes desde los carros en Tyburn eran rara vez tan misericordiosas; el verdugo o los familiares tenían que tirar a menudo de las piernas del delincuente con la esperanza de poner fin a su agonía, en tanto que cada convulsión de los miembros de la víctima era saludada con chillidos de escarnio o gemidos de piedad. Pero si la caída era más misericordiosa era también más efectiva, y con ella no había prácticamente ninguna esperanza de volver a la vida al ejecutado. Este hecho, aunque poco común, distaba de ser insólito. Los criminales eran sentenciados a ser colgados por el cuello hasta que muriesen, pero era el verdugo quien decidía cuándo se extinguía la vida. Ajustando y colocando el nudo de una manera particular, o cortando la soga del condenado antes de lo usual, era posible conseguir con relativa facilidad una posterior reanimación. Un delincuente con dinero para sobornar al verdugo, y amigos que se ocuparan de él, podía esperar razonablemente una prematura resurrección en una taberna cercana, donde tendrían a mano los medios necesarios. No era una resurrección que Williams hubiera podido esperar, pero si bien las ejecuciones en Newgate eran más expeditivas y humanas, la multitud que asistía a ellas era la misma que convertía en un purgatorio tan odioso el largo trayecto desde Newgate hasta Tyburn. Se concentraban a primera hora de la mañana para conseguir puntos de observación ventajosos ricos y pobres, ladrones y gentilhombres, mujeres, hombres adultos y niños, todos ellos matando el tiempo hasta el comienzo del espectáculo con habladurías y risas, chistes atrevidos, pequeñas raterías o trueques de mercancías. Los había que acudían por piedad, la mayoría lo hacían movidos por una morbosa curiosidad, y algunos porque pocas visiones eran tan fascinantes para ellos como la de un ser humano en la agonía de la muerte. Es muy posible que el traslado del escenario de la ejecución de Tyburn a la prisión de Newgate hiciera, como manifiesta un cronista de Newgate, que el acto se abreviara y que disminuyera la zona de la exhibición, pero el espectáculo seguía siendo tan popular como siempre. Cuando Holloway y Haggerty fueron ejecutados en 1807 por un asesinato cometido cinco años antes, 40.000 personas se concentraron en las proximidades de la prisión. Debido a la presión de la multitud, algunos de los espectadores trataron de retirarse, pero esto no hizo sino incrementar la confusión, y pronto se desencadenó el pánico, como resultado del cual casi un centenar de personas murieron o sufrieron graves heridas al ser pisoteadas. En una ejecución que tuvo lugar en el año 1824, no menos de 100.000 personas se congregaron en Newgate. Cabe tener la seguridad de que la ejecución de John Williams hubiera rivalizado con este acontecimiento en cuanto a popularidad.

Al margen de la decepción de la gente, hubo otros, y no

sólo el verdugo, que se quedaron sin su botín. El Ordinario de Newgate, en cuya prisión había sido encerrado Williams, ya no podía esperar una venta lucrativa de la confesión pública del asesinato, que hubiera sido responsabilidad suya —y probablemente placentera— extraer del preso. En aquella época el Ordinario de Newgate era el reverendo Brownlow Ford LLD. Probablemente, el doctor Ford no era mejor ni peor que la mayoría de los clérigos de Newgate; de hecho, más tarde manifestó a Jeremy Bentham un gran interés por la reforma carcelaria, y en 1805 había presentado al ministro del Interior una larga lista de mejoras del sistema judicial por él sugeridas. Pero los principios del siglo XIX no eran más afortunados de lo que haya podido serlo el XX en reclutar las personas adecuadas para unas tareas que requieren excepcional dedicación, compasión y viveza mental, pero que son remuneradas con una paga baja y un reconocimiento público insignificante. Un comité parlamentario que investigó el estado de las prisiones escribió, acerca del reverendo Brownlow Ford, que «más allá de su asistencia en la capilla y a los que están sentenciados a muerte, el doctor Ford considera de su incumbencia muy pocos deberes. Nada sabe acerca del nivel moral en las prisiones, no ve nunca a ninguno de los presos en privado, no se entera nunca de que algunos de ellos haya estado enfermo hasta que recibe un aviso para asistir a su funeral, y no va a la enfermería porque tal cosa no figura en sus instrucciones». Cuando un tal J. T. Smith deseó visitar a uno de los condenados antes de su ejecución, y fue a ver al doctor Brownlow Ford, encontró a éste en la taberna de Hatton Garden, donde tenía su residencia, «sentado con toda pompa en un soberbio sillón masónico bajo un majestuoso toldo de color carmesí, con una habitación llena de nubes de humo que se enroscaban hasta el techo, lo cual dio al señor Smith mejor idea que cualquier otro lugar que hubiese visto de lo que había oído contar sobre el Agujero Negro de Calcuta». Sin embargo, es improbable que el doctor Ford descuidase sus atenciones a los condenados de mayor notoriedad. La situación de éstos debía de ser demasiado interesante y sus confesiones demasiado lucrativas. Algunos de los cargos que él les hacía, aunque expuestos en el enrevesado lenguaje indicado para tratar el incumplimiento del día de precepto, la embriaguez o la delincuencia moral, hechos todos ellos que habían conducido al actual y desdichado estado de los presos, debieron de verse mitigados, o al menos gratificados, por las atenciones del reverendo. Era probablemente la primera vez en sus vidas que aquellos desdichados habían sido objeto de una atención espiritual tan concentrada. La muerte inminente hace que los más vulgares entre nosotros adquieran especial interés para nuestros semejantes, y no es sorprendente que se cobrase entrada a aquellos que deseaban ver a los prisioneros condenados. Una visita al monstruo de Ratcliffe Highway había de ser casi obligatoria para los aficionados a las muertes violentas, en tanto que la confesión de John Williams, sin duda debidamente amplificada por Brownlow Ford, hubiera sido una notable contribución a la literatura popular de los patíbulos. El relato de los asesinatos, publicado en 1811 por Fairburn, debió de parecer curiosamente incompleto al carecer de la esperada confesión y descripción de la conducta de Williams antes de subir al patíbulo.

Pero si el drama no podía terminar ya con la ignominia pública del asesino en Newgate, cabía al menos buscar alguna alternativa que permitiera pacificar a la muchedumbre, y a la sociedad demostrar ampliamente el horror que le causaban los asesinatos. El lunes 30 de diciembre, *The Times* anunció: «El señor Capper visitó el sábado al secretario del Interior con la finalidad de considerar con qué justicia la práctica usual de enterrar al culpable de una similar descripción en la encrucijada más cercana al lugar donde se comete la ofensa del suicidio podía modificarse en este caso de extraordinaria autoinmolación.» No hay constancia acerca de lo que exactamente se habló entre ellos en ese encuentro, pero inmediatamente después del mismo Beckett escribió a Capper:

> He hablado con el señor Ryder del asunto mencionado por usted esta mañana. Está de acuerdo con la opinión de que sería aconsejable enterrar a Williams en Shadwell, y no ve ninguna objeción al hecho de que el cuerpo sea exhibido previamente cerca del lugar indicado para el entierro, siempre y cuando no haya riesgo de disturbios, si es que los magistrados son de la opinión de que con la ayuda de sus oficiales de policía, y de aquellos que pueda ser deseable pedir a la Comisaria del Támesis, se puede prevenir dicho riesgo. Tendrá usted la bondad de ver al juez y disponer con él la ceremonia que, según tengo entendido, dice usted que debería tener lugar el lunes.

La carta concluía pidiendo a Capper que consultara a Story y Markland respecto a la distribución del dinero de las recompensas. La ceremonia a la que Beckett se refería era bien conocida como un gesto público propio de las ocasiones en que un delincuente que había sido condenado a muerte se suicidaba mientras esperaba su ejecución. Era usual enterrarlo a hora muy temprana, todavía en la oscuridad, en el punto de intersección de cuatro caminos, y atravesar su cuerpo con una estaca. Al parecer esta costumbre no respondía a ningún imperativo legal, y probablemente procedía de la antigua superstición según la cual sólo clavando una estaca que atravesara el cuerpo se podía impedir que el espíritu de los muertos y los condenados regresara a la tierra para importunar a los vivos. El significado de la encrucijada podía radicar en el hecho de que el signo de la cruz significaba santidad, pero la creencia más usual era que el espíritu maligno, si conseguía librarse de la estaca que lo empalaba, titubearía en los cuatro caminos, sin saber cuál había de tomar. Desde luego, la práctica no era inusual en aquella época, aunque ya entonces se la criticaba, y se dice que el último entierro de un suicida en Londres, en una encrucijada, tuvo lugar en junio de 1823, cuando un hombre llamado Griffiths fue sepultado a primerísima hora de la mañana en el cruce de Eton Street, Grosvenor Place y King's Road, aunque sin que una estaca atravesara su cuerpo. A veces, el cadáver del delincuente era exhibido ante el público. En diciembre de 1793, un londinense, Lawrence Jones, que había sido declarado culpable de robo en Hatton Garden y cuya ejecución estaba ordenada para el 8 de diciembre, fue hallado muerto en su celda por el carcelero que entró con la intención de prepararlo para oír el sermón de los condenados y recibir los sacramentos. Jones había conseguido estrangularse a sí mismo ingeniosamente, atándose un extremo de los cordones de su pantalón alrededor del cuello, anudando el otro extremo a la anilla a la que iba sujeta su cadena, y apoyando ambos pies contra la pared. Su cuerpo, totalmente vestido y con la cara tapada por un paño, fue extendido sobre una tabla en la parte superior de un carro abierto y después arrojado a un pozo al pie de Hatton Garden tras haberle atravesado el corazón con una estaca. Cabe que fuera éste el caso que los magistrados tenían en mente al considerar lo que debía hacerse con el cadáver de Williams, pero existía una diferencia. Williams no había sido considerado culpable ni condenado a muerte. No había sido procesado ni se le había concedido el más antiguo y apreciado de los derechos de un inglés: la oportunidad de declarar ante un jurado formado por sus paisanos.

Los magistrados de Shadwell no fueron los únicos que tuvieron sus dudas acerca de lo que debía hacerse con el cadáver de Williams. Aquel fin de semana, sir John Carr escribió desde su casa en Rayner Place, Chelsea, una carta al secretario del Interior en la que la excitación parece haber tenido un efecto adverso sobre la puntuación:

Sir John Carr presenta sus respetos al señor Ryder y se toma la libertad de sugerir, pues sin duda se le puede distraer ahora de la culpabilidad del miserable cuyas atrocidades tan justamente han suscitado el horror y la indignación del público, si no se podría dar un ejemplo provechoso al pueblo llano haciendo desfilar el cuerpo de Williams desde la prisión de Coldbath hasta Ratcliffe Highway donde se suponía que la ley había de seguir su curso; [el cadáver] cubierto con un trozo de tela roja y colocado con la cara sin tapar y hacia arriba sobre una amplia tabla fijada en la parte superior de un carro, con los instrumentos mortíferos colocados a cada lado del cadáver antes de que pudiera sentarse el ejecutor; la estaca con la que el cuerpo ha de ser clavado la portaría un oficial apropiado y algunos policías de a pie para mantener a la multitud a distancia segura del carro, y se ha de tener la fecha fijada para la procesión y los nombres de las calles por las cuales ha de pasar anunciados en los periódicos.

Beckett anotó en la carta: «El señor Ryder saluda a sir J. Carr y le comunica que ya se han tomado disposiciones del tipo que él menciona.» Y así, para citar lo que decía *The Examiner*: «Al haber frustrado la muerte prematura de Williams las finalidades de aquella pena con la que es probable que, dadas las más que sospechosas circunstancias que han salido a la luz, ese hombre maligno hubiera sido castigado, los magistrados formaron la decisión de dar la mayor solemnidad y publicidad a la ceremonia de enterrar a este suicida.»

A las diez de la noche del lunes 30 de diciembre, el señor Robinson, primer alguacil de la parroquia de St. George, junto con el señor Machin, uno de los policías, el señor Harrison, recaudador de impuestos, y el ayudante del señor Robinson, fueron a la prisión de Coldbath Fields, donde les fue confiado el cadáver de Williams. Éste fue introducido en un carruaje cerrado y el primer alguacil se instaló también en él. Se corrieron las cortinillas, se cerraron firmemente las puertas y se fustigó a los caballos para que emprendieran un rápido trote. Los otros tres caballeros juzgaron más apropiado, aparte de que había de ser mucho más cómodo, viajar en un carruaje aparte. Tocó al infortunado primer alguacil la tarea de trotar sobre los adoquines hasta llegar a la Watch House de St. George, con los ojos muertos del demonio de Ratcliffe Highway fijos en él en una terrible mirada, cada vez que, por una invencible compulsión, se encontraba mirando la faz del suicida. Sabiendo hasta qué punto de terror histérico y supersticioso aquel joven tan especial había llevado a Londres, cabe imaginar que el trayecto no tuvo nada de agradable. El primer alguacil, con el cuerpo de John Williams dando bandazos frente a él, debió de procurar no pensar en lo que podría ocurrir si un caballo tropezaba, el coche se veía obligado a parar y él y su siniestro compañero de viaje se veían expuestos a las miradas de la muchedumbre. Pocas probabilidades había de que el cuerpo de Williams se conservara intacto, e incluso el suyo bien podría hallarse en serio peligro. El trayecto debió de parecerle extraordinariamente largo, y experimentó una sensación de alivio cuando el carruaje, con sus cortinillas corridas, se detuvo ante la Watch House de St. George, lugar conocido con el nombre de Roundabout, al final de Ship Alley. Allí, manos poco cuidadosas se hicieron cargo del cadáver y lo arrojaron en lo que se describe como el agujero negro, para esperar allí la ceremonia del día siguiente.

El martes por la mañana, a las nueve, el primer alguacil y sus ayudantes llegaron a la Watch House. Los acompañaba una carreta que había sido preparada para proporcionar el mayor grado posible de visibilidad del rostro y cuerpo del supuesto asesino. En la carreta se había levantado una plataforma de tablas de madera formando un plano inclinado. En ella descansaba el cuerpo, apoyados los pies en una barra transversal y el torso mantenido en posición extendida mediante una cuerda que pasaba por debajo de los brazos y quedaba sujeta bajo la tabla de la plataforma. Todos los relatos contemporáneos coinciden en que el aspecto del difunto era fresco y saludable, sin la menor señal de decoloración. Los cabellos, de un curioso color de arena, se arremolinaban alrededor del rostro. El cuerpo iba ataviado con unos pantalones de tela azul y una camisa blanca plisada abierta en el cuello, con las mangas por encima de los codos. No llevaba chaqueta ni chaleco. En ambas manos tenía algunas marcas lívidas, y *The Times* explicó que los brazos, desde los codos hacia abajo, estaban casi negros.

El carruaje fue apropiadamente decorado. A la izquierda de la cabeza se había fijado perpendicularmente el mazo ensangrentado. A la derecha, también en posición perpendicular, se colocó el escoplo. Sobre la cabeza, la palanca de hierro encontrada junto al cuerpo de Williams quedó situada transversalmente y, paralela a ella, descansaba una estaca con uno de sus extremos aguzado. Alrededor de las diez y media, la procesión se puso en marcha desde la Watch House. Ceremoniosamente, *The Times* indica el orden de la parada:

Señor Machin, Alguacil de Shadwell
Señor Harrison, Recaudador de Impuestos Reales
Señor Lloyd, panadero.
Señor Strickland, comerciante de carbón
Señor Burford, comerciante de papelería
y
Señor Gale, Superintendente de Lascars al servicio de la Compañía de las Indias Orientales. Todos ellos montados en caballos grises.

A continuación desfilaban:

Los Alguaciles, Jefes de distrito y patrullas de la Parroquia, con los machetes desenvainados,
el Pertiguero de St. George, con su uniforme oficial,
el señor Robinson, Primer Alguacil de St. George,
el carruaje con el CADÁVER, seguido por
un nutrido grupo de agentes de policía.

La procesión avanzó entre un silencio tan impresionante como poco natural. El temor del ministro del Interior de la posibilidad de que una multitud enfurecida se apoderase del cadáver y buscara venganza en él, resultó infundado. Todos los relatos contemporáneos mencionan aquella calma extraña e inesperada.

El frágil cuerpo del asesino estuvo custodiado como si de pronto pudiera recuperar la vida y abalanzarse sobre sus perseguidores, pero no fueron necesarios los machetes desenvainados, ni tuvo que intervenir aquella tropa de vigilantes. Nadie trató de poner violentamente las manos sobre Williams. No hubo aullidos de execración, ni insultos proferidos a gritos. ¿Por qué, se pregunta uno, este comedimiento tan poco natural? Difícilmente pudo haberlo causado la compasión inspirada por el difunto. Pocos de los presentes, por no decir ninguno, abrigaba la menor duda de que allí se encontraba el asesino de los Marr y de los Williamson. A bien pocos debió repugnar esta exhibición pública de su cadáver, o indignar el deshonor que esto representaba para el muerto.

¿Fue tal vez el temor lo que produjo su silencio? ¿Acaso compartieron la emoción que Coleridge confió a De Quincey unos pocos meses después del asesinato? «Por su parte, en aquel entonces residente en Londres, él no había compartido el pánico que prevalecía por doquier; a él los asesinatos sólo lo afectaron como filósofo y lo indujeron a una profunda meditación sobre el tremendo poder de que en un momento dispone cualquier hombre capaz de sentirse bien consigo mismo dejando de lado toda restricción consciente, si al mismo tiempo se ve del todo libre del miedo.» ¿Debióse el silencio al mudo asombro inspirado por el pensamiento de que aquel cuerpo frágil hubiera podido cometer tales horrores? ¿O quedó la muchedumbre reducida al silencio al pensar que el monstruo que había añadido su propia muerte a sus anteriores y odiosos crímenes pudiera mostrar un rostro tan humano?

La cabalgata desfiló lentamente por Ratcliffe Highway hasta la tienda de Marr, y allí se detuvo. Al pararse la carreta, la cabeza de Williams se inclinó a un lado, como si no pudiera soportar la visión de la escena del holocausto. Uno de los hombres que le daban escolta trepó al carruaje y colocó firmemente el cuerpo de manera que sus ojos muertos parecieran mirar la casa y con ella los inquietos espectros de sus víctimas.

Unos diez minutos más tarde, el cochero acicateó el caballo y el desfile reanudó su marcha.

De todas las procesiones que Londres ha conocido en su larga y a menudo oscura historia, pocas tan extrañas y macabras como ésta de la víspera de Año Nuevo de 1811, con un cadáver que llevaba ya cuatro días muerto, a través de las míseras callejuelas del Wapping más cercano al río.

El difunto, ataviado con sus ropas manchadas por su estancia en la prisión y con la pierna izquierda todavía sujeta por grilletes, la tosca carreta con su plataforma apresuradamente construida y el caballo renqueante que la arrastraba contrastaban siniestramente con las filas de pretenciosos representantes de la autoridad que escoltaban el solitario cadáver hasta su innoble tumba.

Se calculó que más de diez mil personas presenciaron el espectáculo. Había rostros en todas las ventanas y la gente se apiñaba en cada acera y en cada zaguán. La carreta traqueteaba bajo la luz grisácea de aquellas calles que Williams había recorrido en vida, ante las tabernas que él había frecuentado, donde él había flirteado con las camareras, bailado y peleado. Desde la tienda de Marr, se dirigió Old Gravel Lane abajo, junto al muro del muelle de Londres hasta Cinnamon Street, y desde allí hasta Pear Tree Alley, en la que se detuvo un rato cerca de la taberna de Vermilloe, donde se había alojado Williams. Prosiguió después hacia Sir William Warren's Square, con la intención de dar media vuelta, puesto que en Wapping no había paso suficiente para un carro. La procesión volvió a entrar en Cinnamon Street, avanzó a través de King Edward Street, a lo largo de Wapping, y subió por New Gravel Lane. Allí se detuvo de nuevo diez minutos ante la taberna King's Arms. Después se recordó que el impresionante silencio que se impuso al detenerse la carreta se vio interrumpido por un ruido seco y terrible.

Un cochero que había detenido su carruaje cerca de la parte alta de la callejuela blandió su látigo, se inclinó desde su asiento y, lanzando un juramento, descargó tres latigazos en la cara del difunto.

Desde el King's Arms, la procesión siguió su lento desfile a lo largo de Ratcliffe Highway y, subiendo por Cannon Street, llegó a la encrucijada donde coincidían cuatro caminos, la nueva carretera del norte hacia Whitechapel, Black Lane (también conocida como Cable Street), que iba desde Well Close Square al este hasta Sun Tavern Fields, y Cannon Street. Allí se había excavado ya un hoyo de casi un metro y medio de profundidad, un metro de longitud y sesenta centímetros de anchura. Era un hoyo demasiado pequeño para el cadáver, pero se había hecho así deliberadamente. No había la menor intención de que aquellos miembros innobles descansaran en una postura semejante a la de un sueño inocente, o quedaran decentemente dispuestos como para un entierro cristiano. El cuerpo de Williams fue levantado, sacado de cualquier forma de la carreta e introducido a la fuerza en la fosa. Inmediatamente, uno de los escoltas saltó a su lado y empezó a atravesarle el corazón con la estaca. Al golpear la estaca aquel mazo todavía manchado de sangre, el silencio de la multitud se quebró finalmente y el aire se llenó de gritos e insultos terribles. Se arrojó a la fosa una buena cantidad de barro y después se acabó de rellenar con tierra, y las piedras del pavimento se colocaron de nuevo inmediatamente y se aseguraron en su lugar. *The Times* termina así su reportaje:

> Entonces se dispersó el grupo que formaba la procesión y aquellas personas que no habían tenido la oportunidad de presenciar la espantosa ceremonia, mientras contemplaban la tumba del ser que había demostrado ser tan terrible desgracia para la humanidad, no parecían abrigar más sentimiento que el horror que les inspiraban sus crímenes y el pesar de que no hubiera recibido de manos de la justicia aquel castigo ignominioso que prescribían las leyes del país, pero que, en comparación con su culpabilidad, parecía una pena poco acorde con los ánimos enfurecidos de sus compatriotas.

Sin embargo, por más discreta que fuera su conducta, la muchedumbre no dejaba de ser muchedumbre, y los cacos y ladrones de costumbre se dedicaban de lleno a su trabajo. Humphrey, uno de los Corredores de Bow Street, no estaba tan absorto en el desfile del cadáver, por más que fuera un espectáculo notable, como para olvidar que convenía mantener el ojo puesto en los vivos. Pilló a dos de sus antiguos conocidos en el momento de robar a un caballero: George Bignall, cómplice de Scott, notorio ladrón callejero, y Robert Barry, miembro de la pandilla de Bill Soames.

Detuvo a ambos y quedaron bajo arresto hasta que se reanudaran las siguientes sesiones judiciales.

Después del entierro de Williams, los periódicos comunicaron que en uno de sus bolsillos se había encontrado, después de su muerte, un trozo de anilla de hierro «suficientemente aguzado para causarle una herida mortal». Al principio causó sorpresa su presencia allí, puesto que no lo llevaba encima al ser detenido, ni tampoco cuando fue encarcelado. Finalmente, los oficiales descubrieron que formaba parte del refuerzo de hierro que aseguraba las paredes de su encierro provisional en la taberna de Lebeck Head, frente al juzgado de Shadwell. Compararon el trozo de hierro con la parte rota del refuerzo y llegaron a la conclusión de que, durante su brevísimo confinamiento en la taberna, antes de ser trasladado a la prisión de Coldbath Fields, Williams había arrancado aquel trozo metálico con propósitos que sólo él conocía.

Y así cayó la oscuridad sobre Shadwell y Wapping. Los grupitos que aún permanecían alrededor de la tumba se disolvieron, el farolero hizo su ronda y los vigilantes se prepararon para cantar las horas. La gente se encaminó a su casa con menos temor, alejada de sus mentes aquella gran inquietud anterior.

De hecho, nadie que hubiera estudiado realmente las pruebas podía creer que la historia hubiese llegado a su final, pero para los ignorantes, los asustados y los indefensos los sucesos de aquel día habían aportado consuelo y seguridad. Cualesquiera que fuesen los descubrimientos posteriores que sobre los crímenes pudieran hacerse, ¿no había demostrado ampliamente el demonio de Ratcliffe Highway su culpabilidad y no había encontrado la muerte finalmente? Durante una o dos semanas, la gente pisó cautelosamente las inmediaciones del lugar donde las piedras del pavimento, ligeramente irregulares, señalaban la tumba del miserable. Los niños, en su infantil atrevimiento, saltaban sobre aquellas piedras y después buscaban un escondrijo, temiendo igualmente la ira de sus madres y la contaminación de aquellos huesos malignos. Durante meses se cernió sobre aquella encrucijada el tenebroso ambiente del terror supersticioso, pero eran unas calles bulliciosas y con el tiempo todavía lo serían más. Los pasos apresurados, las ruedas y los cascos de los caballos del Londres del siglo XIX pasarían, en una corriente interminable, sobre la siniestra tumba, hasta que con el tiempo nadie pudiera tener ninguna seguridad acerca del lugar donde yacía el cadáver de Williams.

El domingo siguiente, pocos sermones debieron decirse en el East End de Londres que no trataran sobre los abominables asesinatos y el espantoso final del asesino. Uno de ellos, impreso en un folleto publicado en Fairburn en 1811, probablemente para sustituir el sermón del condenado o la confesión del asesino, cosas ambas que hubieran podido poner un punto final apropiado al relato, es típico de su género por su fervor evangélico, su manera de librar a las autoridades, y en particular al Gobierno, de toda culpa, y su fe en el castigo del fuego y los infiernos para asustar a los indignos y obligarlos a emprender el camino de la virtud y la respetabilidad. El texto fue extraído del capítulo 19 del Evangelio de san Mateo, en su versículo 18: «No matarás.» Este fragmento introductorio es una muestra típica del resto del sermón:

> ¡Mis queridos hermanos! ¿Con qué palabras, con qué lenguaje debo dirigirme a vosotros para hablar de los recientes acontecimientos, tan alarmantes como espantosos? El robo y la rapiña cunden en pleno día el asesinato, el asesinato a sangre fría nos busca en nuestros mismos hogares y, para utilizar el lenguaje enfático del juez: «Nuestras casas ya no son nuestros castillos: ¡ya no estamos seguros en nuestras camas!» ¿Qué palabras mías, amados hermanos, pueden describir la consternación general? ¡Gritos y lamentaciones llenan nuestras calles, y el terror y el desaliento se muestran en cada rostro!
>
> Reflexionen sobre el hecho de que en el breve espa-

cio de diez días siete de nuestros hermanos, que disfrutaban de la salud y de la vida como nosotros mismos, y que no pensaban estar en peligro alguno, han sido todos ellos bárbaramente asesinados, junto a sus propios fuegos hogareños, a manos de un asesino nocturno. ¡Ello es seguramente suficiente para conmover el corazón más endurecido y estremecer al criminal más encallecido!

Algunas personas han hecho de estos tristes sucesos base para sus quejas contra el Gobierno, pero no veo que en ello haya justicia. Permítaseme preguntar a estas personas cómo podría haber evitado el Gobierno que se cometieran tan espantosos hechos. ¿Qué clase de sagacidad humana podía preverlos? ¿Cómo podía guardarlos de ellos una mera precaución propia de mortales? Pues si el Gobierno poseyera realmente el poder para prevenir tales calamidades, ¿no es lógico pensar que este poder se ejercería especialmente para amparar al sagrado Jefe del Estado, para mantener debidamente protegido al Rey? Y sin embargo, todos sabemos que nuestro amado y reverenciado rey (cuya profunda aflicción ahora compartimos nosotros tan amargamente) ha sufrido, en el transcurso de su reinado, nada menos que tres ataques directos contra su augusta persona. ¿Y a qué se debió su salvación? No a la vigilancia de su Gobierno, no a las precauciones de sus ministros, sino, tan sólo y únicamente, al desvelo de la amable Providencia. Los maníacos y los asesinos, al igual que se hallan marginados de la masa de la gente corriente, están también fuera del alcance de la precaución humana. No sé qué precauciones pudieran haber salvado a estas pobres familias, cuyo terrible destino nos llena hoy de pesar y desconcierto. Que nuestro sistema de policía es muy defectuoso, y que su negligencia debe ser muy grande, queda demostrado si duda por las diarias fechorías de los carteristas y los cacos. Pero, queridos hermanos, repito una y otra vez que el mejor sistema policial del mundo no podría haber impedido los últimos y espantosos sucesos. No, hermanos míos, no es a los corredores de los juzgados, no es a sus plantillas ni al hombre en sí a quienes debemos buscar para que impidan semejantes atrocidades. Es a la providencia de DIOS, que todo lo ve, es a la influencia de su Espíritu Santo, que llega a todas partes; a ellas y sólo a ellas debe recurrir cada uno de nosotros en busca de una seguridad contra semejantes horrores...

El cuchillo francés

El confiado veredicto del Tribunal de Shadwell, en el sentido de que Williams era el único asesino de ambas familias, no pudo haber engañado a nadie largo tiempo, posiblemente ni siquiera a Capper y sus colegas. Dejaba demasiadas preguntas sin contestar. ¿Quién era el hombre alto al que se vio inclinado sobre el cuerpo de la señora Williamson? ¿De quién eran las dos hileras de pisadas en el patio de los Marr? ¿Quién emprendió la ruidosa salida, ejecutada por más de un par de pies, a través de la casa vacía en Pennington Street? Sin embargo, a pesar de lo que habían dicho en su carta a Ryder, los miembros del Tribunal de Shadwell no abandonaron por completo sus esfuerzos. Sus integrantes y el resto de los magistrados empezaron la búsqueda del segundo asesino. Sin duda, podían consolarse con la creencia de que, si las muertes eran obra de una banda, Williams era el organizador y jefe de la misma. Con la cabeza decapitada, el cuerpo, pese a toda su malignidad, poco daño más podía causar. El pánico iba cediendo. Ahora era una cuestión de justicia más que de seguridad pública el que los cómplices de Williams, si es que tales había, comparecieran ante los jueces. Los informes sobre nuevas pruebas, pistas frescas y otras detenciones prosiguieron a lo largo del mes de enero. El lunes 6 de enero, *The Times* explicó que Cornelius Hart había sido arrestado, por sexta vez, por oficiales de policía de Whitechapel. Uno de ellos había oído casualmente a la señora Vermilloe decir que «si Hart hubiera sido examinado tan de cerca como había hecho ella, algo más habría salido a relucir». Sin embargo, en Shadwell el carpintero dijo lo mismo que había dicho en las cinco ocasiones anteriores en que había comparecido ante los magistrados, y *The Times* informa que, «puesto que su historia fue confirmada por las pesquisas de los oficiales», una vez más fue puesto en libertad.

Entonces, durante la primera semana de enero, el asiduo John Harrison, primer favorito en la búsqueda de la recompensa en metálico, compareció con otra pista. Aunque su relato no pudo ser corroborado, se lo consideró digno de media columna en *The Times* del 6 de enero. Se refería al arma desaparecida: el cuchillo o navaja bien afilado con el que habían sido rajadas las gargantas de las víctimas. Si esta arma podía ser descubierta y relacionada con John Williams, se trataría de una prueba de su culpabilidad y, por consiguiente, el relato de Harrison fue recibido con un vivo interés. Explicó que unas tres semanas antes había pedido a Williams que le devolviera un pañuelo de bolsillo que le había prestado. Williams le había dicho que fuera a buscarlo él mismo en el bolsillo de su chaqueta. Harrison metió la mano en el bolsillo de Williams y extrajo de él un cuchillo francés nuevo, de unos quince centímetros de longitud y con el mango de marfil. Preguntó a Williams de dónde lo había sacado, y Williams replicó que lo había comprado un par de días antes. Harrison se acordaba ahora del incidente y dijo a los magistrados que nunca más había vuelto a ver el cuchillo, aunque había registrado el cofre de marinero de Williams y todos los rincones de The Pear Tree con la esperanza de descubrirlo. *The Times* comentó:

> En la diligencia del juez acerca de los cuerpos de las desdichadas personas asesinadas en New Gravel Lane, el

cirujano sugirió que las gargantas del señor y la señora Williamson y de su sirvienta debían de haber sido cortadas con una navaja, a juzgar por las incisiones de las heridas. Sin embargo, queda bien claro ahora que estos actos sangrientos fueron cometidos con el cuchillo en cuestión, más aún cuando se sabe que Williams nunca tuvo navaja propia y que siempre iba a afeitarse a casa del barbero, y además, que no se había echado de menos ninguna navaja en la casa donde él se alojaba.

Esta importante información acerca del cuchillo nunca había parecido al testigo, durante sus numerosos interrogatorios, merecedora de ser comunicada a los magistrados.

Entretanto, se procedía a investigar el pasado de Williams. Los magistrados creían, y no sin razón, que un hombre capaz de seccionar las gargantas de cinco seres humanos, uno de ellos un bebé, con la indiferente habilidad del que sacrifica un animal, difícilmente podía haber tenido una historia pacífica o carente de peculiaridades. El peor defecto hasta entonces alegado contra Williams era su tendencia a meter libremente la mano en el dinero de otros y también sobre sus mujeres. Pero bien tenía que contarse en su haber algún delito mucho más odioso que sus modales insinuantes y sus excesos de familiaridad. La gente recordó la declaración de Richter, según la cual el capitán del *Roxburgh Castle* había profetizado que, si Williams seguía viviendo en tierra firme, acabaría ahorcado. Ésta era una pista prometedora, y por consiguiente se buscó la razón de tan notable profecía.

La historia contada por el capitán del buque, comunicada a un emprendedor reportero del *Times* en vísperas del día de Año Nuevo de 1812, es importante por la luz que proyecta sobre el pasado de otros hombres, aparte de Williams, y por la estrecha relación que revela entre algunos de los protagonistas del caso.

Las explicaciones dadas sobre Williams y sus amistades mientras estuvo bajo la autoridad del capitán del *Roxburgh Castle* demuestran que este hombre desesperado, y al menos uno de sus compañeros, eran bien conocidos antes de los recientes y horribles asesinatos como hombres de muy mala catadura, y la puesta en libertad de Ablass (socio de Williams) gracias a las declaraciones de una mujer directamente interesada en el destino de éste, es de lamentar. Es justo, no obstante, manifestar que, a nuestro modo de ver, este hecho no estuvo en conocimiento de los magistrados en el momento de su interrogatorio.

Williams (como se le ha llamado) embarcó con el nombre de John Williamson, en agosto de 1810, a bordo del *Roxburgh Castle,* que bajo el mando del capitán Hutchinson navegaba rumbo a Brasil, y lo hizo como vulgar marinero. Después de una larga escala en Río de Janeiro, el barco fue a buscar un cargamento en Demarara, lugar del que regresó el 3 o el 4 del pasado octubre, momento en que Williamson fue licenciado y cobró algo más de 40 libras, el saldo de sus honorarios. El capitán Hutchinson supone que, puesto que poseía un trato superior al de su condición, escribía con buena letra y había embarcado a una edad ya avanzada, debía de haberle hecho emprender esta vida una anterior mala conducta. Dado que en un viaje largo, y bajo una disciplina estricta, los marinos no tienen oportunidad de cometer graves fechorías, el capitán Hutchinson no puede alegar mala conducta por parte de Williams, pero menciona que trató de imponerse a un hombre en Río de Janeiro, haciéndose pasar por segundo de a bordo en el *Roxburgh Castle,* y obteniendo por este medio una pequeña suma de dinero. Fue esta circunstancia la que arrancó del capitán Hutchinson la expresión que se le atribuía, en el sentido de que si vivía para desembarcar, sin duda alguna acabaría ahorcado.

Williamson siempre se había esforzado para pasar por oriundo de Escocia, pero el capitán Hutchinson, que sí es de este país, no tardó en descubrir que era un irlandés, y supone que pertenece al condado de Down. Cuando le pagaron su salario se presentó como procedente de Campbelltown, en el Argyleshire. Además del fraude cometido con la historia del segundo oficial del *Roxburgh Castle,* Williamson intervino en un motín.

En su último viaje, el capitán Hutchinson había reunido una tripulación muy deficiente, y mientras navegaban desde Río de Janeiro hasta Demarara, se amotinaron abiertamente ante Surinam, en vista de lo cual el capitán Hutchinson ancló bajo los cañones del fuerte en Braam's Point y solicitó la ayuda del capitán Kennedy, del buque de guerra *Forester,* el cual, mediante amenazas y persuasión, consiguió que volvieran a aceptar sus deberes. Tres de los principales inductores fueron encarcelados 24 horas en Surinam, y uno de ellos era William Ablass, el mismo que fue arrestado por sospecharse que estaba relacionado con Williams en los últimos asesinatos. En esta ocasión, Williams escapó al castigo, alegando que había sido arrastrado por sus compañeros.

Por pruebas aducidas ante los magistrados, parece ser que se vio a dos hombres alejarse corriendo de la casa del señor Williamson, donde fueron cometidos los asesinatos, y uno de ellos era un hombre de 1,80 metros de altura, y el otro más bajo. Williams (o Williamson) medía 1,70 y Ablass es un hombre corpulento de aproximadamente 1,80. De momento estos dos hombres corresponden a la descripción de los fugitivos. Además, Ablass asegura ser oriundo de Danzig, pero habla muy bien el inglés. En su interrogatorio del último sábado ante el señor Markland, en la oficina de Shadwell, reconoció haber estado bebiendo en compañía de Williams en tres o cuatro tabernas la noche de los crímenes en casa del señor Williamson. Dijo que dejó a su camarada Williams a las ocho y media, cuando se fue a su casa, y que estuvo sentado allí hasta las doce, hora en que se retiró a la cama. Al preguntarle el magistrado si podía demostrar esto, contestó que podía hacerlo por medio de su patrona. Se llamó a ésta y acudió acompañada por otra mujer. Su historia fue que el prisionero llegó a su casa entre las nueve y media y las diez y que se acostó a las doce. Se hizo observar entonces a los magistrados que la mujer que acompañó a la patrona de Ablass había tenido por costumbre presentarse en las oficinas de los propietarios del *Roxburgh Castle* para recibir la paga mensual de Ablass, y que siempre se presentaba como su esposa y como tal firmaba el recibo. Antes de que esta mujer compareciera, Ablass había negado tener esposa y no parecía admitir la menor relación con las testigos. Al preguntársele cómo se había sustentado durante tanto tiempo sin tener empleo, dijo que había empeñado sus ropas y había vivido gracias a la ayuda de algunos buenos amigos. En vista de tales circunstancias, y aceptando la palabra de aquellas mujeres (pues se nos dice que no se les hizo prestar juramento), Ablass fue puesto en libertad.

John Harris *(sic)*, el artesano de las velas, que fue el primero en comunicar sus sospechas sobre la culpabilidad de Williams, sirvió a bordo del *Roxburgh Castle* en su especialidad. Había tenido las mejores oportunidades para estudiar el carácter de aquel hombre. Al ser el único medio para señalar a uno de los autores de aquellos bárbaros asesinatos, y al ser calificado por el capitán como hombre que era todo lo contrario de Williams, parece merecedor de alguna recompensa.

La historia de Harrison sobre el cuchillo francés desaparecido resultó particularmente interesante para el Tribunal de Shadwell, cuyos esfuerzos principales todavía se centraban en hallar nuevas pruebas de la culpabilidad de Williams. Se pensó entonces que un minucioso registro de las letrinas de The Pear Tree pudiera servir para descubrir a la vez el cuchillo perdido y el reloj de Williamson, y se dieron órdenes para que el retrete fuera vaciado y examinado a fondo. Fue ésta la primera vez que una parte de The Pear Tree fue oficialmente registrada, a pesar de que debió de resultarles evidente a los magistrados que la taberna de los Vermilloe se hallaba en el núcleo mismo del misterio. Su negligencia en tomar esta medida tan obvia y esencial es un indicativo de su ignorancia de los principios básicos de la investigación criminal. No estuvo de más un párrafo en el *Morning Chronicle* del 30 de diciembre para recordarles sus deberes:

> Hubo sin duda algo muy peculiar, e incluso misterioso, en la manera de prestar declaración la señora Vermilloe, difícilmente justificable. Al parecer, los rufianes relacionados con la perpetración de esos espantosos asesinatos residían cerca del lugar en cuestión, y es posible que unas órdenes de registro hubieran aportado algún descubrimiento inesperado en las inmediaciones. Esta posibilidad, si se atendía a ella, tal vez no fuera demasiado tardía en lo referente a una o dos tabernas, así como algún domicilio particular mencionado frecuentemente en los interrogatorios.

Por consiguiente, el sábado 4 de enero, Holbrook y Hewitt fueron enviados a cumplir con tan desagradable deber. The Pear Tree ya había tenido su ración de emoción, pero la noticia de esta nueva actividad atrajo de nuevo a la multitud. Cabe imaginar la escena. El rostro sombrío de Richter vigilando desde una ventana de la planta superior. El emprendedor John Harrison, ansioso como siempre de demostrar su celo al servicio de la ley, apresurándose a ofrecerse voluntario para ayudar. El grupo de clientes regulares del mostrador, mantenido a respetuosa distancia por los oficiales de policía y mirando en un silencio hostil mientras la señora Vermilloe, indignada unas veces y excusándose otras, pues no dejaba de molestarla esta nueva intrusión, si bien tenía muy en cuenta el poder de los magistrados y la esperanza de una recompensa, conducía a Holbrook y Hewitt a la letrina. No se nos ha dicho cuándo había sido vaciada ésta por última vez, aunque esta prueba es, desde luego, vital para determinar el significado de cualquier artículo que se encontrase en ella. Los oficiales pusieron manos a la obra, contentos sin duda de que este deber hubiese recaído en ellos en una fría mañana de principios de enero, y no en pleno calor veraniego. Expusieron sus hallazgos en el patio. La búsqueda no dejó de tener resultados. Descubrieron unos viejos pantalones azules de marinero, parte de un neceser de costurera y unas tijeras. Las tijeras iban unidas al neceser, y la opinión inmediata de los oficiales fue que tales artículos debían de haber sido propiedad o bien de la señora Williamson o bien de la señora Marr. Los pantalones que habían sido introducidos hasta el fondo del retrete con la ayuda de una escoba de ramas, fueron lavados. Una vez eliminada la porquería, apareció en ellos lo que *The Times* describe como «las señales más evidentes de sangre por todas partes». Esperando relacionar estos artículos con Williams, los magistrados ordenaron que la señora Vermilloe, John Harrison, el fabricante de velas y Margaret Jewell se presentaran el lunes 6 de enero y facilitaran toda la información que tuviesen. Al día siguiente, *The Times* comunicó el resultado.

> La señora Vermilloe declaró que había visto unos pantalones como los descritos ante los magistrados, pero no podía afirmar que hubiera visto los pantalones por los que entonces se le preguntaba. Los marineros, al regresar de las Indias Orientales, llevaban aquellos pantalones a bordo y generalmente los llevaban también puestos al

desembarcar, pero ella creía que eran demasiado andrajosos para que Williams se los hubiera puesto en tierra firme. Era siempre muy cuidadoso en su atuendo, pero particularmente cuando se encontraba en casa.

John Harrison dijo que había visto con frecuencia los pantalones de un lado a otro en el trastero en la taberna The Pear Tree, donde los marinos, al desembarcar, solían arrojar su indumentaria de a bordo y depositar sus arcones y otras propiedades. No podía, sin embargo, asegurar que se los hubiese visto llevar a Williams. Es posible que hubiera sido así, pero él nunca se los había visto puestos.

Margaret Jewell aseguró no saber nada sobre las tijeras encontradas. Su última dueña siempre había utilizado un modelo de tamaño mucho mayor, y si en realidad había tenido las tijeras en cuestión, ella se habría dado cuenta. Con respecto al neceser presentado, manifestó la misma ignorancia. La señora Vermilloe declaró también que nunca había visto antes las tijeras.

Holbrook y Hewitt declararon sobre el hallazgo de estos artículos, y ambos manifestaron que las manchas de los pantalones eran de sangre. Hewitt presentó un cuchillo de calafatear que encontró en un cajón del cuarto trastero de The Pear Tree, con las letras J.P. grabadas en él, tal como lo estaban las del mazo hallado en casa del señor Marr. Las demás herramientas pertenecientes a John Peterson no estaban marcadas de este modo sobre el hierro, sino tan sólo en la madera. Este nuevo descubrimiento confirma, con mayor fuerza todavía, la relación con la casa en la que el suicida se había alojado. La identificación de las tijeras continúa dudosa hasta que se presente Catherine Stillwell, nieta del difunto señor Williamson. Los magistrados le han ordenado presentarse en el día de hoy.

En los informes no vuelve a mencionarse la declaración presentada por Catherine Stillwell. Cabe suponer que ésta no consiguió identificar ni las tijeras ni el neceser, ya que de haberlo hecho seguramente se habría mencionado este nuevo eslabón entre The Pear Tree y uno de los asesinatos. Los misteriosos hallazgos en la letrina nada habían hecho para que progresara el caso contra Williams. Los pantalones de marinero, el neceser y las tijeras nunca fueron identificados. Por qué y por quién fueron ocultados en el retrete son datos que han quedado como misterios de categoría menor.

Entretanto, Aaron Graham había proseguido sus pacientes investigaciones. Tanto para él como para Ryder era evidente que el caso seguía sin resolver, y el martes 7 de enero el secretario del Interior ordenó que el mazo y los escoplos fueran sacados de la oficina de Shadwell y depositados en la comisaría de Bow Street, siendo cada objeto cuidadosamente etiquetado. Bien pudo ser que ésta fuera la primera vez en la que Graham tuvo oportunidad de examinarlos detenidamente. Después, aquella misma semana, el 10 de enero, el secretario del Interior pidió a Shadwell las declaraciones completas tomadas a todos los testigos. Es lógico inferir de ello que se las pasara a Graham. Las investigaciones del segundo asesinato habían sido puestas totalmente en sus manos por el ministro del Interior. A partir de entonces los acontecimientos sucedieron con rapidez, y lo que mejor da idea de ellos son los reportajes contemporáneos de prensa:

> *The Times*, lunes 13 de enero. Bow Street. La señora Vermilloe, patrona de la taberna The Pear Tree, y Turner, el hombre que se alojaba en casa de Williamson, el que fuera bárbaramente asesinado, se presentaron en el juzgado hace pocos días junto con algunas otras personas, por orden del señor Graham, y se sometieron a unos interrogatorios privados y estrictos; éstos indujeron a enviar a Lavender, Vickery y Adkins, el viernes por la tarde, a

arrestar a un hombre llamado Hart, que, según se ha comprobado, trabajaba en casa del señor Marr el día en que se cometieron los asesinatos, y fue visto en compañía de Williams entre las diez y las once de la noche. Se supone que los asesinos entraron en casa del señor Marr hacia las doce.

El sábado, Hart fue sometido a un interrogatorio privado ante el señor Graham, tras lo cual se ordenó que quedara bajo estricta custodia, y que un hombre lo vigilara sentado junto a él. El sábado fue vaciada la letrina de la casa donde se alojaba Hart, en presencia de Vickery y Adkins, pero no se encontró nada de particular.

The Times, jueves 16 de enero. En estos últimos dos días se ha hecho un descubrimiento importantísimo que elimina toda sombra de duda sobre la culpabilidad del difunto suicida Williams. Se demostró ante los magistrados del juzgado de Shadwell que tres semanas antes del asesinato del señor Williamson y su familia, se vio que Williams poseía un largo cuchillo francés con un mango de marfil. Ese cuchillo nunca pudo ser hallado en el baúl de Williams ni entre las ropas que dejó tras él en la taberna The Pear Tree. Los subsiguientes registros destinados a encontrarlo no han tenido éxito. El martes, Harrison, uno de los huéspedes de The Pear Tree, buscando unas ropas viejas encontró una chaqueta azul que inmediatamente identificó como parte del vestuario de Williams. Procedió a examinarla atentamente y al mirar el bolsillo interior descubrió que estaba todavía bastante rígido a causa de la sangre coagulada, como si se hubiera metido en él una mano llena de sangre. Entregó la prenda a la señora Vermilloe, que al instante mandó a buscar a Holbrook y otro oficial de Shadwell para que hicieran una nueva búsqueda en la casa. Cada habitación fue sometida entonces a un rígido examen durante casi una hora y media, hasta que los oficiales descubrieron finalmente un pequeño armario en el que había un montón de calcetines sucios y otras prendas; al ser sacadas de allí, observaron que sobresalía un pedazo de madera de un agujero en la pared; lo exploraron inmediatamente y en el acto descubrieron el mango de un cuchillo, al parecer teñido de sangre. Una vez extraído, resultó ser idéntico al cuchillo francés visto en posesión de Williams antes de los asesinatos; el mango y la hoja estaban totalmente sucios de sangre.

Este hecho completa las sólidas pruebas ya aducidas contra el suicida. La chaqueta ensangrentada también tiende a confirmar su culpabilidad. Está bien claro que parte de su indumentaria debió haberse manchado con la sangre de la infortunada señora Williamson cuando el suicida transfería el dinero de ella, con su mano sucia de sangre, a su propio bolsillo.

The Times, viernes 17 de enero. El señor Graham prosiguió su investigación privada en una habitación anexa a la comisaría de policía. La señora Vermilloe, patrona de The Pear Tree, se presentó e hizo una larga declaración acerca de un hombre llamado Ablass, que fue detenido el miércoles por la tarde y llevado a la comisaría. El hombre ha estado antes bajo arresto, cuando negó conocer a Williams, y desde entonces se ha demostrado que era su compañero. Un muchacho ha probado que vio a tres hombres fisgoneando en la tienda del señor Marr poco antes de que ésta fuera cerrada, la noche de los crímenes. Ablass sigue bajo estricta custodia, con un hombre que lo vigila personalmente.

The Times, lunes 27 de enero. El jueves, el señor Graham se trasladó al domicilio del infortunado señor Marr e interrogó allí mismo a varios testigos. Los prisioneros Hart y Ablass son mantenidos todavía bajo estrecha vigilancia, ya que no pueden justificar el equivalente de un cuarto de hora de su tiempo la noche del asesinato del señor Williamson. Se ha comprobado que un hombre puede ir en menos de cinco minutos, caminando a paso vivo, desde la casa del señor Williamson hasta la taberna The Pear Tree. El sábado, un hombre y una mujer que vivían en la puerta contigua a la del señor Marr, se presentaron en el juzgado y testificaron acerca del horrible suceso. Tenemos entendido que, en su opinión, tres o más personas merodeaban por allí en el momento de los asesinatos.

Parliamentary Debates, Hansard, viernes 31 de enero. *Sir Francis Burdett:* ¿Qué estuvieron haciendo (los magistrados) en el último interrogatorio de personas a las que se supone relacionadas con el asesinato de la familia Marr?... ¿Cuál era ahora la situación de aquel infortunado Ablass, encerrado por tener algo que ver con los últimos asesinatos? ¿Por qué se le retenía? ¿Por qué se le había encadenado, encerrado en un calabozo, y se le exigía cada día incriminarse a sí mismo? *El secretario del Interior:* A Ablass... se le habían hecho ciertas preguntas, que él se negó a contestar. *El Primer Ministro:* En cuanto a la severidad de la que se habla con respecto a Ablass, había circunstancias sospechosas que indujeron a los magistrados a creer que se hallaba en un momento dado en un lugar determinado; no le exigieron que se incriminase a sí mismo, pero si era capaz de dar una explicación satisfactoria de sus actividades durante ese período, el caso llevaría un camino muy distinto.

The Times, lunes 3 de febrero. El sábado por la tarde, Ablass fue sometido a otro interrogatorio en presencia del señor Graham, y se le puso en libertad.

Por lo tanto, a principios de febrero, el caso se encaminaba hacia su cierre, con las preguntas esenciales todavía sin contestación. ¿Era Williams el único asesino de los Marr y los Williamson, o habían intervenido otros? ¿Se soltaba a Ablass por falta de pruebas o a causa de presiones políticas? ¿Qué peso tenía el caso contra Hart? ¿Cuándo fue puesto éste en libertad? ¿Qué información confidencial había acumulado Graham después de casi dos meses de pacientes esfuerzos? ¿Qué dedujo finalmente, en secreto, de todo ello? Por suerte, su correspondencia final en el caso con el secretario del Interior se ha conservado en las oficinas del Archivo Público:

Domingo 2 de febrero de 1812

> Por ciertas pruebas que obtuve ayer por la mañana, consideré apropiado librar a Ablass de su encierro por la tarde. Estoy convencido ahora de que hubo dos personas implicadas en el asesinato de Williamson, y la prueba en la que fundamento mi opinión me induce creer que era un hombre más bajo que Ablass el que acompañaba a Williams, si no en la comisión material del delito, al menos en la ayuda prestada en la casa o cerca de ella cuando el delito fue cometido. A Hart lo tengo todavía encerrado, y no sé cómo aventurarme todavía a soltarlo. Hablando con franqueza, tengo firmes sospechas de que él tuvo relación y en cierto modo prestó su ayuda en el asesinato de la familia Marr, aunque será difícil, y tal vez imposible, aclarar alguna vez esta cuestión. Sin embargo, he demostrado que los puntos más importantes de su declaración son absolutamente falsos. Me dijo, y todavía insiste en ello, que nunca vio al señor Marr después de la noche del viernes (cuando se sabía que trabajaba en casa de Marr), en tanto que yo tengo la prueba de una señora que estaba en la tienda el sábado (la noche del ase-

sinato) después de las nueve, cuando él llegó y quiso que se le permitiera terminar la tarea (a pesar de lo avanzado de la hora) para la cual, según ella entendió a juzgar por su conversación, le habían contratado. Lo ha visto desde entonces y está segura de que fue él quien entró en la tienda mientras ella se encontraba allí. Y lo que es muy notable es que llevaba una bolsa o una cesta de herramientas sobre el hombro, cosa que él no explica, pero que en mi opinión aclara hasta cierto punto que Williams colocara el mazo tan cerca del lugar en que lo quería. Para reforzar la sospecha, está demostrado que Hart se fue a su casa aquella noche exactamente a la misma hora (la una) en que lo hizo Williams. Al día siguiente (domingo) afirma que no salió de casa hasta ya anochecido, y que entonces no hizo más que cruzar la calle para conseguir un poco de licor en The Pear Tree, pero dos testigos de lo más respetables, con quienes había trabajado breve tiempo antes, y que por tanto no podían confundirse respecto a su persona, lo vieron hacia las diez de la mañana cerca de la casa de Marr, donde él los saludó llevándose la mano al sombrero al pasar junto a ellos. Al día siguiente (lunes) afirma en términos positivos haber trabajado durante toda la jornada en casa del propietario del Crooked Billet, el cual presenta su libro para demostrar, aparte de jurarlo, que recuerda que Hart no hizo nada ni se le pagó por ninguna tarea que hubiese efectuado en aquel día. Y en cuanto a si Williams cometió el asesinato solo o en compañía de otro, tengo las pruebas más satisfactorias de que dos, por no decir tres, hombres escaparon precisamente en el momento del crimen a través del pasadizo de la casa sita en Pennington Street. En resumen, si alguna vez un hombre fue detenido bajo graves sospechas, la detención de Hart está plenamente justificada en este momento.

Esta carta es uno de los documentos más curiosos del caso, y sugiere que el paciente e inteligente Graham había quedado reducido finalmente a un estado de indecisión y a un titubeo en su lógica más apropiado para el Tribunal de Shadwell que para un magistrado de Bow Street. Podía ser que sus facultades le estuvieran fallando y que los primeros síntomas de su fatal enfermedad ya estuvieran manifestándose. Ciertamente, se hallaba bajo presiones procedentes de todas partes y tenía que ser plenamente consciente de que su reputación estaba en juego. Sin embargo, difícilmente pudo pensar Ryder que la carta hacía progresar el caso, ni debió dejar de observar su falta de consistencia y sus omisiones, así como la irrelevancia de gran parte de la información que contenía.

Durante más de quince días, Graham había tenido a Ablass encadenado y sólidamente custodiado. Ahora se le había dejado en libertad, pero el magistrado no especifica las pruebas en base a las cuales consideró adecuado soltar a uno de sus principales sospechosos. Manifiesta tener la convicción de que hubo dos personas implicadas en el asesinato de los Williamson, un hombre más bajo que Ablass, y de nuevo deja de aportar la menor prueba en la que pudiera basarse tan importante deducción. Uno de los asesinos, un hombre alto, fue visto por Turner y no pudo haber sido Williams. Si Graham estaba en lo cierto al creer que había dos hombres implicados en el asesinato de Williamson y que uno de ellos, que acompañaba a Williams, era más bajo que Ablass, entonces Williams era inocente. La lógica es insoslayable y es difícil comprender cómo se le escapó esta faceta al inteligente Graham. Difícilmente pudo haber creído éste que Turner, que conocía a Williams, se confundiera al identificar a éste en unas circunstancias tan notorias.

Evidentemente, Graham estaba convencido de la culpabilidad de Hart, pero su carta no trata de las pruebas más contundentes contra el carpintero, es decir, la presencia del escoplo de Pugh en la tienda de Marr. Obviamente, el magistrado se había sentido intrigado por el problema de cómo consiguió el asesino la otra arma, el mazo, en la tienda. Pero no queda claro en su carta si Graham sugiere que Hart dejó su bolsa de herramientas en el número 29 de Ratcliffe Highway después de su primera visita a las nueve, o si acompañó al asesino, llevando la bolsa al hombro, y después entregó el mazo al asesino o bien atacó él mismo a las víctimas. Es difícilmente comprensible que las herramientas hubieran sido dejadas, a punto, aquella tarde más temprano. Sin duda, Marr las hubiera retirado de la tienda durante la noche más atareada de la semana, y el asesino no pudo haber tenido la seguridad de que las encontraría a mano al necesitarlas. Ambos asesinatos fueron realizados con una rapidez extraordinaria. En cada ocasión, la puerta quedó abierta, la de Marr porque esperaba el regreso de Margaret Jewell, y la de Williamson porque todavía no había cerrado y probablemente suponía que Anderson volvería en busca de una última jarra de cerveza. El asesino debió de tener el arma en su mano, probablemente oculta bajo su chaqueta, cuando el otro entró, y debió de golpear con una fuerza repentina y feroz. Parece improbable que Hart hubiera cargado con una bolsa o un cesto de herramientas o que, en caso de hacerlo, se las hubiera llevado después consigo dejando en el lugar el mazo y el escoplo. Desde luego, Graham preparó una cantidad enorme de pruebas para demostrar que Hart mentía, pero las mentiras de Hart acerca de sus movimientos el domingo y el lunes no son claramente indicativas de lo que ocurrió a última hora del sábado por la noche. La carta de Graham, curiosamente a la defensiva, es más una justificación para continuar teniendo a Hart bajo arresto que una acusación convincente contra el carpintero.

Y con este confuso comunicado, la investigación tocó a su fin. Graham, confundido y frustrado, ya no hizo más esfuerzos para encontrar al segundo asesino. El 7 de febrero,

Beckett devolvió las declaraciones a Shadwell. Hart, como antes Ablass, fue puesto en libertad, y tanto se disimuló la noticia que la fecha no ha quedado registrada en ninguna parte. También Sylvester Driscoll salió finalmente a la calle y probablemente se consideró afortunado al verse libre sin nada más serio que una severa reprimenda de Markland por su imprudente conducta. Driscoll se mostró como un tunante de tomo y lomo hasta el último momento. Durante la última parte de su encarcelamiento, las celdas de la prisión de Coldbath Fields estaban tan llenas que el escribiente de la prisión le dijo que debía trasladarse a la celda contigua a la que ocupaba el cadáver de Williams. Dice *The Times*: «En un paroxismo de alarma, el pobre hombre exclamó: "¡No me metan allí, pues seguro que moriré al cabo de media hora!" Puesto que su terror era invencible, se tuvo el gesto de trasladarlo a otro lugar.»

Harrison y Cuthperson habían estado visitando cada día el juzgado público de Shadwell para pedir el dinero de la recompensa y con él poder hacerse a la mar. Beckett convocó a Capper y Markland en el Ministerio del Interior para que lo ayudaran a trazar un plan destinado a distribuir las recompensas, y a fines de febrero se pagó el dinero.

Un caso para el Parlamento

La macabra exhibición del cadáver de Williams y su sepelio bajo los adoquines de New Cannon Street puede que hicieran algo para apaciguar la sensación de ultraje en el East End londinense, pero nada, en cambio, para restablecer la confianza pública en el sistema policial. Treinta años antes, los disturbios del caso Gordon habían levantado una protesta general en Londres contra la impotencia de alguaciles y vigilantes para proteger la capital contra la furia de unas muchedumbres enloquecidas por el alcohol, pero nada se había hecho al respecto. Ahora se renovaba esta demanda, y esta vez tenía el respaldo de toda la nación. Los horrores de Ratcliffe Highway, amplificados por la imaginación de la gente dada su especialísima combinación de circunstancias —las oscuras noches de diciembre, las siniestras callejuelas, la abominable brutalidad de los crímenes, la rapidez con la que actuaba el asesino y se retiraba silenciosamente, y la exhibición final y macabra de un octavo cadáver—, afligieron a toda la población con una sensación de inseguridad desproporcionada incluso para los acontecimientos propiamente dichos.

Se trataba de una reacción espontánea, de ámbito nacional, para la que resulta difícil encontrar parangón en toda la historia británica, ya que para dar con algo similar tal vez habría que mirar hacia el extranjero y estudiar la conmoción experimentada en Estados Unidos después de los asesinatos de los Kennedy y de Luther King. La índole de los crímenes y la importancia de las víctimas eran muy diferentes, pero la reacción psicológica nacional en cada caso fue notablemente similar. En Inglaterra entonces, como en Estados Unidos muchos años más tarde, la gente pensó que una sociedad incapaz de impedir que se cometieran unos crímenes tan odiosos forzosamente había de estar podrida hasta sus mismos cimientos. «Estas últimas atrocidades ponen en nuestro carácter nacional el sello de un bárbaro pueblo de salvajes», escribió W. Wynyard a su amigo John Beckett, el subsecretario del Ministerio del Interior, al presentarle sus ideas para mejorar la policía. Eran muchos los que decían lo mismo. En Keswick, a unos quinientos kilómetros de Londres, Robert Southey señaló a un corresponsal (Neville White) el meollo de esta ola de indignación y crítica generales:

> Aquí, en este país, estamos pensando y hablando tan sólo de los espantosos asesinatos, que parecen un estigma, no tan sólo para la policía, sino también para la tierra en la que vivimos, e incluso para la propia naturaleza humana. Jamás una circunstancia ajena a mí me había trastornado tanto. Me he sentido más afectado y más agitado, pero nunca había tenido tal sensación de horror, indignación y asombro, junto con el sentimiento de inseguridad también; no la había experimentado antes ningún hombre en esta capa de la sociedad, y con el sentir de que el carácter nacional está desacreditado. Durante muy largo tiempo he sentido la necesidad de unas mejoras en la policía, y espero y confío en que estos acontecimientos terribles conduzcan a la creación de una fuerza policial tan vigilante como solía ser la de París. Las leyes policiales no pueden ser demasiado rigurosas, y la objeción usual, según la cual una policía rigurosa no se correspon-

de con la libertad inglesa, puede ser fácilmente demostrada como una afirmación absurda.

Southey exponía con precisión el eje del argumento, y éste trataba de una cuestión que no había cambiado durante cincuenta años. ¿Cómo podía reconciliarse un sistema eficiente de policía con las tradicionales libertades inglesas? La única fuerza policial nacional familiar para los ingleses, la francesa, era famosa por ser un instrumento de terror armado, y eran pocos los dispuestos a presionar a favor de una reforma corriendo el riesgo de fomentar la tiranía. El 27 de diciembre, cuando el terror en Ratcliffe Highway se hallaba en su apogeo, John William Ward escribió a un amigo: «En París tienen una policía admirable, pero la pagan muy cara. Prefiero que cada tres o cuatro años se rajen media docena de gargantas en Ratcliffe Highway antes que estar sometido a visitas domiciliarias, espías y todo el resto del aparato policial de Fouché.»

Pero ¿cómo podía sobrevivir el antiguo sistema al impacto de los asesinatos de Ratcliffe Highway? En su número del día de Navidad, el *London Chronicle* había reclamado enfáticamente un sistema adecuado de policía. Para el *Morning Post* las alternativas eran muy duras: «O bien los ciudadanos respetables deben decidir ser sus propios guardianes o tenemos que contar con una policía armada y regularmente alistada bajo las órdenes de oficiales adecuados.» No todos, sin embargo, verían tan simplemente la cuestión. El *Morning Chronicle* recordaba a sus lectores que la policía de París estaba «diestramente organizada con fines tiránicos», pero de todos modos creía que «la mancha en el carácter de nuestro país» requería una revisión del antiguo sistema: «Nunca pensamos en derribar los estorbos de las ruinas viejas y maltrechas hasta que éstas se derrumban sobre nuestras cabezas. Tal es el camino habitual de los ingleses en busca de mejoras. Siempre damos la impresión de mejorar menos por propio deseo que obedeciendo a la necesidad.» La opinión pública estaba tan confundida como escandalizada.

Este predominio de la ignorancia explica por qué incluso entonces, en las semanas que siguieron a los asesinatos, mientras el pánico cedía todavía con gran lentitud y en todas partes los habitantes de las casas sujetaban cadenas a sus puertas y montaban cerraduras en sus ventanas, la idea de una fuerza policial regular consiguió escaso apoyo. La gran mayoría de aquellos que se molestaron en escribir al Ministerio del Interior prefería unas soluciones más sencillas. La reforma debía comenzar por los vigilantes. Éstos tenían que ser más jóvenes, y alguien —¿tal vez un oficial de policía procedente del juzgado?— habría de asumir el deber de pasarles revista por la noche. Había que retirar los asientos de las casetas de vigilancia para impedir que sus ocupantes se quedaran dormidos. Los hombres tenían que ir armados con pistolas y machetes y prescindir de sus carracas. Tal vez se consiguiera persuadir a hombres mejores para desempeñar este servicio si se decidía cambiar el «nombre degradado de vigilante por el de Guardián de la Noche». Los vínculos entre vigilantes y prostitutas habían de romperse al disponer que toda mujer que mostrara la «menor señal de inducción fuera enviada a tamizar cenizas de fundición o, en caso de estar enferma, a un hospital; si este plan era adoptado en todo el Reino, haría más para la preservación del Ejército y la Armada que dos mil médicos, aparte de ser un medio para incrementar la población». Un ardiente reformador recomendó incluso que un vigilante fuera llevado a prisión si, por su negligencia, permitía que alguien entrara en una casa que figurase en su camino de ronda.

Surgieron otras ideas, más imaginativas. Uno sugirió en su carta que los ladrones convictos fueran marcados con la letra «T», y si su crimen era atroz, también con la letra «V»; los sospechosos debían ser señalados con la letra «S». Muchas personas eran partidarias de ofrecer recompensas más cuantiosas, y alguien sugirió que los criminales fueran enrolados en el ejército para luchar allí donde «la batalla fuera más encarnizada». George Greene, de Chelsea, no se sentía amedrentado por la tiranía. Recomendaba el sistema policial que funcionaba en San Petersburgo, donde «todo propietario de una casa viene obligado, bajo pena de cárcel, a comunicar al oficial de policía de su barrio la presencia de todo nuevo inquilino en su casa, y éste es obligado a presentarse en el plazo de una semana para que se registren su nombre y su residencia». Un contratista especializado en instalaciones de iluminación creía que el remedio consistía en mejores faroles callejeros, y otro recomendaba instalar enormes faroles de gas a intervalos de unos doscientos metros, y presentó amablemente unos dibujos de los mismos que recordaban la Torre Eiffel. Garnet Terry, de Finsbury, tradujo las lecciones dadas por los asesinatos en términos prácticos: «En cada hogar en que haya un varón capaz de utilizar armas, éste debe proveerse de una barra de hierro, jabalina o pica, así como de un pequeño cesto de mimbre que forme un escudo de unas doce pulgadas o más de diámetro, con una recia asa de mimbre que sobresalga en dirección perpendicular al centro de la cara cóncava; este escudo, debidamente manejado, puede proteger contra el golpe de un mazo o una barra de hierro y dar tiempo para atacar con machete, jabalina o pica.»

Probablemente, un ministro del Interior enérgico hubiera podido imponer una ley radical de la Policía Metropolitana en la Cámara de los Comunes, en 1812. El talante de la opinión pública era positivo, y el 18 de enero Ryder solicitó que se formara un comité «para investigar el estado de la vigilancia nocturna de la metrópoli». Por si necesitaba un dato adicional acerca del nivel de preocupación pública, lo recibió en vísperas del debate, de manos de un remitente todavía atemorizado. El público debía ser excluido de la Cámara, rogaba el firmante, *Pro bono publico,* y los reporteros de prensa admitidos tan sólo con la promesa de no revelar nombres de los miembros que hablaran, a fin de que más tarde no los recordasen «los descreídos que ahora osan desafiar toda ley y religión, y que no titubearían ni un momento en disponer de las vidas de esos Caballeros». Por suerte, los temores de *Pro bono publico* demostraron ser exagerados, pero la distinción de aquellos que tomaron parte en el debate atestigua la excitación y la alarma, que en aquellos momentos habían llegado incluso hasta el Parlamento. Al presentar la moción, el secretario del Interior dijo que, aunque no consideraba necesario extenderse demasiado en las razones para la misma, «al mismo tiempo se sentía justificado al manifestar que, si el carácter expeditivo de la medida se basaba no tan sólo en los últimos y horribles asesinatos por culpa de los cuales habían sido completamente exterminados dos familias enteras, la atrocidad de tales crímenes sería en sí misma razón más que suficiente». Era cierto que ningún sistema de policía podía impedir que se cometieran estos asesinatos mientras hubiera personas lo bastante libres y miserables como para cometerlos, pero una vigilancia nocturna mejorada sin duda disminuiría las oportunidades de éstos. Quienes habían estado en el extranjero sabían que incluso allí donde existía una policía armada de talante despótico, «semejantes atrocidades se cometían casi cada noche, sin suscitar ninguna de aquellas profundas conmociones que en el presente sufría la mentalidad de este país». Esta misma conmoción subrayaba el hecho de que en él se cometían pocas acciones de esta clase. Sin embargo, era cierto que la ley para nombrar vigilantes de distrito estaba más que descuidada, lo que se debía en parte al enorme crecimiento de Londres. La ley requería que los administradores de parroquia nombraran tan sólo «hombres físicamente aptos» para vigilar las calles por la noche, pero él conocía muchos casos en que aquellos que eran demasiado viejos para ganarse el pan eran nombrados vigilantes a fin de que no constituyeran una carga para el mismo distrito. No eran éstos los hombres aptos para asegurar las vidas y las propiedades de los londinenses. Correspondía al Comité decidir si el sistema debía ser reformado por completo o si meramente bastaría con aplicar la ley vigente. Y una vez estudiado el asunto, Ryder se sentía más bien inclinado a aplicar el sistema presente que a recurrir a cualquier tipo de reforma. En nombre de la oposición, el secretario del Interior fue apoyado por sir Samuel Romilly, el reformista penal, que condenó los términos restrictivos de la moción. Todo el que estuviera familiarizado con los recientes sucesos, y con la «alarma y el terror» que se habían difundido en toda la metrópoli, debía esperar unas medidas mucho más amplias. El Comité no sólo debería investigar el estado de la vigilancia nocturna, sino también las causas del alarmante incremento de la delincuencia, puesto que durante los últimos cinco o seis años se había registrado un aumento continuo de la misma, y lo mismo cabía decir de las épocas de guerra. Era un hecho probado que se cometían menos delitos en tiempo de guerra que en tiempo de paz, puesto que muchos criminales se alistaban en el ejército. Pero últimamente, en este país, «en vez de poder contar con esta relativa ventaja, se nos presentó el triste fenómeno de una guerra prolongada y el continuo aumento de delitos cometidos contra la paz y el buen orden de la sociedad». Además, la policía tenía el mayor interés en multiplicar el crimen puesto que —a menos que fueran «hombres con los más altos principios de humanidad y moralidad»— retrasaban la detención de un delincuente hasta que sus crímenes incrementaban el valor de la recompensa por su arresto. «¿Podía admitirse con paciencia que existieran tales abusos en contra de la decencia y el sentido común?... Su muy honorable amigo había hablado de otros países que aportaban ejemplos mayores y más frecuentes de atrocidades. ¡Dios santo! ¿Acaso existían tales países? Él no los conocía.

Nunca había oído hablar de ellos. No recordaba haber leído nada acerca de familias enteras destruidas por la mano de un asesino, en ningún país que no fuera éste.» Romilly recomendó que la moción fuese retirada y presentada de nuevo en una forma mucho más comprensiva.

Hasta el momento, en el debate poco se había hablado sobre los detalles de los asesinatos de Ratcliffe Highway, pero los dos oradores que siguieron dieron detalles acerca de lo que se decía en lugares influyentes de Londres más de quince días después de haber sido enterrado Williams.

William Smith, otro *whig*, apoyó la propuesta de Romilly para ampliar la investigación y siguió diciendo que si la Cámara «tenía en cuenta la índole de aquellos horribles y bárbaros ultrajes que durante dos meses habían mantenido la metrópoli en un estado de alarma perpetua, y muy en particular el atroz asesinato de la familia del señor Marr (cuyos autores todavía no habían sido descubiertos), era evidente que de haberse encontrado la guardia nocturna de la metrópoli en mejores condiciones tales ultrajes y aquel asesinato no hubieran podido ser cometidos». ¿Qué hubiera podido hacer la vigilancia? En el mejor de los casos, meramente habría ahuyentado a los villanos de Londres llevándolos hacia los pueblos circundantes, donde la gente no tuviera protección.

¿O sea que los autores de los crímenes en casa de los Marr no habían sido nunca descubiertos? El propio Primer Ministro habló a continuación, y Perceval llevó su escepticismo todavía más lejos. «El particular ultraje que había levantado tales sentimientos de horror y de repulsa en la ciudad, y los autores del mismo —dijo el Honorable Caballero—, seguían envueltos en el misterio. Sin duda parecía extraño que un solo individuo pudiera ejercer tanta violencia. Probablemente fuese incapaz de hacerlo, pero en este aspecto todavía no se había formado una opinión definitiva. Si esta fechoría había sido cometida en realidad por el individuo al que él había aludido antes (Williams), era erróneo decir que el culpable no había sido hallado, pero sin duda debía insistir en que le parecía extraño que tanta devastación pudiera ser ocasionada por un solo individuo. Al mismo tiempo, por lo que había podido averiguar acerca de las circunstancias del caso, parecía todavía incierto si otras personas estaban o no implicadas en tan horrible atrocidad. Pero como había dicho el propio Honorable Caballero, ninguna clase de vigilancia nocturna, por excelente que fuera, podría haber impedido semejante crimen. De hecho, no sabía con qué sistema de policía podía haberse evitado algo de ese estilo. Si en un pecho humano se forjaba un designio tan enorme, ningún sistema de gobierno podría impedir que esa persona cumpliera su objetivo. Podría estar cerca de nosotros; podría encontrarse en nuestras casas. La única seguridad contra semejantes crímenes era el sentimiento general de repulsa con el que la humanidad acosaba a los individuos que se ocupaban de cometerlos.»

Siguió al Primer Ministro otro orador de la oposición, Abercromby, que apoyó el argumento de Romilly en el sentido de que el aumento de la delincuencia había demostrado que la policía era totalmente inadecuada para su función. Por consiguiente, él aconsejaba una enmienda a la moción que añadiera las palabras: «Y también el estado de la policía de la metrópoli.» Hubo a continuación una nota de optimismo a lo Pangloss. Sir Francis Burdett, el acaudalado y animoso radical, héroe de las masas, una especie de Wilkes puesto al día, se manifestó convencido de que si mejoraba el sistema de vigilancia nocturna no habría nunca necesidad de policía alguna. El país debía recuperar una ley de Eduardo I mediante la cual todo propietario de una casa se veía obligado a su vez a velar por la seguridad de los demás. De este modo, la parte respetable de la población se acostumbraría al uso de las armas, y así sus miembros estarían preparados para la defensa nacional en caso de invasión, o para reprimir tumultos callejeros.

Sin dejarse impresionar por esta lógica, el Primer Ministro aceptó la propuesta de ampliar la investigación, y después, más avanzado el debate, Sheridan se levantó para lanzar un vibrante ataque contra la complaciente y tímida reacción gubernamental ante la situación, y contra la actuación de los magistrados en la investigación de los asesinatos de Ratcliffe Highway.

Sheridan comenzó con un ataque abiertamente político contra el secretario del Interior, y contra la visión miope de Ryder respecto a lo que debía hacerse.

> Después de la alarma difundida por las recientes atrocidades en todos los rincones de la metrópoli, después de la ansiedad general y febril del público por conseguir remedios y protección, ha venido el muy Honorable Caballero de la Cámara y con el fin de eliminar, en seguida y efectivamente, toda clase de temores y ansiedades, ha propuesto solemnemente que se nombre un Comité para investigar el estado actual de la vigilancia nocturna... Ésta hubiera sido en cualquier otro momento la más simple de todas las proposiciones simples, y en la crisis actual no sólo la más simple, sino que, con el perdón del Muy Honorable Secretario, añadiría que la proposición más necia que pudiera hacerse... ¿Por qué no ir más allá y promover una investigación sobre el estado de los parvularios estatales? (Risas) El Muy Honorable Secretario había comparecido ante ellos rebosante de información, les dijo que la ley requería unos vigilantes de buena formación física, y después que los hombres empleados para llevarla a cabo no tenían esta buena formación física, porque, él lo reconocía, eran débiles, viejos y decrépitos, razones ciertamente que explicaban muy satisfactoriamente por qué no podían ser activos, y vigilantes. Y entonces el Muy Honorable Caballero les había dicho además que esta clase de hombres no contaban

con la formación adecuada para su actividad; que el servicio, en otras palabras, requería nuevo reclutamiento y que, puesto que de momento no había vigilancia para proteger la ciudad por la noche, había que proceder con toda intención a investigar el estado y la condición de la vigilancia nocturna. Que todo esto se pidiera seriamente ya era bastante malo, pero que se pidiera con la gravedad característica del Muy Honorable Secretario, era escasamente soportable. El Muy Honorable Caballero sabía la trascendencia que su porte podía dar a cualquier nadería; tenía el hábito de imponer un aire tan inflexible de grave solemnidad a cualquier cosa que tuviera que exponer ante la Cámara, que en realidad a veces se corría el riesgo de confundir el tema en sí con lo que era meramente la forma de tratarlo.

Tras administrar esta lección a Ryder, Sheridan continuó atacando la xenofobia inglesa, un tema sobre el cual, como buen irlandés, tenía sólidas opiniones.

Cuando se cometieron las primeras de aquellas terribles atrocidades en el vecindario de Shadwell, todos recordaban con qué facilidad se culpaba por simple prejuicio a un extranjero; de repente, la gente estaba totalmente convencida de que aquellos asesinatos reunían todos los indicios necesarios para demostrar que habían sido cometidos por un portugués, y por nadie más que no fuera portugués: «¿Quién podría hacerlo sino un portugués?», era la exclamación general. Sin embargo, los prejuicios no se mantuvieron largo tiempo en contra de los portugueses. La siguiente comunidad de extranjeros sospechosos y convictos fue la de los irlandeses (risas) y ya se trató sólo de un asesinato irlandés que no podía ser cometido más que por irlandeses. Por bestial que fuera este prejuicio, a los magistrados de Shadwell no les avergonzó actuar al respecto con toda la mezquindad y el fanatismo, contemplando el asesinato bajo una luz que no distaba de ser la de una conspiración papista. Iniciaron una cacería indiscriminada de irlandeses, y cuando ya los tenían, a fin de llegar inmediatamente a la cuestión del complot, empezaban con la profunda pregunta de ¿Eres papista? o bien: Si niegas que lo eres, demuestra que no sabes persignarte. Ante esta sospecha generalizada contra extranjeros e irlandeses, él deseaba saber si el Muy Honorable Caballero había consultado con el jefe de la Oficina de Extranjeros. ¿Había consultado con los funcionarios adecuados del distrito? ¿Había consultado con los magistrados de la policía de cualquiera de sus divisiones? ¿Había consultado con cualquiera que tuviera probabilidad de darle información acerca de esta materia? Si no lo había hecho, y él creía que así era, entonces iba a ser el menos sorprendido de que el Muy Honorable Secretario del Departamento del Interior hubiera juzgado suficiente, en esta ocasión, presentar su solemne proposición consistente en investigar el estado y la condición de la vigilancia nocturna...

Por último, Sheridan habló despreciativamente de los magistrados metropolitanos, repitiendo públicamente lo que muchísimas personas habían estado diciendo en privado durante semanas.

¿No había una especialización en el nombramiento de algunos de esos magistrados de la policía?... ¿No se sentían tentadas en tales situaciones muchas personas perfectamente inadecuadas para desempeñar los deberes que se les asignaban? Él profesaba el mayor respeto a algunos de los magistrados policiales, y mencionó con placer el nombre del señor Aaron Graham, que había prestado al público servicios considerables en su actividad en la inspección de los pontones. Pensaba, también, que los magistrados del juzgado de Bow Street se habían mostrado por igual activos y vigilantes, pero ¿qué podía decir de los magistrados de Shadwell? ¿Cómo podía intentar describir una conducta en la que el disparate y la temeridad trataban constantemente de compensar la más increíble negligencia en el cumplimiento del deber? En cierto momento los vimos unirse al clamor indiscriminado de la muchedumbre y entregarse alegremente a arrestar a cualquier hombre que llevara una chaqueta rota o una camisa sucia, y en otro los vimos dejar a Williams con todos los medios necesarios a su alcance para que atentara contra su propia vida. Dejemos que un hecho hable más contundentemente de lo que podrían hacerlo las palabras respecto a su conducta en general. Se sabía ahora perfectamente que Williams no era irlandés, que no sólo no había ninguna circunstancia que justificara esta sospecha, sino que todo lo que se sabía demostraba que no tenía esta nacionalidad. Sin embargo, el prejuicio del momento exigía que fuera un irlandés, y una vez pregonado este hecho fue generalmente creído. Debido a la aplicación de este prejuicio siete desafortunados irlandeses fueron detenidos bajo la grave acusación de tener ropa sucia en su poder... Fueron interrogados y, después de habérseles obligado a persignarse, fueron encerrados juntos en una mazmorra de la planta baja. La noche siguiente, al oírse algo de ruido, que tal vez no fuese de lo más moderado, los magistrados preguntaron acerca de su causa, y la respuesta fue: «¡Oh, se trata tan sólo de esos malditos irlandeses, que nunca pueden estarse quietos!» Resultó, sin embargo, que en este caso al menos, aquellos irlandeses no tenían apenas motivos para mostrarse alegres, pues habían sido encerrados en un cuarto semejante a un agujero durante veinticuatro horas, sin una cama en la que echarse, ni un mendrugo de pan, ni unas gotas de agua para refrescarse. ¿Y qué hicieron los magistrados? Aprovecharon con satisfacción la circunstancia y dijeron a sus oficiales: «¡Por el amor de Dios, dad a esos individuos un poco de pan y queso y después traedlos ante nosotros, y nos excusaremos por el mal rato que les hemos hecho pasar y a continuación los pondremos en libertad!»

Esto, suponía él, era lo que el Muy Honorable Secretario calificaría de vigor, pero, concediéndoles todo el crédito necesario para tal vigor, ¿dónde estaban el vigor, la justicia, la moral o la decencia en el abominable espectáculo con el que había alimentado los peores apetitos de la muchedumbre, en la increíble exhibición pública del cuerpo de un difunto? ¿Acaso querían enseñar al pueblo a rezar ante los cadáveres? ¿Cabía añadir a la santidad de la justicia el hecho de levantar las pasiones de la multitud ante unos restos mortales ya carentes de toda sensación? ¿Existía la certeza de que la justicia debía actuar sólo para dar sentido a tales espectáculos? ¿Debía contemplar la gente la venganza de la ley presenciando la procesión formal de unos miembros mutilados y unos cadáveres descompuestos? ¿Qué otro podía ser pues el verdadero motivo de aquel desfile del cadáver junto con el mazo y el escoplo... qué podía ser sino un pobre artificio para disimular la propia y escandalosa negligencia de la autoridad? ¿Por qué permitieron que aquel hombre se quedara solo? ¿Por qué le permitieron estar tres días a solas, aunque sabían que había una barra de extremo a extremo de la parte alta de su calabozo, y que llevaba encima pañuelos y tirantes? Lo extraño era, en realidad, que no hubieran dado órdenes a todo el mundo para suministrar al prisionero una ración nocturna de navajas y pistolas. Pero ¿qué podía decirse sin peligro de exagerar acerca de su negligencia y descuido, cuando se sabía que a aquel desgraciado se le permitía poseer un trozo aguzado de hierro que fue hallado en su bolsillo la misma mañana en que se ahorcó? Alguien había dicho que todos los vigilantes de Shadwell habían sido destituidos de su cargo. ¿Por qué, en nombre de la justicia, no destituir también a todos los magistrados? Él mismo era un hombre muy versado en los asuntos de la policía, y recomendaba un tratado, escrito en el año 1750 por Henry Fielding, un magistrado de la policía, sobre el reciente y alarmante incremento de la delincuencia. Él había esperado que el Muy Honorable Caballero no pensara mal del autor por el hecho de haber sido un poeta y un dramaturgo. Mas, para resumir su referencia a la vigilancia de los magistrados de Shadwell le bastaba con manifestar que ni por una sola vez se les había ocurrido registrar la habitación de Williams hasta transcurridos casi dos meses desde el asesinato, y que fue allí donde se encontraron los pantalones ensangrentados y el cuchillo con mango de marfil. Él había dedicado mucha reflexión al tema de la policía (concluyó Sheridan) y, puesto que el Muy Honorable Secretario había expresado aquella noche que todavía no había pensado en aquel tema, rogaba que el Muy Honorable Caballero empezara a pensar en él con toda la diligencia posible, al menos antes de que volviera a presentarse ante la Cámara con el fin de solicitar con gran solemnidad una investigación sobre el estado y la condición de la vigilancia nocturna.

Fue nombrado un Comité de la Cámara de los Comunes, del que tanto Ryder como Sheridan eran miembros, pero hubo un hombre, como mínimo, que tuvo mejor idea acerca de cómo podían invertir su tiempo los miembros de la misma. «W» escribió al director del *The Examiner* para recomendar el nombramiento de un Cuerpo de Honorables Miembros como fuerza de vigilancia nocturna. El Muy Honorable C. Yorke sería «transferido desde el Consejo del

Almirantazgo a una caseta de guardia en Shadwell, puesto que recuerdo que, cuando era yo un muchacho, en sus discursos a sus electores, en los que parecía regodearse con los peligros, trataba heroicamente de hechos tales como vadear los charcos de sangre para defender a su rey y a su país». En cuanto a los Miembros de la City, «tras haberse regalado durante horas con un gran banquete, cabía pensar en la influencia refrescante de una prolongada ronda de vigilancia, y en cómo el deber contrarrestaría los efectos letales de la cena». El West End sería patrullado por elegantes hombres de mundo, que asumirían la primera guardia para cenar a continuación. «Su presencia no será requerida en la Cámara, excepto para una votación, y aquellos que hablen pronto en los debates pueden dormirse en sus laureles... Al extinguirse las luces, *Old Sherry*, encendido por el clarete, puede avanzar con denuedo y poner desordenadamente en fuga a los hijos de las tinieblas, gracias a la iluminación de su propia linterna.» El Primer Ministro, desde luego, no podía estar en más de cinco lugares a un mismo tiempo, pero la próxima vez que presentara una ley podría «añadir, como *Ryder*, que instruiría al secretario del Departamento del Interior para que conociera algo acerca de sus deberes».*

Unas semanas más tarde, el Comité publicó un informe que es tan poco interesante para la posteridad como fue ingrato para la opinión contemporánea. Como era pronosticable, hacía varias sugerencias para mejorar la vigilancia del distrito y promover una mejor coordinación entre los magistrados. Una vez más, sin embargo, Harriot —que murió cinco años más tarde después de unos «sufrimientos (informó el *Gentleman's Magazine*) de la índole más terrible y que, al parecer, apenas podía soportar ni siquiera con su férrea vo-

* Hay dos juegos de palabras intraducibles. *Old Sherry*, literalmente «Jerez añejo», es una referencia a Sheridan, y en cuanto a Ryder, fonéticamente esta palabra quiere decir «jinete de carreras». *(N. del T.)*

luntad»— merece el crédito por un valeroso y audaz intento encaminado a persuadir al Comité de que pensara a lo grande. En su opinión, el concepto mismo de la vigilancia nocturna estaba ya completamente desacreditado. Él recomendaba encarecidamente que cada uno de los juzgados públicos contara con una fuerza de cincuenta policías bajo el mando de un jefe de alguaciles. Había que formar una lista de espera con un número casi doble de hombres, como reserva policial. Los juzgados del Támesis y de Bow Street proporcionarían doscientos hombres más. Toda esta fuerza debía estar disponible allí donde fuera necesario en caso de emergencia, y debía estar dirigida por unos magistrados enérgicos, ya que «tenían que ser hombres firmes y valerosos, pues de lo contrario no se amoldarían a las situaciones policiales».

Nadie lo escuchó. A juzgar por el caso que se le hizo, Harriot igualmente hubiera podido ensalzar las pretensiones literarias de cualquier grupo poético. Poco después, fue presentada al Parlamento una ley que se basaba principalmente en las proposiciones del Comité. Para entonces, el pánico provocado por los asesinatos estaba cediendo ya, pero el 11 de mayo otro asesino entró en acción, como si quisiera asegurar a las clases bajas que no eran tan sólo ellas las expuestas al peligro. John Bellingham, indignado al comprobar que sus cartas pasaban de un departamento de Whitehall a otro sin conseguir nada más que un acuse de recibo, entró con un revólver en el vestíbulo de la Cámara de los Comunes y mató allí mismo al Primer Ministro. Tal vez, en sus últimos momentos, Perceval tuviera tiempo para recordar su afirmación, hecha tres meses antes, según la cual «ningún tipo de vigilancia nocturna, por excelente que fuera, pudo haber impedido semejante crimen».

Ya sólo quedaba acabar con la nueva ley. En julio, la Cámara debatió una petición de los distritos metropolitanos en la que se aseguraba que dicha ley era perfectamente inadecuada y que les costaría la suma adicional de 74.000 libras en forma de impuestos directos. Ryder ya no era ministro del Interior, y la nueva ley carecía de respaldo. El joven Henry Brougham, más tarde famoso Lord Canciller, se ocupó de enterrarla. Era, después de todo, una ley menor pero peligrosa, redactada «bajo repentinos y temporales impulsos y pasiones», que hubiera otorgado a los oficiales de policía un poder de «alarmante definición» bajo la autoridad de unos magistrados en los juzgados que no eran más que una colección heterogénea de hombres en bancarrota, de abogados fracasados y «de poetas, en particular —sí, poetas—, pues ni uno solo de ellos deja de tener su poeta». Los juzgados «estaban infinitamente mejor provistos de poetas que incluso el departamento de Hacienda». Después de esto, no volvió a oírse hablar de la nueva ley, pero sí, y abundantemente, por parte de tres nuevos Comités parlamentarios (en 1816, 1818 y 1822), acerca de los peligros que representaba un sistema policial para las libertades inglesas y, cuando finalmente Peel creó la Policía Metropolitana en 1829, se produjo una segunda e intensa protesta por parte de los administradores, supervisores y dirigentes de la parroquia de St. George's-in-the-East.

Los huesos de John Williams llevaban ya dieciocho años bajo los adoquines de la encrucijada de New Cannon Road, y las historias que circulaban sobre él habían adquirido una aura de mito y leyenda. El tiempo había suavizado la sórdida realidad, y De Quincey todavía no había inmortalizado a Williams con su prosa. Una nueva generación de administradores y fideicomisarios parroquiales descubrió que, al fin y al cabo, se sentía bastante satisfecha con los vigilantes de su distrito. Ignoramos lo que ellos esperaban de los nuevos *bobbies* de Peel, pero a principios de 1830 la junta parroquial decidió que en sus expectativas se habían «visto defraudados, puesto que el sistema es demasiado arbitrario... a causa de su falta de operatividad, los delitos se han incrementado en general en el distrito, los robos se han hecho también más frecuentes, las calles se hallan por la noche en un estado intolerable de tumulto y desorden, y tan escasa es la confianza que sienten su habitantes que se están empleando vigilantes privados pagados del bolsillo de los contribuyentes; los hombres vinculados a la policía han sido vistos a menudo borrachos en pleno servicio, y se los ha visto también frecuentar las tabernas junto con prostitutas y otros personajes sospechosos». La junta parroquial llegaba a la conclusión de que «el actual sistema es anticonstitucional, y sólo tiende a socavar los fundamentos de nuestras libertades».

Una contribución de 1.800 libras anuales para costear la Policía Metropolitana era, evidentemente, una póliza demasiado cara, dieciocho años más tarde, para asegurar contra el riesgo de un segundo John Williams.

¿La octava víctima?

El confiado veredicto que la justicia de principios del siglo XIX pronunció contra John Williams es un veredicto sobre sí misma. Sin embargo, es algo injusto criticar a los magistrados con excesiva dureza por su conducta en este caso. Como fuerza policial carecían de todo adiestramiento y estaban mal coordinados, aparte de faltos de efectivos, y los hombres de los que disponían eran totalmente inadecuados para la tarea que les esperaba. Sin embargo, aun aceptando los defectos del sistema, algunas de sus deficiencias y negligencias parecen incomprensibles. Prescindieron de hacer aquel examen a fondo del mazo que debía revelar las iniciales grabadas en él y que, enfocando la atención en principio hacia The Pear Tree, acaso habría impedido el asesinato de los Williamson. Poco tuvieron en cuenta el escoplo hallado en casa de los Marr, aunque buscaron a su propietario y tuvieron que comprender que casi con toda certeza lo había introducido en la tienda el propio asesino. No registraron The Pear Tree hasta diez días después de muerto el principal sospechoso. Perdieron tiempo y se derrocharon esfuerzos en el inútil interrogatorio de personas que comparecieron ante ellos a causa de unas sospechas totalmente inadecuadas. Prescindieron de crear una organización, por más que fuese temporal y rudimentaria, destinada al inmediato intercambio de informaciones y a la coordinación de sus respectivas actividades. Perdieron su tiempo y el de sus funcionarios manteniendo innecesariamente en la cárcel a sospechosos a causa de sus reservas en cuanto a soltar incluso al sospechoso más improbable que hubiese comparecido ante ellos. Y, lo que todavía es más grave, una vez establecida la identidad del mazo, les impresionó tanto el hecho de que uno de sus sospechosos bajo custodia se hubiera alojado en casa de los Vermilloe y, por consiguiente, hubiera tenido acceso al arma, que consagraron todas sus energías a probar que era él el culpable y no supieron apreciar el valor mucho más amplio de la identificación. El inmediato y detenido registro de la taberna The Pear Tree, el interrogatorio de toda persona que viviera allí o hubiera tenido acceso al cajón de herramientas de John Peterson, el examen de sus ropas y navajas, las preguntas de sus actividades en las noches de los crímenes, eran cosas todas ellas que hubieran debido hacerse. No se hizo ni una sola de ellas. Y lo peor fue que los magistrados aceptaron el aparente suicidio de Williams como prueba sobre su culpabilidad y, en su deseo de congraciarse con la multitud, expusieron el cadáver de un hombre que ni había sido sometido a juicio ni había declarado ante un jurado a la ignominia reservada tan sólo para el asesino sujeto a condena.

Es importante recordar con qué pruebas tan endebles Williams fue prendido:

> Las sospechas alegadas contra él eran particularmente que se le había visto hacia las siete de la tarde de aquel último jueves, y que aquella misma tarde no volvió a su alojamiento hasta las doce, momento en que exigió a un compañero de habitación, un marino extranjero, que apagara su vela; que era un hombre bajo y cojeaba de una pierna; que era irlandés y que antes de aquel infame delito no tenía apenas dinero o en todo caso muy

poco; y que cuando fue puesto bajo custodia se le encontró una gran cantidad de plata.

El informe del *Times* expone también que tenía en su posesión un billete de una libra esterlina. Esta prueba preliminar, por endeble que fuera, guardaba relación, en su totalidad, con el asesinato de los Williamson y de Bridget Harrington. No se mencionaba en esta etapa el asesinato de los Marr y de James Gowen. Es interesante observar que en la Cámara el Primer Ministro se refirió a la muerte de los Marr como si este crimen estuviera todavía por resolver. Williams era aceptado públicamente como el asesino de los Marr porque se le aceptaba como el asesino de los Williamson. Y sin embargo el asesinato de los Williamson fue aquél en que fue visto el asesino y, con toda claridad, no se le identificó como Williams. Fue también el asesinato para el que, si la declaración de la señorita Lawrence es cierta —y ella se reveló como una testigo hostil que no sentía ninguna simpatía por el prisionero—, Williams tuvo una especie de coartada.

Williams no hacía ningún secreto de su amistad con los Williamson, ni negaba haber frecuentado el King's Arms y haber estado allí el jueves en cuestión. Pero si el hecho de encontrarse en el King's Arms era, en sí mismo, sospechoso, es asombroso que no se arrestara a la mitad de la población masculina del barrio. Asimismo, no tiene un gran significado el hecho de que Williams no regresara a su alojamiento hasta pasada ya la medianoche. El distrito era famoso por lo tardío de sus horarios, y tiendas y tabernas solían estar abiertas hasta pasadas las doce. Richter testificó, durante el interrogatorio del *Boxing Day,* que Williams «tenía el hábito de retirarse a horas muy avanzadas». De hecho, si Williams regresó a The Pear Tree pasada ya la medianoche, esto no deja de ser un punto a su favor. Los Williamson fueron asesinados poco después de las once y el King's Arms no estaba a más de cinco minutos de camino de The Pear Tree.

De ser culpable, Williams hubiera vuelto a su casa mucho antes de la medianoche. No tenía ningún motivo para retrasarse, y en cambio sí todas las razones para alejarse de las calles y meterse en casa antes de que se armara el previsible tumulto. The Pear Tree le hubiera parecido su refugio natural, y además el único.

La explicación de Williams sobre su protesta por la vela de su compañero de habitación, suena a verdadera, en particular cuando se recuerda el riesgo constante de incendio en las viejas casas cercanas al río. Y Williams era un marinero de los barcos de la compañía de las Indias Orientales. Estos barcos eran de madera y, a causa de la probabilidad de que tuvieran que defenderse, iban armados. Un incendio en alta mar, a bordo de un buque de madera con un polvorín en su bodega y pocas posibilidades de escape, era un temor mucho más intenso que el de las tempestades o el de los ataques enemigos, y el reglamento para evitar incendios era estricto y se aplicaba con férrea disciplina. Todas las velas en cubierta habían de apagarse a las nueve, y las de bajo cubierta a las diez. La experiencia y el adiestramiento de Williams, tanto en tierra firme como en el mar, le habían enseñado a temer el fuego. La visión de una vela encendida sostenida por un hombre que leía en la cama, pasada ya la medianoche, había de provocar inevitablemente su protesta. Si hubiera regresado a su alojamiento ensangrentado, con las ropas desordenadas y probablemente lesionado en una pelea violenta con Williamson, un hombre considerablemente más alto y fuerte que él, lo más sensato para no llamar la atención hubiera sido meterse en la cama sin pregonar su presencia ante un compañero de cuarto, en particular si se tiene en cuenta que la débil luz de una vela a cierta distancia difícilmente hubiera representado un gran peligro.

Veamos la prueba de un billete de una libra y de las monedas de plata. La señora Vermilloe atestiguó que el dinero que Williams depositó en manos de su marido todavía no se había gastado por completo. Sin la menor duda, Williams necesitaba dinero. ¿Por qué, sino, había empeñado sus zapatos? Pero esta situación no resultaba extraña, como no podía serlo para ningún marinero. Volvía a casa rico y no tardaba en verse empobrecido. Si su respuesta a este dilema hubiera sido el robo y el asesinato, es extraño que no hubiera recurrido a tales medios al regresar de anteriores viajes. Nunca se presentó la menor prueba para relacionar la pequeña cantidad de dinero que tenía en su poder con el asesinato de Williamson. ¿Había robado y más tarde vendido el reloj de Williamson? Entonces es inconcebible el hecho de que el comprador no se hubiera presentado. ¿Fue robado el billete de una libra en el King's Arms? De ser así, seguramente habría estado manchado de sangre. Parece mucho más probable que el dinero que tenía Williams en su poder procediera de haber empeñado sus zapatos. Los oficiales de policía que lo arrestaron no verificaron las fechas en los boletos de empeño, pero el hecho de que todavía estuvieran en su posesión era una prueba de inocencia. Williams era un joven presumido, en particular en todo lo referente a su apariencia. De haber obtenido dinero del asesinato de los Williamson, no cabe duda de que una de sus primeras acciones habría sido la de recuperar sus zapatos. A Williams sólo se le pidió una coartada para los asesinatos de los Williamson y él manifestó que, después de salir del King's Arms había ido a consultar a un cirujano en Shadwell, a causa de la herida que tenía en la pierna, después había ido a ver a una «cirujana» en el mismo barrio, con la esperanza de obtener una cura más barata, y había pasado el resto de la noche más hacia el oeste, con unas cuantas amistades femeninas y visitando varias tabernas. No se le pidió el nombre del cirujano ni el de la cirujana, y es posible que los visitara demasiado temprano a ambos, aquella tarde, para que le procurasen una coartada. Sin embargo, sí se corroboró que había estado bebiendo. John Fitzpatrick y la señorita Lawrence atestiguaron ambos que había estado bebiendo con Cornelius Hart en el Ship and Royal Oak a las 11.15 de la noche, una hora que podía procurar una coartada a ambos hombres, mientras que John Cobbett dijo que había visto a Williams con Ablass en la taberna del señor Lee. Con la posible excepción de la señorita Lawrence, ninguno de estos testigos parece ser persona particularmente fiable, pero, puesto que existen pruebas del paradero de Williams en la noche del jueves 19 de diciembre, ello corrobora su historia, según la cual estuvo bebiendo en diversas tabernas.

Existe también la acusación de que Williams se afeitó sus pobladas patillas. Esto fue interpretado como un aparente intento de disfraz, pero es difícil comprender el porqué, puesto que tan sólo Susan Peachy se presentó con la descripción de un hombre con patillas. Y si Williams tenía relación con el crimen y temía que sus patillas pudieran haber sido identificadas, afeitarlas inmediatamente después del crimen equivalía a invitar a especulaciones y sospechas. Lo conocían numerosas personas capaces de atestiguar que normalmente las llevaba, por lo que difícilmente podía esperar que el truco tuviera éxito. El silencioso Richter, cuando prestó de mala gana su declaración, testificó que pudo apreciar bien poca diferencia en el aspecto de Williams, y bien puede ser que la decisión de Williams en cuanto a recortarse el pelo de la cara fuera un procedimiento perfectamente inocente y rutinario. Puede resultar significativo el hecho de que, al parecer, Williams se hizo afeitar cuando se encontraba en la prisión de Coldbath Fields, ya que en el dibujo que Lawrence hizo en su celda después de su muerte se le representa sin barba. Igualmente natural es la hosca respuesta de Williams —«Ya lo sé»— cuando Harrison entró precipitadamente en su habitación para despertarlo con la noticia del asesinato de Marr. La noticia debió de haber resonado en toda la casa y el propio Harrison admitió que Williams pudo haberlo oído a él cuando se la refería a la señora Vermilloe. Sin duda alguna, un hombre culpable hubiera hecho algún intento de fingir horror, asombro y sorpresa.

Desde el momento de su primer interrogatorio, abundaron los prejuicios contra Williams y los magistrados no hicieron nada para frenarlos. En su declaración, Harrison admitió abiertamente que «él siempre había tenido una impresión desfavorable del prisionero, y que siempre había deseado tener la oportunidad de aportar algunas pruebas contra él». Otros fueron menos francos admitiendo sus prejuicios, pero se mostraron igualmente propensos a dejarse llevar por ellos. La señora Orr, que admitió que ella y su hija «consideraban a Williams un joven agradable y nunca pensaron que fuese capaz de cometer un robo o un asesinato», aportó sin embargo el escoplo que había quedado en la repisa de su ventana «como nueva prueba de su villanía». El señor Lee, el propietario del Black Horse, hizo su relato acerca de un Williams que empujó a su esposa y le revolvió los bolsillos, como para comprobar cuánto dinero tenía, y describió que, en cierta ocasión, se había tomado la libertad de introducir su mano en la caja del dinero. Sin embargo, Lee admitió ingenuamente que «nunca pensó muy seriamente en ello hasta oír que Williams había sido arrestado». Richter presentó la historia según la cual el capitán Hutchinson había profetizado que Williams, si volvía a tierra, sería ahorcado. Más tarde, el capitán corroboró este punto, pero se mostró visiblemente embarazado en el momento de justificar su declaración. Presentó la excusa de que un marinero, al estar sujeto a una estricta disciplina, tenía pocas oportunidades para cometer delitos, y el particular incidente que el capitán recordaba —cuando Williams, estando en tierra, se había hecho pasar como segundo oficial del *Roxburgh Castle* y había conseguido así que le prestaran una reducida cantidad de dinero— era seguramente un pecado venial para el carnicero de Ratcliffe Highway. Sin duda, era típico de la arrogancia de Williams el hecho de presentarse como un oficial, y sus ínfulas, combinadas con su carácter vivo, lo convirtieron probablemente en un miembro poco apreciado entre la tripulación del capitán Hutchinson. Sin embargo, en vista de las pruebas, el pronóstico que hizo el capitán sobre su final parece más bien debido a un arranque de indignación que al deseo de formular seriamente una profecía.

Nada se sabe acerca de la vida anterior de Williams, pero después de su muerte y de su inhumación, mucho fue lo que se supuso, todo ello evidentemente poco creíble. El *Newgate Calendar* declara:

> Es creencia general que su auténtico nombre era Murphy y que se lo había cambiado por el de Williams a fin de escapar de la persecución de que era objeto por algunos delitos cometidos anteriormente. De su vida anterior poco o nada se sabe con certeza. Si se encontraba en su país natal en la época de los infortunados disturbios de 1798 sólo puede ser cuestión de conjetura, pero, desde luego, nada tiene de extraño suponer que el monstruo capaz de cometer las actuales atrocidades ya hubiera perdido en una fase anterior aquel horror a la sangre que de una manera innata constituye una característica de los principios de la moral humana. Es probable que en los trágicos senderos de la rebelión ya tuviera la primera tentación de sumergir sus manos en la sangre de sus semejantes. Y entre aquellas terribles escenas de matanzas a medianoche que aquel país desdichado le proporcionó, cabe que su conciencia pecadora se hubiera endurecido permanentemente frente a todo sentimiento de remordimiento y arrepentimiento.

Suponiendo que Williams hubiera nacido de hecho en Irlanda, habría tenido catorce años en el momento de la rebelión de 1798. Hubo, al parecer, una coincidencia general al creer que el monstruo de Ratcliffe Highway había de ser irlandés. Los irlandeses eran una minoría muy poco popular, despreciada y temida, perpetua fuente de irritación para los buenos ciudadanos del East End de Londres. Puesto que Williams no era portugués, resultaba más que apropiado que fuera irlandés. Tampoco para apoyar este punto se aportaron pruebas; todo fueron suposiciones, en un escandaloso ejemplo de racismo y anticatolicismo que no tenía la menor relación con los crímenes. Sheridan trató de refutar esta historia en la Cámara, y un indignado corresponsal, que escribió en *The Examiner* del 9 de enero de 1812 bajo el seudónimo de Julius Hibernious, denunció enérgicamente esta actitud y al mismo tiempo trató de desacreditar la declaración hecha por el cabo de la Guardia.

> Mantener a los nativos de Irlanda ignorantes y bárbaros en el país y calumniarlos ante el resto de Europa ha sido el objetivo de cada gobernante de aquel país... No es extraño, por tanto, que inmediatamente se intentara impresionar al público con la creencia de que los horrendos asesinatos de Ratcliffe Highway habían sido cometidos por irlandeses. El honrado cabo de la Guardia y el hallazgo de la carta dirigida al señor Nadie por su fiel amigo Patrick Mahoney sin duda habrían sido causa, unos años antes, de promoción al rango de coronel por un similar servicio prestado a Irlanda. La ingenuidad y la astucia que muestra la composición de ese precioso ejemplar de correspondencia criminal no hubieran pasado desapercibidos para los hombres que mandan en aquel país...
>
> El *Morning Chronicle* de la semana pasada ha proporcionado una segunda parte para la carta del honrado cabo a Paddy Mahoney. El párrafo al que aludo demuestra una notable vena inventiva y sin duda una finalidad patriótica y, ciertamente, más detalles circunstanciales y la ventaja de una novedad al sustituir por el de Murphy el nombre de Mahoney. Señalaré meramente respecto al

citado hecho que se nos presenta en una forma todavía más discutible que el relato que fue presentado sin rodeos por el cabo. No hemos oído de ninguna persona, en los diversos interrogatorios, que Williams declarase haberse hecho llamar por otro nombre o bien ser irlandés. Él aseguraba ser escocés. Uno de los periódicos difundió el rumor de que era irlandés, pero al parecer se trató de un hábil toque al estilo de Murphy y Mahoney, y con la misma finalidad. Yo no pretendo decir que no se críen con tanta frecuencia hombres malos en Irlanda como en Inglaterra, pero hasta que no se le presente al público una declaración ortodoxa y a fondo acerca del relato que presenta el *Chronicle,* yo y otros lectores irlandeses tenemos pleno derecho a creer que se trata de un montaje, y yo continuaré creyéndolo sin pensar en ningún momento en Escocia, país al que respeto, ni que el asesino fuera escocés y que su nombre verdadero fuese Williams.

Pero la campaña de rumores, calumnias y maledicencias continuó. *The Times* describió el contraste entre la conducta de los dos marineros, Marr y Williams. Marr era sobrio, diligente, pacífico y hombre de buen carácter. Williams era perezoso, borracho, disoluto y pendenciero. El agradable joven de carácter simpático que tan a gusto era recibido en casa de la señora Orr, por tardía que fuese la hora, el mismo que le cuidaba el bebé y jugaba con su hija, el joven al que la señora Williamson daba palmadas en la mejilla y a quien saludaba como a un amigo, era un monstruo que ocultaba una insaciable sed de sangre bajo un rostro amable y unas maneras insinuantes. Ciertamente, el apuesto y sensitivo rostro que aparece en el retrato de Laurence no dejaba de ser un cierto problema para los detractores de Williams. No es, desde luego, la faz de un hombre enérgico, pero nadie puede decir que ostente las señales de una notable depravación. Sin embargo, De Quincey responde a esta objeción:

Una dama que lo vio cuando declaraba (creo que fue en la comisaría del Támesis) me aseguró que su cabello era de un color extraordinario, de un amarillo intenso, un color entre el anaranjado y el del limón. Williams había estado en la India, sobre todo en Bengala y en Madrás, pero también conocía la zona del Indo. Hoy se sabe que en el Punjab los caballos de casta son pintados a menudo con colores carmesí, azul, verde o púrpura, y yo pensé que Williams, con la finalidad de disfrazarse, pudo haber adoptado esta práctica y que por tanto el color tal vez no fuese natural. En otros aspectos, su apariencia era perfectamente natural y, a juzgar por una mascarilla de yeso suya, que adquirí en Londres, yo diría que débil en lo que respecta a su estructura facial. Un hecho, sin embargo, resultaba notable y coincidía con la impresión de su feroz carácter natural: su cara ostentaba en todo momento una terrible palidez cadavérica. «Cabría imaginar —dijo mi informante— que por sus venas no circulaba la roja sangre vital, que se deja ver en el sonrojo de la vergüenza, la cólera o la compasión, sino una savia verde que no procediese de un corazón humano.» Sus ojos parecían helados y turbios, como si toda su luz se concentrara en alguna víctima que apareciera en lontananza. Hasta aquí, su apariencia pudo haber sido repelente, pero, por otra parte, el testimonio coincidente de muchos asistentes y también el silencioso testimonio de los hechos demuestran que su untuosa y sibilina actitud contrarrestaba el efecto repulsivo de su rostro siniestro y le facilitaba la favorable captación de las mujeres jóvenes e inexpertas.

Las mujeres jóvenes debían de ser singularmente ingenuas e inexpertas para dejarse seducir por la contemplación de unos rasgos tan poco atractivos como puedan ser una palidez cadavérica, unos ojos turbios y unos cabellos teñidos como la crin de un caballo de casta.

No hubo prueba que demostrase que alguna de las tres armas mortíferas tan descaradamente exhibidas en la carreta fúnebre de Williams se encontrara alguna vez en posesión de éste. Dos de ellas, el mazo y uno de los escoplos, procedían de The Pear Tree, y Williams se alojaba allí. Pero lo mismo cabe decir de al menos otros cuatro marineros, mientras que muchos otros tenían libre acceso a la taberna. Tanto Richter como Cuthperson y Harrison sabían, dónde se guardaban las herramientas de John Peterson. Hart era un visitante regular. El señor Vermilloe utilizaba el mazo para astillar madera; sus sobrinos jugaban con él, matando así las largas horas mientras su madre se afanaba con la colada. Vermilloe tenía unas ideas curiosas acerca de lo que constituía guardar con seguridad las cosas, y al parecer todo el que se alojara en The Pear Tree o visitara el establecimiento pudo haberse agenciado una de las herramientas de Peterson. Es significativo el hecho de que William, el hijo menor de la señora Rice, atestiguara que el mazo había sido echado de menos durante casi todo un mes, es decir, una semana antes de que los Marr fueran asesinados. William pudo haberse equivocado, ya que la declaración de un niño pequeño acerca del paso del tiempo es probablemente menos exacta que su identificación de un objeto. Sin embargo, el mazo era un juguete importante para los chiquillos de la señora Rice, que probablemente no disponían en abundancia de entretenimientos más ortodoxos, y forzosamente debieron de echarlo en falta. Es improbable que William se equivocara, y su declaración, de ser cierta, abre una interesante posibilidad. Si Williams se había apoderado del mazo, ¿dónde lo había escondido? No era un objeto adecuado para guardar bajo la cama o en su cofre de marinero. Y si Williams planeaba un asesinato, ¿por qué había de molestarse en robar el mazo? Él sabía dónde se guardaban las herramientas de Peterson, como lo sabía cualquier otro huésped de The Pear Tree. Podía sacar el mazo cuando lo necesitara, sin que tuviera que esconderlo de antemano. El hecho de que el mazo faltara durante una semana antes de ser usado es uno de los indicios más firmes de que el asesino tenía acceso a The Pear Tree o contaba con un amigo que vivía allí, pero que en cambio él no era uno de sus habitantes. Sugiere también que el mazo y el escoplo pudieron haber sido cogidos en principio con una finalidad que no fuera precisamente la de un asesinato.

Y así llegamos al misterioso relato de la visita de Williams, avanzada ya la noche del sábado, a casa de la señora Orr y antes del asesinato de los Marr. Cuanto más se estudia este incidente, más inexplicable resulta, si uno opta por contemplarlo a la luz de su inocencia o su culpabilidad. No hay motivo para dudar de la veracidad del relato de la señora Orr; es la interpretación de los hechos lo que presenta un problema. Los magistrados aceptaron los hechos por su valor aparente. Williams fue oído por la señora Orr cuando trataba de irrumpir en casa de ella. Invitado a entrar, no tuvo más alternativa que la de dejar el arma que lo incriminaba en la repisa de la ventana. Una vez instalado dentro, charló con la anciana y entretanto, al parecer sin ningún intento de ser sutil, la interrogó acerca de la distribución de su casa y sus relaciones con sus vecinos, con la obvia intención, o bien de robarle y darse después a la fuga, o de utilizar la casa y el patio para conseguir acceder a alguna otra propiedad más prometedora. Lo sumió en una vehemente e irracional indignación la llegada del vigilante, y trató de impedir que la señora Orr dejara pasar a ese hombre. Cuando ella insistió, él se apresuró a recuperar el escoplo, pero era ya demasiado tarde. El vigilante lo había descubierto. En su declaración, la señora Orr presentó la versión oficial. El escoplo era «otra prueba de su villanía», y la señora Orr fue debidamente recompensada por su parte en la presentación de pruebas.

Pero esa historia no tiene sentido. ¿Por qué había de intentar Williams introducirse en casa de la señora Orr? Ella lo conocía, y le caía muy simpático. Le bastaba con llamar a la puerta y ella le habría invitado a entrar. Y de hecho, esto fue precisamente lo que ocurrió. Tal vez ella no hubiera dado la bienvenida ni siquiera al amable e insinuante señor Williams si éste se hubiera presentado blandiendo un escoplo, pero ocultar el arma era un problema que no tenía nada de insuperable. Podía esconderlo con bastante facilidad en una manga o bajo el abrigo. Con la puerta firmemente cerrada y él y su víctima a solas, ya no habría necesidad de ocultarlo. ¿Y si ella no estaba sola? En este caso, seguramente era más peligroso tratar de irrumpir en la casa y alarmar al vecindario que llamar a la puerta como si se tratara de una visita casual. Después de todo, siempre podía presentar una excusa para no sumarse a la reunión si, por el número de personas presentes, representaba una amenaza para sus objetivos.

Y si se presentó en casa de la señora Orr como un asesino, ¿por qué no la mató? Había tenido acceso a la casa de ella. Él y su víctima estaban solos. Y si no tenía un arma a mano y añoraba el tacto confortable y la seguridad que le daba la que había elegido para la tarea, ¿era esto un problema tan grave? Pudo haber buscado una excusa para alejarse de la mujer —tal vez la de ofrecerse para ir a buscar cerveza para ambos—, recuperar el escoplo y llamar de nuevo para que lo dejaran entrar. Pero no se ofreció para ir a buscar cerveza. De hecho, con muy poca galantería, insistió en que lo hiciera su víctima, con el subsiguiente riesgo de que ella encontrara el escoplo. No es probable que la alejara para tener la oportunidad de cometer un robo. La señora Orr nunca se quejó de que le faltara alguna de sus pertenencias.

Resulta significativo que el vigilante no tuviera entonces la menor sospecha respecto a Williams, puesto que entregó el escoplo a la señora Orr y seguidamente los dejó a ella y a Williams para que disfrutaran de su mutua compañía. Williams tenía entonces convenientemente a mano tanto a su víctima como su arma. Esto es como mínimo plausible. Lo que resulta imposible creer es la explicación de uno de los que han escrito sobre los crímenes y que nos quiere hacer creer que Williams, en una furiosa impotencia, se quedó a charlar con su víctima porque ésta tenía el arma en su poder y se negaba a entregársela.

Es probable que la señora Orr estuviera en lo cierto al atestiguar que hablaron de la casa de ella y su vecindario, pero bien pudo haber interpretado erróneamente el significado de lo que tal vez no fuese más que una charla casual. Pues ¿por qué necesitaba Williams hacer aquellas preguntas incriminadoras? Durante tres años había vivido en The Pear Tree. Había vuelto a ese barrio después de todos sus viajes. The Pear Tree se hallaba literalmente al fondo del patio de la señora Orr. A él le bastaba con mirar desde la ventana de su cuarto para ver con exactitud la configuración del terreno. Había estado antes en casa de la señora Orr y no le resultaba extraña. Y no era diferente de muchas viviendas humildes del distrito, con las que estaba familiarizado. Se consideraba sospechoso que no le agradara la llegada del vigilante, pero esto era perfectamente natural. No tenía motivos para que le agradasen los vigilantes. ¿Acaso no fue uno de ellos —y probablemente el mismo— quien interrumpió su diversión en The Pear Tree cuando él bailaba con sus amigos, de modo que tuvo que recurrir a una taberna para agasajar allí a sus músicos?

Pero si examinamos detenidamente los hechos, se presenta una explicación. La señora Orr oyó un ruido, como si alguien entrara en la casa. Después, tras un rato de conversación, entró Williams. Es como mínimo posible que el escoplo lo dejara deliberadamente junto a la ventana alguien que hubiera visto a Williams entrar en la casa, y que lo encontrara el vigilante porque alguien pretendía que lo encontrase.

Pero el incidente más sorprendente en este caso es la descripción del hallazgo del cuchillo francés. En ese notable descubrimiento nada parece auténtico. Harrison aseguró que tuvo la primera noticia del cuchillo cuando Williams lo invitó a buscar en el bolsillo de su chaqueta un pañuelo prestado. Esa historia del pañuelo prestado parece un eco más que sospechoso de la anterior declaración acerca de los calcetines prestados que, según se dijo, Williams había lavado después del asesinato de Williamson. Por tratarse de un joven remilgado que vivía en una pensión de lo más corriente, Williams parecía haber sido sorprendentemente aficionado a hacerse con la ropa blanca de los otros huéspedes. Pero aunque la historia del pañuelo fuese cierta, es extraño que hubiera invitado a Harrison, con quien no lo unía ninguna amistad, a rebuscar en su bolsillo, particularmente si éste contenía un cuchillo recientemente comprado con la finalidad de cometer asesinatos. El cuchillo pudo haber sido una mera compra casual e inocente. Williams pudo haberlo enseñado a Harrison. Un cuchillo con una hoja de quince centímetros, lo bastante recia y afilada como para cortar tres robustas gargantas hasta el hueso, difícilmente podía guardarse abierto en el bolsillo de una chaqueta. Hubiera hecho trizas el forro y producido cortes en los dedos de Harrison mientras éste llevaba a cabo su búsqueda. Por consiguiente debió de mostrarle la hoja a Harrison, al hablarle de su compra. Era un cuchillo elegante, con el mango de marfil, un adminículo embellecedor apropiado para un petimetre. Probablemente Williams se sentía muy orgulloso de él, y es extraño que en The Pear Tree nadie más se viera favorecido con la exhibición de tan envidiable adquisición.

Pero si esta parte de la historia es extraña, la afirmación de Harrison según la cual él no había mencionado el cuchillo antes, durante su interrogatorio, porque no se le había ocurrido hacerlo, es completamente incomprensible. Se trata del hombre que, desde un principio, sospechó de Williams, el hombre que se deslizó al lado de éste durante la noche con la esperanza de captar algún murmullo incriminador mientras Williams se revolvía inquieto en su sueño o cantaba fragmentos de una canción de borracho, era el huésped de la pensión que se dirigió cautelosamente a la señora Vermilloe —pero sin ir directamente a la policía— con todas las nuevas pruebas. No pudo haberle pasado por alto el significado del cuchillo; de hecho, así lo admitía. Aseguraba haber registrado, en su búsqueda, el cofre de marino de Williams y todos los rincones de The Pear Tree, y por alguna causa había olvidado mencionarlo ante los magistrados, a pesar de la gran cantidad de material, mucho menos significativo, que él creyó merecedor de exponer a su atención. Por la razón que fuese no consiguió encontrarlo, a pesar de la diligencia que puso en su registro y el hecho de vivir en The Pear Tree y poder invertir todo su tiempo libre buscando en aquel lugar. El número de posibles escondrijos no pudo haber sido muy considerable. ¡Extraño, pues, que a un buscador tan asiduo le hubiera pasado por alto aquel armario con su agujero delator!

Sin embargo, el cuchillo fue hallado. Sería interesante saber con exactitud quién dirigió la búsqueda y qué papel desempeñó Harrison en ella, en caso de tener alguno. El cuchillo fue encontrado y, como era de esperar, estaba sucio de sangre. Pero ¿era el arma? *The Times*, desde luego, no tenía la menor duda de que sí lo era, y su relato sigue el patrón de deducción ilógica que es típico de toda la conducción del caso: «Queda ahora bien claro que estos hechos sanguinarios fueron cometidos con el cuchillo en cuestión, especialmente cuando es bien sabido que Williams nunca tuvo una navaja de su propiedad y que siempre recurrió al barbero para afeitarse, y que, además, no había faltado ninguna navaja en la casa donde él se alojaba.»

Pero Walter Salter, el cirujano que examinó los cuerpos, fue categórico al afirmar que el arma debió ser una navaja. Nada que fuera menos afilado hubiera podido cortar hasta el hueso en un solo golpe sin desgarrar los tejidos. Sin embargo, Williams no tenía navaja y poseía un cuchillo; por lo tanto, el cirujano se equivocaba.

Tampoco De Quincey tuvo la menor duda de que el cuchillo francés fuese el arma. Su relato es tan impreciso que cualquiera se ve obligado a compartir la opinión de W. Roughead, según la cual De Quincey «era felizmente incapaz de atenerse a datos, nombres y hechos insignificantes, es decir, a la fastidiosa y trivial exactitud de la memoria»:

> Recordóse entonces que Williams había pedido prestado recientemente un cuchillo francés de buen tamaño y peculiar construcción, y en consecuencia, de un montón de trapos viejos y leña no tardó en ser extraído un chaleco, que toda la casa pudo jurar que Williams había llevado recientemente. En este chaleco, y pegado con sangre coagulada al forro de su bolsillo, se encontró el cuchillo francés. Asimismo, era bien notorio para todos los de la posada que Williams solía llevar últimamente un par de zapatos que rechinaban y un chaquetón marrón forrado de seda. No parecían necesarias más sospechas. Williams fue inmediatamente arrestado e interrogado brevemente. Esto ocurría el viernes. El sábado por la mañana (o sea, catorce días después de los asesinatos de los Marr), compareció de nuevo. Las pruebas circunstanciales eran abrumadoras; Williams las escuchó, pero dijo bien poca cosa. Al final, quedó citado formalmente para juicio en las siguientes sesiones, y es innecesario decir que, camino de la prisión, fue perseguido por una multitud tan enfurecida que, en circunstancias ordinarias, difícilmente hubiera podido escapar de una venganza sumaria. Pero en esta ocasión se había formado una escolta poderosa, de modo que llegó sano y salvo a su celda.

Y si el cuchillo francés fue el arma, ¿cuándo hemos de suponer que fue escondido en aquel agujero tan conveniente en el fondo del armario? ¿Fue depositado allí después de la muerte de los Marr, todavía húmedo con la sangre del bebé, para ser recuperado más tarde, probada ya su eficiencia, cuando Williams lo necesitaba para las gargantas de los Williamson? Sin embargo, un cuchillo ensangrentado, sin limpiar durante doce días, difícilmente hubiera rebanado con tanta precisión los robustos cuellos de los Williamson. Por consiguiente, tal vez fue un cuchillo diferente el utilizado en la primera ocasión, y en este caso, ¿qué fue de él? Si Williams lo arrojó al Támesis, ¿por qué no se deshizo del segundo cuchillo de la misma manera? ¿Es razonable que Williams, ensangrentado como debía estar, hubiera merodeado por aquella casa oscura después de la medianoche en busca de un escondrijo? Él no podía tener la certeza de que la patrona o cualquier otro huésped de la casa no acecharan lo que hacía antes de llegar a su cama. ¿Y por qué había de estar tan ensangrentado el cuchillo? La acción definitiva era la de limpiar la hoja, probablemente con las ropas de sus víctimas, y cuando el tiempo y la oportunidad lo permitieran, examinar el cuchillo en busca de cualquier traza acusadora de sangre y limpiarla. El agua no escaseaba, pues el Támesis fluía a pocos metros de The Pear Tree. El asesino podía arrojar su arma al río, deshaciéndose de una vez por todas de tan acusadora prueba, o bien, si la tenía en tanta estima como para no querer deshacerse de ella, o si pensaba en utilizarla de nuevo con fines mortíferos, al menos podía asegurarse de que estuviera limpia. Pasarían casi cien años antes de que los científicos forenses pudieran detectar de manera concluyente ínfimas trazas de sangre humana en un cuchillo. Una breve inmersión en el río hubiera eliminado todo rastro de ella en el arma. En el tribunal fueron presentados los zapatos de Williams. No hay testimonio de que estos zapatos fuesen claveteados, de modo que no relacionaban a Williams con la huella en la parte posterior del King's Arms. Sin embargo, habían sido lavados, y este hecho fue contemplado, obviamente, como sospechoso. Un asesino que se tomaba la molestia de lavar manchas de sangre en sus zapatos, ¿habría dejado el arma utilizada tan acusadoramente manchada? Esconderla sin limpiar y con la sangre coagulada de sus víctimas en una casa en la que había multitud de huéspedes y visitantes, donde pocos movimientos podían dejar de ser detectados, y donde él mismo vivía, hubiera sido la acción propia de un demente.

La descripción que ofrece *The Times* sobre el hallazgo del cuchillo francés inmediatamente da al lector moderno la impresión de ser sospechosa. Y a un lector de aquella época lo impresionó de igual modo. Habría sido sorprendente que Aaron Graham aceptara esta historia por su valor aparente, y hay un párrafo breve pero significativo en *The Times* del 20 de enero:

> Un oficial perteneciente al juzgado de Shadwell, que encontró el cuchillo y la chaqueta del difunto Williams, fue sometido a interrogatorio privado el sábado ante el señor Graham. El propietario de la taberna Duke of Kent también prestó declaración sobre el mismo tema.

Alguien, por tanto, había estado hablando. No hay razón por la que el tabernero hubiera tenido que ser interrogado, a no ser que hubiese oído alguna conversación incriminadora en su bar. Alguien con dinero para gastar en bebida se había mostrado indiscreto. Tal vez el oficial de Shadwell logró convencer a Graham de que esto no era sino un caso más en el que un bribón fanfarroneaba vanamente con unas copas de más. Los había habido en cantidad de ese estilo. Sin embargo, si lo dicho era cierto, lo que implicaba asustaba, tal vez demasiado para ser contemplado cara a cara. No oiremos nada más acerca de las sospechas de Aaron Graham.

John Harrison, el artesano fabricante de velas, tiene en el misterio un papel que es difícil evaluar. Bien mirado, él fue el cómplice del asesino, al que se confió la tarea de fabricar pruebas contra Williams y desviar las investigaciones policiales respecto al auténtico asesino. Ciertamente, cumplió airosamente con su cometido y cabe sospechar que lo cumplió a gusto por haber una enemistad y un resentimiento entre los dos ex compañeros de navegación. Pero Harrison pudo haber sido también un primo, un necio crédulo pero honrado que se presentó a los magistrados con unas pruebas que habían sido cuidadosamente preparadas para que las encontrase él. Sin embargo, esto resulta difícil de creer. Supone un grado de sutileza por parte del asesino que no corresponde a la cruda barbarie de los crímenes. Y hay, además, otro punto. Harrison describió el cuchillo francés antes de que éste fuera descubierto, preparando así el terreno para el subsiguiente hallazgo. Si se rechaza la prueba del cuchillo francés, es difícil creer que Harrison fuera sincero. Lo que sí es posible es que él creyera genuinamente en la culpabilidad de Williams y decidiera, o se le persuadiera en este sentido, fabricar la prueba confirmadora que andaban buscando los magistrados, con la esperanza de que se la pagarían espléndidamente. Es significativo que, después de ser descubierto el cuchillo, *The Times* hiciera presión para que el celo de Harrison fuera debidamente reconocido y que en consecuencia éste recibiera treinta libras... Una de las recompensas más elevadas jamás pagadas.

Tan misteriosa como el hallazgo de la chaqueta y el subsiguiente descubrimiento del cuchillo francés es la alegación de existencia de sangre coagulada en el bolsillo interior de la chaqueta. Ésta no fue presentada a «un caballero químico» que diera su opinión, pero aunque los magistrados no hubieran mostrado su anterior escepticismo, es improbable que el examen hubiera revelado algún dato útil. La sangre pudo haber sido la de un animal —había abundancia de mataderos en Shadwell, y cabe imaginar que no faltaban perros y gatos extraviados—, pero hasta el siglo siguiente no serían capaces los científicos de distinguir la sangre humana de la de otras especies. El bolsillo manchado de sangre fue aceptado inmediatamente como una prueba más de la culpabilidad de Williams, a pesar del hecho de que la chaqueta de un hombre que cometiera tan feroz asesinato hubiera estado mucho más sucia de sangre, particularmente en la parte frontal y los puños. No obstante, la parte delantera y los puños de la chaqueta azul estaban en apariencia limpios, en tanto que un bolsillo interior estaba acartonado a causa de la sangre coagulada. Las mangas y la parte anterior de la chaqueta sólo se habrían librado de las manchas si el asesino hubiera llevado una prenda que lo cubriese por completo. El descubrimiento suscitó el recuerdo —como sin duda se pretendía que hiciera— de la declaración de Turner respecto al asesino que estaba robando a la señora Williamson y que después metió la mano en un bolsillo interior. Pero el hombre alto con el abrigo de amplio vuelo que había visto Turner no era Williams. El «hombre corpulento con un abrigo muy amplio», visto al acecho en el pasaje del King's Head por Williamson, no era Williams. Ambos hombres conocían bien a éste y no hubieran dejado de reconocerlo. Los hechos son indudables. Si hubo tan sólo un asesino, no fue Williams. Si la chaqueta azul la llevaba el hombre al que Turner vio cuando robaba a la señora Williamson, entonces no la llevaba Williams. Si rechazamos la declaración de Harrison respecto al hallazgo de la chaqueta, y también su identificación del cuchillo francés, tan inherentemente improbable y destinada a incriminar todavía más a un hombre que ya había muerto, entonces las implicaciones son bien claras.

Si ninguna de las armas mortíferas fue relacionada en ninguna ocasión con Williams, ni vista en su posesión, la prueba de las ropas ensangrentadas, detalle que resulta superfluo, es igualmente circunstancial y no conduce a ninguna conclusión. Los asesinatos fueron sangrientos y de una brutalidad casi increíble; el asaltante, en particular después de la violenta resistencia que Williamson opuso para salvar su vida, debió de estar totalmente sucio de sangre. Sin embargo, tan sólo una prenda perteneciente a Williams se probó que hubiera tenido manchas de sangre, y ello con la afirmación no corroborada de la lavandera, que bien pudo haber confundido una camisa con otra. La señora Rice atestiguó que ella había lavado una camisa desgarrada y manchada de sangre después del asesinato de los Marr, pero la camisa estaba meramente salpicada de sangre en «el cuello y la pechera» y, ciertamente, lo bastante ensangrentada como para suscitar en aquel momento las sospechas de ella. Los calcetines, supuestamente prestados por Cuthperson, presentaban tan sólo dos huellas sangrientas de pulgar cerca de su parte superior. Al ser increpado por Cuthperson respecto a la propiedad de estos calcetines, Williams actuó a la vez razonablemente y con toda inocencia: los lavó y los devolvió después de «una breve disputa» acerca de su propiedad. Difícilmente hubiera exigido sus derechos de propiedad sobre unas medias ensangrentadas que él había llevado recientemente mientras cometía unos asesinatos. Seguramente, estos calcetines tienen menos importancia que los pantalones húmedos y recientemente lavados que se descubrieron debajo de la cama de aquel testigo taciturno y desganado llamado Richter. Los pantalones blancos de marinero que fueron hallados en la letrina de The Pear Tree pudieron o no haber sido usados por uno de los asesinos. El hecho de que los hubieran introducido a la fuerza en la letrina sugiere que estaban relacionados con algún crimen sangriento, pero la señora Vermilloe aseguró que Williams, aquel elegantón, no los hubiera llevado nunca, particularmente en casa, y el propio Harrison no hizo ningún intento para contradecir la afirmación de ella. Las prendas manchadas de sangre que descubrieron el señor Penn y su amigo cuáquero en Ratcliffe Highway nunca fueron halladas o identificadas. Nos quedamos, pues, con la prueba de una camisa ligeramente manchada, y si esto es admitido como prueba de la culpabilidad de Williams, ¿qué se hace con la prueba de la chaqueta azul?

Difícilmente hubiera quedado ésta sin manchas si la camisa llevada bajo ella estaba salpicada de sangre. El profesor Simpson da su opinión en el sentido de que «el asaltante había de estar ensangrentado, sobre todo en la cara, los hombros, los brazos y las manos, a causa de los golpes repetidos. Sangre y sesos pueden causar salpicaduras a gran distancia, cuando vuelven a golpearse heridas ya sangrantes». Es inconcebible que, de haber llevado Williams o cualquier otra persona la chaqueta azul durante los asesinatos, sólo se hubiera manchado un bolsillo interior.

Pero si Williams era inocente, ¿por qué había de matarse? Cabe exponer tres posibles razones. Pudo haber decidido que, con la identificación del mazo, las pruebas eran tan poderosas y el prejuicio local tan intenso que no le quedaba ninguna esperanza de escapar de la horca, o de un linchamiento público, y que se trataba de una opción entre la ejecución ante la multitud violenta y hostil o una muerte más misericordiosa por su propia mano. Es posible que lo hubiera afligido un carácter dado a repentinos e irracionales arranques de desesperación y que, en las solitarias horas nocturnas, solo y sin amigos, sintiera un deseo irresistible de poner fin a una vida sin ninguna esperanza y ahora totalmente desacreditada. Era, evidentemente, un joven de carácter frágil y emotivo, y bien cabe que fuera también inestable. Finalmente, pudo haberse visto vinculado, aunque fuese inocentemente, con los asesinos, tal vez facilitándoles una información por la que ellos le pagaron, y que después le hubiese abrumado el remordimiento.

Ninguna de estas razones parece de sentido común. Para Williams, era prematuro abandonar la esperanza. Ni siquiera se le había llamado a proceso. Había aún una buena posibilidad de que lograra convencer de su inocencia a un jurado, de que se presentara alguien capaz de confirmar su coartada, o de que los culpables fueran arrestados. El momento para el suicidio es cuando se ha desvanecido toda esperanza racional. Es igualmente difícil creer que se rindiera a la desesperación. Había aparecido perfectamente tranquilo ante el carcelero y ante los otros presos. En ningún momento se le describió como deprimido o desesperado. Y resulta igualmente difícil comprender por qué había de matarse a causa del remordimiento, a no ser que hubiera sido un participante activo en los asesinatos. Si tenía alguna sospecha acerca de quién era el culpable o había ayudado a éste, aunque fuera contra su voluntad, le bastaba con testificar ante el tribunal y contar todo lo que sabía, y casi con toda certeza conseguiría su libertad.

Para el asesino era vital asegurar la muerte de Williams, ya hubiera sido éste o no su cómplice, voluntario o involuntario. Si Williams era culpable, era muy improbable que subiera al patíbulo sin hacer una confesión en la que implicara a sus cómplices. Todo el arte del doctor Ford se hubiera dirigido en pos de este objetivo. El Ordinario hubiera hablado de la certeza de un fuego eterno para los malignos y obstinados, y de esperanza de una salvación para el pecador arrepentido. ¿Y qué podría ser mejor para demostrar el arrepentimiento que hacer una confesión total, sin olvidar ningún detalle? Un hombre sólo podía tener un sólido motivo para guardar silencio si era en realidad inocente; estaba dispuesto a aparentarlo, por más que existiera un riesgo para su alma inmortal, aunque sólo fuera para privar al Ordinario de la satisfacción de una plena confesión; o bien si había tomado la resolución de sacrificar sus esperanzas de salvación para proteger a sus amigos. Es improbable que Williams fuera capaz de tal sacrificio. Él era un hombre que no tenía amigos íntimos, y en aquellos crímenes, con toda su sordidez y su brutalidad, no había ni el menor matiz de nobleza. Podemos tener la seguridad de que si Williams era en realidad culpable y hubiese sido condenado, habría hablado, y por tanto habría sido esencial impedirlo.

Si era inocente, su muerte era igualmente importante

para el asesino. No había sido sometido aún a proceso y las pruebas eran circunstanciales y poco claras. En cualquier momento podía comparecer alguna mujer del West End para facilitarle una coartada, o podía hacerse algún nuevo descubrimiento. Una vez que Williams estuviera muerto y aparentemente por su propia mano, la actividad policial menguaría, la muchedumbre aterrorizada se sentiría satisfecha y la culpabilidad del marinero se daría por demostrada. Un hombre violento y cruel que ya había matado a siete personas difícilmente había de titubear ante un último y necesario asesinato. La víctima era accesible, encerrada e indefensa. El carcelero estaba mal pagado y podía ser sobornado. El salario de un vigilante de prisión era de una guinea semanal, y los sobornos eran una cosa tan corriente que casi podían considerarse como un sobresueldo del oficio. Debió haber al menos un hombre cuya seguridad dependiera de la muerte de Williams, y de una muerte pronta.

El suicidio de Williams era tan conveniente para sus cómplices, si los había, y fue tan inesperado, que forzosamente había de suscitar comentarios en aquella época. Los magistrados y el público en general acaso decidieran aceptar el hecho tal como se había producido, como prueba de culpabilidad, pero en *The Times* del 30 de diciembre hay un párrafo que, sin sugerir abiertamente que Williams murió por una mano que no fue la suya, no deja de aludir claramente al hecho de que el suicidio fue más misterioso de lo que pareció en principio:

> El suicidio del miserable Williams es un evento que, desde luego, resulta lamentable. Si él fue el asesino, o uno de los asesinos, es una verdadera lástima que este gesto adicional de desesperación viniera a privar a la justicia pública de los medios para probar su crimen e infligir el castigo que las leyes del país señalan por tan atroces delitos. Hay que lamentarlo bajo otro punto de vista: es po-

sible, y esperamos que meramente posible, que dándose muerte a sí mismo se haya salvado de la ejecución pública, y que, en caso de no descubrirse otras pistas, salve de momento a cualquier cómplice o cómplices que pudiera haber tenido en sus sangrientas hazañas. Sin duda, se realizarán toda clase de investigaciones por parte de los magistrados y los habitantes del barrio donde se han cometido estos escandalosos crímenes, con el fin de obtener la mejor información posible al respecto, pero en la natural consternación causada por tales atrocidades cabe que ciertos detalles importantes escapen a la atención de los más activos. Esperamos que los alojamientos de toda persona que, aunque fuera en ínfimo grado, tuviera una relación con el suicida, o cualquiera de aquellos que son o pueden ser sospechosos, sean registrados con una atenta asiduidad. Este tipo de actividad resulta ahora más necesaria, pues sin duda sería una especie de afrenta para la policía y la ley británicas que tales atrocidades se dejaran pasar sin detener a los culpables.

Tenemos entendido que es mucho lo que se ha dicho con un contenido de reflexiones directas o indirectas sobre Atkins, el alcaide de la prisión de Coldbath Fields, pero no parece que tales reflexiones tengan un buen fundamento. Con respecto a él, personalmente, ya mencionamos antes que su salud era tan precaria que sus consejeros médicos no le permitirían asistir a la encuesta. En cuanto al tratamiento del prisionero en la cárcel, los magistrados desearon que se le encerrara a solas, y por consiguiente se le metió en una celda solitaria para los sometidos a interrogatorios. Había otros tres presos en la cárcel, sospechosos del mismo delito. Una barra de hierro atraviesa cada celda en la prisión y sirve a los presos para colgar sus ropas, así como también sus camastros cuando se limpian los suelos. Se ha afirmado sin fundamento que se le negó pluma y tinta, y que por tanto se le impidió escribir su confesión. Sabemos que, muy lejos de ello, se le dijo que podía bajar a la oficina de la prisión y escribir lo que él deseara. Desde su primer día de estancia en la prisión no expresó ningún deseo de obtener pluma, tinta o papel.

¿Por qué criticar al alcaide de la prisión? Cabe pensar que ello se debe a que un prisionero importante que le fue confiado consiguió quitarse la vida. Ésta es una crítica perfectamente legítima y es extraño que el corresponsal del *Times* intentara exculpar al infortunado Atkins. Se deduce que, con las «reflexiones directas o indirectas» sobre el alcaide de la prisión, alude a algo peor que su descuido al no verificar que su prisionero no tuviera medios para darse muerte. Hay en este texto una sugerencia de que hubo algo sospechoso en la muerte de Williams, y que ello fue causa de rumor y preocupación. El fragmento refuta específicamente el rumor que corría entonces, según el cual Williams pidió pluma y papel antes de morir. Williams no pidió nada. ¿Es razonable suponer que un hombre que planeaba matarse y que ya había hecho los primeros preparativos al respecto ocultando media argolla de hierro no deseara explicar sus acciones? Si era culpable, y lo que hacía lo hacía impulsado por el remordimiento, había de querer descargar su conciencia. Si sus compinches lo habían abandonado a su suerte, difícilmente podía disponerse a morir sin nombrarlos. Si lo que deseaba era cargar con toda la culpa y asegurar la libertad de sus amigos (cosa que no parece muy propia de Williams), probablemente habría dejado una nota manifestando que él, y sólo él, era el responsable de los crímenes. Pero no dejó ni una sola palabra. No sentía ningún remordimiento. No mostraba la menor ansiedad. Estaba totalmente tranquilo el día antes de morir «porque sabía que no podía ocurrirle nada malo». El hecho de que Williams se las hubiera arreglado para hacerse con el trozo de argolla de hierro, en caso de ser esto cierto, no prueba nada más que el deseo natural de un hombre luchador en una situación peligrosa de procurarse cualquier arma que se le ponga a mano. Pero Williams no hizo ningún uso de este hierro. Ni siquiera hizo el menor intento de suicidio valiéndose de este medio, aunque la argolla estaba «suficientemente afilada para causarle una herida mortal».

Hay otras circunstancias sospechosas que rodean aquel notable suicidio en la prisión de Coldbath Fields. Se aseguró que Williams se había colgado de un barrote de hierro, situado a un metro noventa del suelo. Él medía aproximadamente un metro setenta, por lo que es de presumir que se subió a su camastro para ejecutar el suicidio. Si se arrepentía de su acción al apretarse el pañuelo al cuello y empezar a experimentar los primeros horrores de la estrangulación, con toda seguridad podía aferrarse al barrote con las manos o buscar con los pies el borde del catre. Ninguna de estas acciones era posible en caso de que muriese rápidamente, tal vez a causa de una inhibición del vago. Pero existen indicios de que no murió con rapidez. El *Morning Post* del 28 de diciembre asegura: «Sus ojos y su boca estaban abiertos y el estado de su cuerpo demuestra claramente que había luchado con todas sus fuerzas.» Ésta es la única referencia en las crónicas contemporáneas a una lucha contra la muerte, pero de ser cierta aporta uno de los argumentos más sólidos contra el suicidio. Si en realidad Williams luchó con todas sus fuerzas, ¿cómo es que no le fue posible salvarse? El profesor Simpson explica que no es raro que un suicidio ostente señales de lesiones si, en las convulsiones finales que preceden a la muerte, el cuerpo se golpea contra una pared. Pero se asegura que Williams se colgó de un barrote que atravesaba toda su celda, y no hay indicios en el sentido de que las señales de un duro forcejeo procedieran de este tipo de lesión.

Y hay otra prueba. Un prisionero encerrado en una celda adyacente oyó un violento tintineo de cadenas alrededor de las tres de la madrugada. ¿Era Williams que sacudía sus grilletes, movido por la ira y la frustración, como hacían a veces los presos? ¿O es que luchaba violentamente con alguien más fuerte que él, alguien que le tapaba la boca con la mano para sofocar sus gritos mientras le enrollaba un pañuelo alrededor del cuello? ¿O es que había dos hombres, uno para imponer silencio y el otro para sostener los brazos de Williams, con tanta fuerza que la revisión *post mortem* indicó que tenían un color azulado desde los codos hacia abajo? Pero no es tanto como parece lo que cabe deducir de esta última prueba. Después de una muerte por ahorcamiento, brazos y piernas suelen mostrar estas manchas, y no hay actualmente manera de saber si una presión aplicada inmediatamente antes de la muerte tuvo la menor responsabilidad al respecto. En las escasas pruebas forenses disponibles, no hay nada que sustente la teoría de que Williams fue asesinado, pero igualmente, tal como manifiesta el profesor Simpson, no hay nada para refutar este hecho. Si un carcelero fue sobornado para que dejara entrar a los asesinos, posteriormente habría guardado silencio. Era mucho más fácil, y para él mucho más seguro, creer que Williams se había matado por su propia mano. Pero bien pudieron circular rumores. El pánico frenético que sintió Sylvester Driscoll en lo referente a estar encerrado en la celda contigua, ¿no era más que un temor supersticioso? ¿Por qué Graham juzgó necesario ordenar que un hombre se sentara a vigilar a sus prisioneros Hart y Ablass, a pesar de que éstos llevaban puestos los grilletes? ¿No sería la sospecha de Atkins, el alcaide, en el sentido de que había algo muy extraño en ese suicidio, la causa de que se declarase demasiado enfermo para asistir a la encuesta?

Ningún otro rasgo de este caso misterioso es tan raro como la extraordinaria brusquedad con la que terminó la investigación. Pocos de los que habían estudiado inteligentemente las pruebas pudieron creer que sólo un asesino hubiera intervenido en ambos crímenes, o pudieron haber considerado que el caso contra John Williams era convincente o conclusivo. El propio Primer Ministro expresó en la Cámara de los Comunes sus dudas acerca de si Williams pudo haber actuado sin ayuda. Las pruebas materiales fueron enviadas a Bow Street, y Aaron Graham recibió de Ryder instrucciones para continuar su investigación. Dos sospechosos, Ablass y Hart, fueron detenidos, y el secretario del Interior defendió a su agente cuando la detención de Ablass por Graham fue criticada en la Cámara. Desde luego, las pruebas preliminares contra ambos hombres eran más sólidas que las que se presentaron contra Williams, y sin embargo ninguno de los dos fue procesado. Ambos fueron puestos discretamente en libertad sin recibir explicaciones ni excusas. Lo que de ello se deduce es bien claro. La investigación terminó no porque el caso quedara solucionado, sino porque alguien deseaba que concluyera de una vez.

No se sugiere aquí que el ministro del Interior o los magistrados fuesen corruptos o indiferentes, ni que conspirasen para suprimir pruebas. Pero sí se sugiere que perdieron su interés de un modo tan repentino y tan completo ante el caso como para sugerir que temían lo que pudieran revelar nuevas investigaciones. No iba a ser la primera vez que la autoridad ha antepuesto el bien público a la justicia particular, y a veces las víctimas han sido personas con vida. Pero Williams estaba muerto. Ningún esfuerzo de los magistrados, ninguna investigación pública o privada, ninguna determinación en cuanto a buscar la verdad en interés de la justicia podrían ayudarlo ya. Cualquier hombre de honor titubearía en condenar y ejecutar a una víctima inocente, por más práctico que resultara satisfacer la sed de venganza de la muchedumbre. Pero una víctima ya muerta, pobre, sin amigos y sin familia conocida, un hombre cuya inocencia era todavía tan sólo cuestión de conjeturas, de teorías a medio formar y de complicadas sospechas, seguramente podía ser abandonado para que se pudriera en paz. Era mejor no dar un nombre a estas teorías y sospechas. La posibilidad de que nuevas búsquedas pudieran revelar pruebas capaces de arrojar dudas sobre la culpabilidad de Williams, y que incluso pudieran librar a éste de toda culpa debió de aterrorizar a todos los responsables de la investigación. Ellos habían expuesto el cadáver de Williams a la ignominia reservada para los asesinos convictos y lo habían hecho con la mayor publicidad posible, y con la aprobación del secretario del Interior, que más tarde fue castigado por su condescendencia en la Cámara de los Comunes. Se los criticaba pública y privadamente por su incompetencia, y todo el futuro de la magistratura se hallaba pendiente de un hilo. Los bien pagados empleos de sus componentes se veían amenazados. La época era violenta y resultaba imperativo que hubiera un respeto a la ley y a los guardianes del orden. ¿Era éste el momento para que el secretario del Interior y los magistrados admitieran que los asesinatos de Ratcliffe Highway seguían sin solución, que confesaran que Williams pudo haber sido incluso inocente, y que el suicidio, que era la sospecha más sólida de su culpabilidad, pudo haber sido otro asesinato más, el asesinato de un hombre encadenado y sometido a la custodia de la ley?

Probablemente, nadie expresó con franqueza, ni por escrito ni verbalmente, lo que pasaba por su cabeza, pero bien pudo haber un consenso, un acuerdo tácito, según el cual convenía ahora que al caso de Ratcliffe Highway, que había causado tanta inquietud, había absorbido tanto tiempo del público y había amenazado tantas reputaciones, se le permitiera desvanecerse en la mente de la gente. Obviamente, no había ni crédito ni gloria que ganar continuando con las investigaciones. Aaron Graham debió comprender, mucho tiempo antes, que éste no era un segundo caso Patch. Ya se le atacaba públicamente en la Cámara de los Comunes por retener a Ablass sin someterlo a proceso. Sus colegas magistrados debían de haber insinuado que este celo innecesario estaba dañando la reputación de todo el estamento judicial, y que el caso, si obstinadamente se continuaba con él, podía aportar a Graham tanto descrédito como el caso Patch gloria. Y Graham era el agente del secretario del Interior. Debía de haber entrado en el caso a petición de Ryder, y se necesitaba tan sólo una insinuación de su jefe para que el caso fuese abandonado.

Había además otra razón para cerrar el caso. Harrison y Cuthperson reclamaban el pago de sus recompensas a fin de poder hacerse a la mar. El sistema de las recompensas oficiales por informaciones recibidas era en aquella época crucial para la investigación criminal, y dependía —como de hecho ocurre hoy— de la confianza del informador en que la promesa se cumpliría. Si la confianza se truncaba, la fuente de información debía de secarse y el sistema de la investigación criminal, ya de por sí bastante desorganizado e ineficiente, se derrumbaba por completo. Y no eran tan sólo los marineros los que rezongaban a causa del retraso. También los Vermilloe habían de estar disgustados. Muy pronto, personas en condición para causar serias molestias empezarían a pedir una explicación acerca de esta desgana inusual por parte de los magistrados en cuanto a recompensar a sus informantes en un caso de tanta importancia. Era a la vez más fácil y más juicioso pagar el dinero y dejar que los destinatarios locales volvieran a sus actividades y los marineros se llevaran allende los mares sus incómodos conocimientos.

¿Quién asesinó, pues, a los Marr y los Williamson? No cabe duda de que ambas series de crímenes fueron obra del mismo hombre, con o sin cómplice, y de que en ambas se demostró la misma crueldad y la misma ferocidad, así como el mismo y audaz desprecio por el peligro. En ambos casos, se utilizó un arma que procedía del cajón de herramientas de Peterson en The Pear Tree. En los dos casos se vio con anterioridad, al anochecer, a un hombre alto que merodeaba cerca de la escena de los crímenes. En ambos, el arma (que no era navaja ni cuchillo) quedó abandonada en el lugar del crimen. En ambos, el asesino o los asesinos entraron por la puerta delantera y la cerraron tras ellos. Ambas víctimas eran pequeños pero prósperos comerciantes. En ambos casos, el asesino o los asesinos escaparon por la parte posterior de las viviendas. En los dos casos, el robo, si es que fue éste el motivo, sólo se completó en parte, si bien nadie podría decir con seguridad qué fue lo robado, puesto que nadie conservó la vida en ninguna de las dos casas y pudo decir qué cantidad en metálico se guardaba en ellas. A pesar del carácter inadecuado de muchos de los informes, es posible deducir buen número de detalles acerca de los crímenes, y considerar cuál de los sospechosos coincide mejor con las descripciones de éstos. Es virtualmente cierto que hubo más de un hombre implicado en el asesinato de los Marr. Fueron vistos dos hombres, posiblemente tres, merodeando cerca de la tienda aquella misma noche, más temprano. En el patio había dos conjuntos de huellas de pisadas. Los ocupantes de la casa de Pennington Street, adyacente al edificio desde el cual escaparon los criminales, oyeron el ruido de más de un par de pies. Se utilizaron dos armas: el mazo y el cuchillo afilado o la navaja. Además, se introdujo en la casa un escoplo que quedó sin utilizar en el mostrador de la tienda, mientras que el mazo fue abandonado en el dormitorio del piso superior. Es improbable que sólo una persona compareciera equipada con tan abrumadora e innecesaria cantidad de armas. Los dos conjuntos de pisadas resultaban más sospechosos. Era invierno, el patio debía estar enfangado, y quienes registraron aquel lugar probablemente lo hicieron en grupo, manteniéndose varios de ellos juntos, por motivos de seguridad y comodidad, y confiando en la luz de las linternas. Las huellas nunca fueron cuidadosamente examinadas ni medidas. Dado el nivel de la investigación policial en aquella época, hubiera sido muy extraño que así se hubiera hecho. Pero las pruebas, tomadas en su conjunto, sugieren que el asesino de los Marr no trabajó en solitario.

Es menos seguro que el asesino de los Williamson tuviera un cómplice. Turner sólo vio a un hombre, y éste se parecía al hombre alto con el abrigo largo visto por Anderson y Phillips aquella noche, más temprano, merodeando por las cercanías de la taberna... El hombre al que Williamson quiso mandar «a que se ocupara de sus propios asuntos». Turner estaba despierto en el momento de los crímenes, estaba bastante cerca del lugar de la matanza para oír el grito de la sirvienta y las últimas y desesperadas palabras de Williamson, y se deslizó escaleras abajo a tiempo para ver al asesino inclinado sobre una de sus víctimas. Pero en los crímenes en casa de Williamson se utilizaron también dos armas, el escoplo y la navaja. La diferencia es que el asesino en la primera ocasión tuvo un cómplice a su lado y en la segunda el cómplice, tal vez porque había perdido su valor, o no había conseguido nada del primer y terrible crimen, se había negado a seguirlo o no había sido invitado a hacerlo. Cabe la posibilidad de que más de un hombre estuviera implicado en el segundo crimen pues Turner oyó el rechinar de los zapatos del asesino y, en su opinión, éstos no podían ser zapatos claveteados. Las únicas huellas de pisadas en el patio eran las de unas suelas con clavos, pero parece improbable que, si habían intervenido dos hombres, éstos se hubieran largado en direcciones opuestas, particularmente si se tiene en cuenta que esto hubiera exigido que uno de ellos escapara hacia New Gravel Lane. Es igualmente improbable que Turner hubiera dejado de notar la presencia de un segundo intruso. Este hombre no pudo haberse aventurado en el piso alto y, por consiguiente, debía de encontrarse en el sótano con el cadáver de Williamson, a muy poca distancia del lugar donde se hallaba Turner. Es improbable también que se moviera con tanta cautela que Turner no hubiese advertido su presencia, en particular en aquella casa pequeña y en unas circunstancias tan especiales, en que los nervios y los sentidos debían de estar aguzados y prestos a captar el menor ruido.

¿Quién fue, pues, responsable de estos crímenes?

Es mucho lo que cabe deducir acerca del asesino principal. Era cruel, implacable y violento; era, probablemente, lo que en el léxico de la psicología moderna denominaríamos un psicópata agresivo, un hombre incapaz de experimentar compasión o remordimiento. Era un individuo robusto y un hombre que conocía sus fuerzas y confiaba en su capacidad para dominar al corpulento y vigoroso Williamson. A pesar de la barbarie de la matanza, el profesor Simpson considera perfectamente factible que los crímenes fueran obra de un solo hombre. El asesino vivía en el distrito, pero no lo habitaba permanentemente. De haberlo hecho, seguramente su abrumadora crueldad y su instinto agresivo se hubieran manifestado antes. Por lo tanto, es probable que fuese o bien un marinero cuya violencia encontrase normalmente salida en las duras peripecias de la vida del mar y en la lucha contra los franceses o bien un hombre recientemente escapado del presidio. Si era un marino, es probable que llevara en tierra largo tiempo, el suficiente para haber dilapidado sus ahorros. Casi con toda certeza había de tener unos antecedentes criminales. Era un hombre capaz de organizar e influenciar a otros, seguramente gracias a su fuerza y su crueldad, un líder natural que reclutaba a los hombres y los mantenía a su lado sirviéndose del temor. Es extraordinario que nadie lo traicionara, ni siquiera con la tentación de una recompensa sin precedentes. Es más que probable que fuera un hombre acostumbrado a la acción y a las peleas. Ambos crímenes fueron matanzas sistemáticas, típicas de un combate cuerpo a cuerpo. En ambos hubo un ataque repentino, la aplicación inmediata de una fuerza irresistible, una carnicería generalizada, el aprovechamiento de una ventaja momentánea al estar abiertas las puertas y libres de extraños las inmediaciones. En los dos casos se nota que hubo un reconocimiento preliminar.

Todos estos hechos encajan con Ablass. *The Times* lo

describe como un hombre corpulento, de más de un metro ochenta de estatura. Tenía un historial de violencia y había organizado un motín. No contaba con una coartada satisfactoria, puesto que la mujer que pretendía avalarlo era la misma que se hacía pasar por su esposa. Llevaba dos meses en casa... lo suficiente para haber gastado todas sus pagas. Poseía dinero cuya procedencia no pudo justificar, y su explicación de que vivía gracias a la ayuda de amigos y de algún dinero procedente de la casa de empeños es en sí misma muy poco plausible. Obviamente, la señora Vermilloe sospechaba de él.

No parece haber motivo por el que semejante hombre hubiera influido a Williams en cualquier empresa. De hecho, Ablass tenía razones para mirar a Williams con desagrado. ¿No se las había arreglado éste para escapar al castigo cuando se produjo el motín a bordo del *Roxburgh Castle*, asegurando que se había visto arrastrado por los demás? No era éste el socio que convenía para una empresa difícil, y con el que después hubiera que compartir el botín. Williams nada tenía con lo que contribuir, ni siquiera fuerza física. Era mucho más probable que Ablass hubiera visto en Williams el típico cabeza de turco, en caso de que fallara el proyecto. Es interesante el hecho de que Ablass fuera el único sospechoso que cojeara. Por consiguiente, resulta tentador identificarlo con el hombre cojo al que se vio correr por New Gravel Lane para después de ser asesinados los Williamson. Pero este hombre era el más bajo de los dos, por lo que existe la probabilidad de que ninguno de ellos tuviera relación con el asesinato, aunque sí pudieron tener buenos motivos para mantenerse fuera del alcance de la policía. Si uno de ellos o ambos hubieran salido del King's Arms, seguramente los habría visto Lee, el propietario del Black Horse al otro lado de la calle, que estaba esperando que su esposa y su sobrina regresaran del teatro. Admitió haber oído una débil voz desde el King's Arms que gritaba «vigilante, vigilante», pero, sorprendentemente, no hizo nada. Siete minutos más tarde presenció el descenso de Turner. Si el asesino hubiera escapado por New Gravel Lane, sin duda lo habría visto. El asesino no había podido salir por la puerta delantera, ya que estaba cerrada y hubo que forzarla después. Tomar por el pasaje lateral que desembocaba en New Gravel Lane lo hubiera precipitado en manos de sus perseguidores. Además, si estos dos hombres eran los asesinos, entonces sin la menor duda Williams era inocente. Uno de ellos era alto y el otro era cojo. Williams no era ni alto ni cojo. Ablass destacaría al final como uno de los principales sospechosos de Graham, y los informes publicados en *The Times* el 17 y 27 de enero (citados en la página 214) asocian su nombre con los asesinatos tanto de los Marr como de los Williamson. El 31 de enero, el Primer Ministro hablaba todavía de la creencia de que Ablass «se encontraba en un momento dado en un lugar determinado». Ese lugar o bien era el King's Arms o bien la tienda de Marr. Nada hace suponer que Ablass pudiera en ningún momento refutar esta creencia.

¿Y qué decir de Hart? La sospecha más sólida contra Hart es la presencia del escoplo sin utilizar en el mostrador de Marr. Es posible que se utilizara para entrar en la casa. No podía haber dificultad alguna en obtener entrada en el King's Arms, y lo más probable es que finalmente Williamson no hubiera cerrado su puerta con llave. Pero Marr, que cerraba su tienda al caer la medianoche, podía mostrarse más reacio a dejar entrar a un extraño. De hecho, casualmente ambas casas estaban abiertas, pero el asesino no pudo haber tenido plena seguridad al respecto. Hart había estado trabajando en la casa; pudo haber explicado que había regresado para devolver el escoplo. Y hay otros datos que señalan a Hart. Éste tenía acceso a The Pear Tree, y admitió, durante su interrogatorio el día de San Esteban, que fue a esta taberna cuando su esposa no quiso dejarlo entrar en su casa unas noches antes de los asesinatos de los Marr. Sin embargo, no se alojaba en

The Pear Tree, por lo tanto, hubiera tenido que sacar de allí el mazo algún tiempo antes de que necesitara emplearlo. Era carpintero y pudo haber pedido prestados, para utilizarlos, tanto el mazo como el escoplo que mataron a los Williamson, algún tiempo antes de cometerse los crímenes. Bien pudo haber sabido que Marr tenía dinero en la tienda, ya que él había estado trabajando allí, y es posible que los dos hombres hubieran disputado. Pudo haberse visto obligado a matar e incluso a seguir matando porque la familia lo conocía y no podía dejar víctimas vivas que lo reconocieran. Sospechaba obviamente de él la señora Vermilloe, que sabía mucho más acerca de estos crímenes de lo que ella confesó nunca, y por su parte Hart envió en secreto a su esposa para enterarse de si Williams había sido detenido.

Por ambigua y desordenada que fuera una buena parte del testimonio de la señora Vermilloe, poco cabe dudar acerca de que la patrona de Williams estaba convencida de la inocencia de éste y de que, entre todos los testigos del caso, ella era probablemente la que estaba en mejores condiciones para juzgar. Obviamente, no era mujer capaz de defenderlo abiertamente y correr el riesgo de provocar el antagonismo de los magistrados, atrayendo sospechas sobre ella, o poniendo en peligro sus posibilidades de cobrar recompensa, pero uno de los rasgos más interesantes del caso es la manera en que se reveló su creencia en la inocencia de Williams en sus acciones, palabras y afirmaciones, en particular en su involuntaria protesta —«¡Dios mío! ¿Por qué dice eso?»— cuando su marido identificó positivamente el mazo y su sobresalto, sin ninguna duda verdadero, cuando se enteró de que a Williams lo habían encontrado muerto. Esto impresionó tanto a los magistrados que hicieron presión sobre ella para descubrir un motivo, y ella dijo, después de un breve titubeo: «Me habría apenado que hubiese sufrido si es que era inocente.» Fue la señora Vermilloe, según el texto del *Times* del 6 de enero, quien dijo con amargura que si los magistrados hubieran empleado tanto tiempo interrogando a Hart como lo habían hecho con ella, algo habrían logrado saber acerca de los crímenes.

Fue otro carpintero, Trotter, quien dijo a John Cobbet, el descargador de carbón: «Es un asunto muy desagradable y tú dirías lo mismo si supieras tanto como sé yo.» Era el mismo Trotter que visitó a la señora Vermilloe para decirle que Williams pronto sería declarado inocente. Al parecer, Graham estuvo convencido de la culpabilidad de Hart. Las pruebas contra éste, de haber sido adecuadamente presentadas, con toda probabilidad habrían impresionado incluso al Tribunal de Shadwell.

Después de la muerte por suicidio de Williams, la señora Vermilloe publicó una declaración, sin duda preparada por un abogado.

Apareció en *The Times* del 20 de enero:

> A consecuencia de una información errónea en un periódico matinal respecto a Mrs. Vermilloe, en cuya casa se alojó el difunto e infame Williams, ésta ha publicado una carta, con fecha del 18 del corriente, en la que afirma que, para hacer justicia a una mujer infortunada y perseguida, como ella se considera ser desea hacer público que la declaración según la cual había hecho confesión verbal de haber participado en los últimos y espantosos asesinatos de las familias del señor Marr y del señor Williamson, carece totalmente de fundamento. Manifiesta, además, que no tenía nada que confesar, excepto lo que sabían ya todos: que había sido para ella un infortunio haber tenido como huésped a un hombre culpado de los más atroces crímenes.

La última frase es interesante, en particular el uso de la palabra «culpado». Cabe preguntarse si fue la insistencia de la señora Vermilloe lo que originó una redacción tan cuidadosa de la frase.

Y así, con el pago del dinero de las recompensas, terminó oficialmente el caso y comenzó la leyenda. Más de cuarenta años más tarde, De Quincey publicó su *Postscript.* Gracias a su pluma, las sutilezas y misterios del caso quedaron finalmente oscurecidos. El horror fue refinado por la sensibilidad, y la crueldad y la barbarie se vieron embellecidos por un calculado sadismo, y un tosco afán de robo y saqueo fue elevado a la categoría de malignidad de un demonio encarnado que se arrastrara hacia su inocente e incauta presa. El relato de De Quincey sirvió de modelo para los que a continuación escribieron sobre el caso. Éstos fueron pocos, y los únicos misterios que trataron fueron los motivos de Williams —ganancia, venganza, manía homicida, celos sexuales, deseo de destruir los felices matrimonios de otros hombres a causa de su propia impotencia a este respecto, son causas que han sido postuladas todas ellas— y si tuvo o no un cómplice. Las muertes de Ratcliffe Highway han sido vistas como un simple acto de extrema barbarie que contuvo poco misterio y escaso interés, puesto que quien los perpetró fue capturado y su culpabilidad quedó satisfactoriamente establecida. Es como si la posteridad hubiera aceptado el veredicto de los magistrados de Shadwell y hubiera estado igualmente determinada en el sentido de permitir que el caso se extinguiera tranquilamente.

Hoy parece improbable que alguna vez lleguemos a saber toda la verdad. Puede ser que la violencia que explotó con efectos tan devastadores en Ratcliffe Highway, en las oscuras noches de diciembre de 1811, hubiera visto encender su mecha meses antes bajo los cañones de Surinam, y que el cuaderno de bitácora del *Roxburgh Castle,* hoy perdido o destruido, contuviera la clave del misterio. Pero, a pesar de las deficiencias de gran parte de los datos contemporáneos, hay dos conclusiones que resultan indudables. John Williams fue virtualmente condenado y su memoria mancillada con unas pruebas tan inadecuadas, circunstanciales e irrelevantes que ningún tribunal competente lo hubiera procesado basándose en ellas. Y tanto si murió por su propia mano como a manos de otro, es como mínimo probable que el cadáver que fue inhumado con tanta ignominia en la encrucijada cercana a St. George's Turnpike fuera el cuerpo de la octava víctima.

Epílogo

Gran parte de aquel antiguo Wapping sobrevivió hasta bien entrado el siglo XX.

Una de sus primeras bajas fue el King's Arms, en el 81 de New Gravel Lane. En la década de 1830 el muelle de Londres fue ampliado, y las casas del lado oeste del Lane sustituidas por otro enorme muro que limitaba el mismo. La taberna de Williamson contóse entre las propiedades demolidas para hacerle espacio. Luego Ratcliffe Highway perdió su identidad. El reverendo R. H. Hadden, párroco de St. George's-in-the-East, escribió en 1880 una socorrida necrológica: «Ratcliffe Highway ya no es el infierno que fue en otro tiempo. De hecho ya no hay una Ratcliffe Highway. La llamamos St. George Street, Este, a fin de olvidar antiguas asociaciones de ideas.» Pero una asociación, al menos, sobrevivió al cambio. Thomas Burke, historiador del este de Londres, logró identificar la tienda de Marr nada menos que en 1928, «y ese destartalado lugar —escribió— encaja bien claramente con los hechos espantosos de los que fue escenario».

La eliminación de viejos recuerdos se aceleró en vísperas de la Segunda Guerra Mundial, cuando una autoridad local, insensible a la tradición, optó por dar nuevo nombre a tres de las calles destacadas de Wapping. En julio de 1937,

Ratcliffe Highway, conocida por St. George Street, convirtióse simplemente en The Highway; en febrero de 1939 los iconoclastas transformaron Old Gravel Lane en Wapping Lane, y pocos meses después el nombre de New Gravel Lane fue cambiado por el de Garnet Street. El año siguiente los bombardeos completarían el proceso de olvido. Una de aquellas terribles noches de septiembre de 1940, cuando quedó destruida gran parte de la zona portuaria de Londres, las llamas debieron dar buena cuenta de los vestigios de la tienda de Marr.

Ahora se puede andar cruzando el distrito de St. George's-in-the-East y el de St. Paul's, en Shadwell, hasta los desiertos muelles y escolleras de Wapping, sin oír más que los chillidos de las gaviotas y el distante rugido de los camiones que circulan por la autovía. Los marineros, los cargadores del muelle, las casas de huéspedes y la mayoría de las tabernas han desaparecido. El último barco zarpó desde el muelle de Londres hace largos años, y los grandes tinglados que en otro tiempo atesoraron en sus almacenes géneros de las Indias Orientales, drogas, té, índigo y especias, están vacíos o en un estado ruinoso.

Sin embargo, poca imaginación se necesita para reconocer, todavía hoy, restos del antiguo Wapping. El trazado de las calles principales —The Highway, Wapping Lane y Garnet Street— todavía se ajusta exactamente al de sus predecesoras: Ratcliffe Highway, Old Gravel Lane y New Gravel Lane. Unos pocos nombres han sobrevivido a todos los cambios. El gran muro del muelle de Londres aún proyecta su gigantesca sombra sobre Pennington Street, y la esquina con Artichoke Hill marca el lugar que ocupó la casa deshabitada a través de la cual se supone que huyeron los asesinos de los Marr. La plaza que contuvo la tienda de Marr, limitada por dos de sus lados por Artichoke Hill y John's Hill, y en los otros dos por Pennington Street y The Highway, puede localizarse fácilmente. Un bloque de apartamentos llamado

Cuttle Close llena ahora la plaza, y en su esquina este un rótulo callejero, *The Highway, E.1.*, señala el emplazamiento del número 29. Al otro lado de la calle la airosa torre de Hawksmoor preside la iglesia, lastimosamente bombardeada pero restaurada con gran acierto, de St. George's-in-the-East. Más abajo, junto al río, la comisaría de policía del Támesis, muy cerca de las New Stairs de Wapping, ocupa el mismo lugar de la oficina de Harriott. De vez en cuando, una moderna lancha de la Policía Metropolitana, la *John Harriott,* echa el ancla allí cerca. El lugar donde se ahorcaba a los piratas está indicado en la pared de un viejo almacén, unos sesenta metros al oeste. Todavía se puede seguir andando la ruta exacta por la que los despojos de John Williams fueron trasladados solemnemente a su sepultura en la encrucijada de New Cannon Street y Cable Street. ¿Y The Pear Tree? Hoy, Cinnamon Street, todavía adoquinada como en el último día de diciembre de 1811, cuando aquella fúnebre carreta la recorrió en toda su longitud antes de girar en Sir William Warren's Square, concluye en unos maltrechos almacenes y un solar derribado por un bombardeo. En algún lugar, entre los escombros, tal vez quedan restos de la pensión de la señora Vermilloe.

Pero muy escasa es la probabilidad de que salgan a la luz nuevas reliquias de los crímenes de Ratcliffe Highway, y por una extraña ironía nada queda del último lugar de reposo de cualquiera de las víctimas. La iglesia de St. Paul's, en Shadwell, donde fueron enterrados los Williamson, fue sustituida al año siguiente por un nuevo edificio. Su cementerio está atestado de lápidas indescifrables, y no queda rastro de la tumba de los Williamson. El cementerio de St. George's-in-the-East fue transformado en jardín público en 1886, después de retirar las lápidas y colocarlas contra los muros limítrofes. En muchas de ellas, las inscripciones han sido borradas por el tiempo y el memorial de Marr, si es que está allí, es inidentificable. Tampoco se permitió que los restos de

John Williams yacieran en paz. Según S. Ingleby Oddie, juez en el Londres Central, unos trabajadores que instalaban nuevas conducciones cien años más tarde, pusieron al descubierto su tosca sepultura. Dos amigos, el profesor Churton Collins y H. B. Irving, un erudito y un actor que compartían un interés común por la criminología, examinaron los huesos. Churton Collins se quedó con los del brazo derecho. Otros obtuvieron también su parte en el botín. Un álbum de recortes que se halla hoy en la rectoría de St. George's-in-the-East contiene una entrada sin fechar y que hace referencia a John Williams. Termina así: «Su cráneo se encuentra actualmente en posesión del propietario de la taberna en la esquina de Cable y Cannon Street.» Tal vez tenga su lógica el hecho de que la calavera de John Williams se conservara como un tesoro en una taberna cercana al escenario que lo hizo famoso, y que sus restantes huesos, como los de los Marr y los Williamson, descansen en una tumba perdida y sin nombre.

Bibliografía

Documentos no publicados

H.O. 42/118 - Correspondencia de Shadwell, río Támesis y otros juzgados públicos en Middlesex con el Ministerio del Interior, diciembre de 1811.
H.O. 42/119 - Ídem, enero de 1812.
H.O. 42/120 - Ídem, febrero de 1812.
H.O. 65/2 - Libro de cartas del Ministerio del Interior; la correspondencia del Ministerio del Interior con los juzgados del Middlesex, diciembre de 1811-febrero de 1812.

Diarios y periódicos

Números de *The Times, London Chronicle, Morning Post, Morning Chronicle, Courier, Examiner* y *Gentleman's Magazine* correspondientes a este período.

Topografía

Broodbank, J. G., *History of the Port of London*, 2 vols. (1921).
George, Dorothy, *London Life in the Eighteenth Century* (2ª ed., 1930).

Hadden, R. H., *An East End Chronicle: St. George's-in-the-East Parish and Parish Church* (1880).
Mitchell, R. J., y Leys, M. D. R., *A History of London Life* (1958).
Rose, Millicent, *The East End of London* (1951).
Sinclair, Robert, *East London* (1950).
Smith, H. L., *The History of East London* (1939).
Wheatley, H. B., *London Past and Present*, 3 vols. (1891).

Relatos de los asesinatos de los Marr y los Williamson

Burke, Thomas, *The Ecstacies of De Quincey* (1928).
De Quincey, Thomas, *On Murder considered as one of the Fine Arts* y *Postscript*, Recopilación de escritos de De Quincey, vol. 13 (1890). El ensayo se publicó por primera vez en el *Blackswood's Magazine* de febrero de 1827; el *Postscript* tuvo su primera publicación en 1854.
Fairburn's, *Authentic and Particular Account of the horrid Murders in Ratcliffe Highway and New Gravel Lane* (1811?).
Griffiths, A., *Mysteries of Crime and Police* (1898).
Jackson, W., *The New and Complete Newgate Calendar*, vol. 8 (1818) págs. 393-437.
Knapp y Baldwin, *The Newgate Calendar* (1828), págs. 52-59.
Lindsay, Philip, *The Mainspring of Murder* (1958), cap. 1.
Logan, G. B. H., *Masters of Crime* (1928), cap. IX.
Pelham, Camden (ed.), *The Chronicles of Crime and the New Newgate Calendar* (1886), págs. 513-521.
Radzinowicz, Leon, *A History of English Criminal Law*, vols. 2 y 3 (1950-1956).
Roughead, William, *Neck or Nothing* (1939), págs. 245-277.
Shearing, Joseph, *Orange Blossoms* (1938), cap. titulado *Blood and Thunder: An old Tale retold.* (Relato de ficción).
Wilson, Colin, *A Casebook of Murder* (1969), cap. 4.

Varios

Chatterton, E. H., *The Old East Indiamen* (1914).
Colquhoun, Patrick, *A Treatise on the Police of the Metropolis* (5ª ed., 1797).
De Quincey, *Obras completas*, vol. 10, *Literary Theory and Criticism* (1890): *On the Knocking at the Gate in Macbeth*.
Harriott, John, *Struggles through Life* (3ª ed., 3 vols., 1818).
Lloyd, Christopher, *The British Seaman* (1968).
Malcolm, J. P., *Manners and Customs of London* (1810).
Oddie, S. I., *Inquest* (1941).
Parliamentary Debates, Hansard, vol. 21, cols. 196-222 y 482-489.
Report on the Nightly Watch of the Metropolis, Documentos e informes del Parlamento (1812).
Simpson, Keith, *Forensic Medicine* (1950).

Personas relacionadas con el caso

29 Ratcliffe Highway, St. George's, Middlesex

Timothy Marr	comerciante de telas
Celia Marr	su esposa
Timothy Marr junior	su hijito de corta edad
Margaret Jewell	sirvienta de los Marr
James Gowen	aprendiz en la tienda
Wilkie	ex sirvienta de los Marr

The King's Arms, New Gravel Lane, St. Paul's, Shadwell

John Williamson	tabernero
Elizabeth Williamson	su esposa
Catherine (Kitty) Stillwell	su nieta
Bridget Anna Harrington	sirvienta de los Williamson
John Turner	obrero oficial, huésped del King's

The Pear Tree, Pear Tree Alley, Wapping

Robert Vermilloe (o Vermilye)	tabernero
Sarah Vermilloe	su esposa

Mary Rice	lavandera, cuñada de la señora Vermilloe
William Rice	su hijo
John (o Michael) Cuthperson (o Colberg)	marinero, huésped de The Pear Tree
John Harrison	fabricante de velas, huésped de The Pear Tree
John Peterson	marinero de Hamburgo, que se había alojado en The Pear Tree
John Frederick Richter	marinero, huésped de The Pear Tree
John Williams	marinero, huésped de The Pear Tree

Juzgado de Shadwell

George Story Edward Markland Robert Capper	magistrados
William Hewitt Joseph Holbrook Ralph Hope Robert Williams	oficiales de policía

Juzgado de Bow Street

Aaron Graham	magistrado

Comisaría del río Támesis, Wapping

John Harriott	magistrado
Charles Horton	oficial de policía

El Ministerio del Interior

Richard Ryder	secretario del Interior
John Beckett	primer subsecretario

Prisión de Coldbath

Mr. Atkins	guardián de la prisión
William Hassall	escribano de la prisión
Thomas Webb	cirujano de la prisión
Joseph Beckett	carcelero
Henry Harris	preso
Francis Knott	preso

Otros

Spencer Perceval	Primer Ministro
James Abercromby Sir Francis Burdett Sir Samuel Romilly Richard Brinsley Sheridan William Smith	miembros del Parlamento
John Wright Unwin	juez
Walter Salter	cirujano
Capitán Hutchinson	capitán del *Roxburgh Castle* (Cía. de las Indias Orientales)
Mr. Lee	propietario de la taberna Black Horse, situada frente al King's Arms
Robert Lawrence	encargado de la taberna The Ship and Royal Oak
Miss Lawrence	su hija
Mrs. Peachy	patrona de la taberna New Crane
Susan Peachy	su hija

Susannah Orr	viuda
John Murray	prestamista, vecino de Marr
Mr. Anderson	alguacil del distrito, amigo de Williamson
George Fox	residente en New Gravel Lane
Mr. Pugh	maestro carpintero
Cornelius Hart	carpintero, empleado de Pugh
Trotter	carpintero
Jeremiah Fitzpatrick	ebanista
John Cobbett	descargador de carbón
William Ablass «Long Billy»	marinero, oriundo de Danzig
Thomas Knight	rastrillador, empleado de Sims & Co, fabricantes de cuerdas
Le Silvoe Bernard Govoe Anthony	marineros portugueses
William Austin Michael Harrington William Emery	marineros irlandeses
Thomas Cahill	desertor
Sylvester Driscoll	irlandés alojado en el King's Arms
Cornelius Driscoll (o Dixon)	un amigo de Cahill

Índice

Prólogo 9
Muerte de un lencero 15
Persona o personas desconocidas 31
El mazo 57
La duodécima noche 91
The Pear Tree 123
La fiesta de Navidad 145
Veredicto en Shadwell 173
Una tumba en la encruc ijada 199
El cuchillo francés 219
Un caso para el Parlamento 237
¿La octava víctima? 257
Epílogo 299
Bibliografía 303
Personas relacionadas con el caso 307

OTROS TÍTULOS
DE ESTA COLECCIÓN

ADN ASESINO

PATRICIA CORNWELL

Un investigador federal se ve obligado a regresar a su ciudad desde Knoxville (Tennessee, EE UU), donde está terminando un curso en la Academia Forense Nacional. Su superior, la fiscal del distrito, es una mujer tan atractiva como ambiciosa, que tiene previsto presentarse al cargo de gobernadora. A modo de aliciente, para ganarse al electorado, la fiscal planea poner en marcha una nueva iniciativa en la lucha contra el crimen llamada «En Peligro» y cuyo lema es: «Cualquier crimen en cualquier momento.» La candidata, que bajo ese pretexto electoralista ha estado buscando la manera de utilizar una tecnología de vanguardia para el análisis de ADN, topa con un asesinato no aclarado cometido veinte años atrás en Tennessee. Si la fiscalía resuelve ese caso, su carrera política se beneficiará claramente.

LA SALA DEL CRIMEN

P.D. JAMES

El Dupayne, un museo privado dedicado al periodo entre 1919 y 1939, acoge, además de obras de arte, biblioteca y archivo, una Sala del Crimen donde estudiar los casos más sonados de la época. Todo cambiará en esa institución con el aviso de su cierre inminente y el descubrimiento del cuerpo calcinado de una de las personas más estrechamente vinculadas a ella. ¿Se trata de un asesinato, de un suicidio, de un accidente?; y ¿por qué esta muerte recuerda tanto a uno de los sucesos ilustrados en la Sala del Crimen?

Dalgliesh emprende la ardua tarea de estudiar un caso que, a medida que se complica, amenaza con destruir la vida íntima de este célebre, y ahora enamorado, detective y poeta de Scotland Yard.